Ronso Kaigai
MYSTERY
283

クロームハウスの殺人

GEORGE DOUGLAS HOWARD COLE
& MARGARET COLE

THE MURDER
AT CROME HOUSE

G.D.H.&M・コール
菱山美穂［訳］

論創社

The Murder at Crome House
1927
by George Douglas Howard Cole & Margaret Cole

目次

クロームハウスの殺人　5

訳者あとがき　322

解説　羽住典子　324

主要登場人物

ジェームズ・フリント……大学講師
シドニー・アンダーウッド……事務弁護士
ハリー・ワイ……老齢の実力者
オリヴィエ・ド・ベルロー……ハリーの妻の連れ子
マデレン・ワイ……ハリーの実娘。オリヴィエの妹
ウィリアム・エクスター……マデレンの夫
アリソン・テーラー……オリヴィエの婚約者。シドニー・アンダーウッドの従妹
ピーター・アンスティー……英国海軍大尉
ロバート・ヴィーシー大佐……ハリー・ワイのかつての隣人
アルバート・ユーイング……ワイ家の運転手兼雑用係
ジョージ・グリーン……ワイ家の元使用人

クロームハウスの殺人

1　「これは趣味の芝居写真なのか――」

ジェームズ・フリントは溜まっていた郵便物の山をようやく片づけると、安堵のため息を漏らし、炉格子の中のくずの山に最後の回答書を投げ入れた。肘掛椅子を暖炉に向けて腰を下ろす。九月の終わりでも夕方は肌寒い。この三十分ばかりはなんとか書き物机から離れないようにしていたが、彼の興味や視線は、今日の午後にウェストミンスター図書館から借りてきた本の山や、暖炉のそばの肘掛椅子に幾度となく引きつけられていた。やっと分厚い一冊を選び、パイプにタバコを詰める。やや疲れ気味で集中力が欠けてはいるが、飛ばし読みなど決してしない彼は、腰を据えて読み始めた。

　フリントは長身痩軀、年の頃は三十一、二の青年だが、もみあげが薄く、顔つきも真面目なので、実年齢より老けてみえた。何を前にしても、じっと見据えたまま感情を顔に出さないので、友人たちは口を揃えて、フリントが瞑想している、と揶揄した。華々しいショー、交通渋滞、議事進行が行き詰まった会議、遊んでいる子供、部屋に潜むネズミ、そしていまは、部屋の隅に山積みになっている数冊の白書（政府発行の文書）の表紙見本に対して――フリントは押し並べて温情ある眼差しを向ける。彼のこういった性質をよく知る友人たちが、物好きにもわざわざ部屋まで訪ねてくる。彼らは決まって言う。「フリントならいつもの場所でどっしりかまえているさ」。世捨て人というわけではないが行動的でもない。彼の探究心は自分自身へと向いていた。時代の先端をいく集まりや骨董を愛でる会といった風変わりな場所に顔を出すこともしない。海外旅行は二回きり、ダンスもせず、劇場や音楽会には行かない。女性の好みは、庶民的な中年のご婦人だ。業を煮やした従兄曰く、「空気穴の開いた、そこそこ居心地がいい箱の中でも、おまえは生きていけそうだな」

フリントの他の特徴を挙げよう。さりげなく後ろへ撫でつけた、コシのある豊かな髪。顔はほっそりしているが不健康ではなく、グレーの瞳に好感の持てる微笑みを浮かべている。歩く速度は速く、背筋はまっすぐに伸びている。大学講師として歴史と経済を受け持つ彼は優秀な研究者で、十六～十七世紀の経済発展に関する分野の権威と称されていた。頻繁にチェスを楽しむがブリッジには興味がない。さして関心のない十九世紀のフランス画家の複製画を自室に飾っている。

彼がいま手にしているのは、膨大なページ数の『心理分析と自己暗示』という最新書だ。フリントは知的探求に乏しい目新しいだけのものは好まないが、いつの時代であれ、人々の心をとらえている新しい学問に興味を持つことは歴史を研究する者の務めである、という信念を持っていた。だからこそ、この十年は心理分析や自己暗示に重きを置く風潮があることに、遅まきながら彼は気づいた。理由を探ろうとして、その分野では唯一、他の熱心な読者が手に取っていないと思われる本をウェストミンスター図書館から借りてきたのだった。

この本が心理学の分野では低級な代物だ、とはフリントも断言はしないだろう——たとえその分野の大部分の書籍よりも面白みに欠け、非論理的で尊大な内容だとしても。とにかく数ページ読んだ時点で彼は両眉を上げ、口は口笛を吹くような形になった。注意深く観察する人なら、見識の高いフリントならではの拒否反応に、すぐに気づいたかもしれない。彼の口からは——「なんてことだ！」「いや、そうじゃないだろう！」「『科学的』とはどういう意味なんだ？」などという言葉が漏れた。そしてナンシー派やウィーン派、ボストン派にボンベイ派といった学派――この書で提唱されているミルウォーキー派を除く、あらゆる学派――をことごとく非難する論調に、フリントは二十分ほど我慢したが、結局は読むのを諦め、いつになく雑に本を床に置いた。次はアンソニー・トロロープ（一八一五―八二年。英国の小説家）の小説を読もうと思い、書棚を眺めた彼は、視線を戻した時に炉格子のかたわらにある白い紙に目を留めた。手に取ると、それは写真のようだった。ひとしきり眺めてから置いた。というのも被写体が特殊だったからだ。

それはふたりの男性が写っている手札判（八・三×一〇・八センチメートル）の写真で、ひとりがもうひとりを殺そうとしていた。被害者と思われる年配男性は頭頂部が薄く、この小さな写真でも顔に好感はもてない。その男性の座る両袖机の上に書類が散乱しているのは、彼が拳で強く机を叩いたからだろうか。もうひとりの男性は机の手前に立ち、年配男性の頭に銃を向けている。かなり長身の中年男性で、恰幅が良いと言うより引き締まった体つきだ。豊かな髪は長めで、あご髭やすっきりした横顔が印象深い。中年男性の顔が横からしか確認できないのに対し、年配男性はカメラに向かって顔を上げている。この緊迫したシーンは書斎と思われる広い部屋で撮影されている。壁には書籍の詰まった本棚があり、奥の隅には白い彫像らしきものが見える。写っている家具がはっきりわかるほど写真は鮮明なので、ストロボを焚いたと思われる。

フリントは何度も写真の裏を見返して持ち主の手がかりを探したが、何も見つからなかった。〈これは趣味の芝居写真なのか〉彼はようやく結論づけた。〈借りてきた本から落ちたに違いない〉彼は先ほど脇へよけた本の上に写真を置くと、トロロープの小説に戻った。だが、座っている年配男性がどのような役柄にせよ、拳銃で狙うのは安易な演出だという印象がぬぐえなかった。

夕方は何事もなく過ぎた。トロロープ作品に浸る彼を邪魔する知人は来なかった。小説に魅せられた彼が、読み終えて床についたのは真夜中過ぎだった。翌朝、無神経な女の声で眠りから覚めた。

「炉格子にあるものは処分してもよろしいですか」

「もちろんです。いつものとおりに」寝ぼけ声で答えたフリントは、ドアの向こうの鼻をすする音に、相手が下宿の女主人と気づいて起き上がった。「すみません、ミス・ドリュー、あなたでしたか。いつもは掃除婦に任せているので――」

「いつもの仕事をわたしに頼むなら、これからは、あの掃除婦から申し送りしてもらわないとね。さあ、八時半ですよ！」そう言いながらミス・ドリューはフリントの寝室のドアを開け、ドア口に姿を見せた。

「あの掃除婦は階段も暖炉もひとりでにきれいになると思っているのよ！　人の苦労も知らないで」彼女が再び鼻をすする。「この家をきれいに保つためにどれほど手を焼いていることか。職業紹介所には言ってあるのよ！　だからといってわたしが身を粉にして働く気がないわけではないけれど。まだ朝食もとっていないあなたにこんなことを言っても仕方ないわね、ミスター・フリント、それに、他の下宿人にも言っているんだけど――」

〈このまま九時半まで聞かされそうだ〉フリントは思った。〈ここらでご機嫌をとるか！〉

「そうでしょうとも」彼は穏やかに言った。「どうかお気を悪くなさらないでください、ミス・ドリュー。朝食は自分で用意できますし、その他のこともおかまいなく」

「そういうわけにはまいりません、ミスター・フリント」ミス・ドリューの小言はさらに続いた。「炉床が紙の山だと危険です。石炭でも上に落ちたら、燃え広がってこの家が黒焦げになるかもしれなくてよ。本当に、あなたのように分別のある紳士がなんてことでしょう。こんな状態になる前に来ていたら、この紙の山を注意しましたよ。そもそもわたしに報告するのはミセス・ローソンの役目なんだけど、誰かが気づいてくれると思っていてはだめね。掃除婦の亭主たちは失業手当をもらっているから、誰の家が燃えようと知ったことではないのよね！」

ちょうどその時玄関のベルが鳴って、牛乳屋か肉屋の到着を知らせたので、失業手当と火事の関係に関する話は途切れた。ミス・ドリューは暖炉の紙くずをかき集めて大きなバケツに入れると、階下に急いで下りていった。残されたフリントは水の冷たさに耐えながら髭を剃り、自ら朝食のテーブルをセッティングをした。

女主人は四十五分後にトレーを手にやってきて食事を並べ終えると、何も言わずに出ていった。食事を済ませたフリントは女主人のご機嫌取りにトレーを下まで運んだ。捨てそこなった昨夜の紙屑の残りも一緒に持っていったが、ミス・ドリューからは、昼食の準備まで使わない料理用コンロに投げ入れておいて、と冷たく指示されただけだった。彼は昨夜見た写真が部屋に見当たらなかったのを思い出し、紙屑を投げ入れた後で写真について尋ねたが、女主人は、床に落ちていたものなら、とっくに燃やしました、とつれない返事だった。彼はいくぶん慌てて二階へ戻り、しばらくは午後の講義の準備に専念した。責任感に欠ける掃除婦が出勤したらしく、通常より遅い到着となった理由を話している様子が遠くで聞こえていたが、彼は作業に集中した。すると十二時にドアをノックする音がして、掃除婦のミセス・ローソンがいつもよりは控えめながらも強気な表情でドアから顔を見せた。「男のお客さんだよ」そう言いながら入ってきた彼女がドアを押さえていると、後ろから帽子を被った紳士が姿を見せた。

フリントは職業を名乗らぬ訪問者には常日頃からうんざりしていた。目を上げてため息をつく。狭苦しい何らかの分野の「権威」として生きる、こうした厚かましい客のせいで、これまでの充実した時間が台なしになる。だが驚いたことに、この訪問者は時間を無駄にしなかったので、フリントはありがたかった。

「突然お邪魔して申し訳ありません」

男性は開口一番、こう言った。「こちらのご住所はウェストミンスター図書館の司書に教えてもらいました。あなたがバラード・スノープスの心理分析の本をお借りになったと聞きまして」

フリントは無言で頷いた。この男性と面識があったか記憶を辿っていく。

訪問者は続けた。「つかぬことをお伺いしますが、その本をあなたの前に借りていた者でして、うっかり物を挟んだままだったと気づきました。まことに恐れいりますが、それを引き取らせていただければと思いまして」

フリントが口を開こうとする間も、訪問客はミスター・バラード・スノープス著のミルウォーキー派の書籍を探して視線をさ迷わせていた。

「頑固そうな年配の紳士が銃を向けられている写真のことでしょうか」

真剣な訪問客とは対照的にフリントはかすかに微笑んだ。「残念ながら処分してしまいました。申し訳ありません。わたしの不注意によるものです。昨夜、本から床に落ちた写真を他の紙屑と共に捨ててしまいました。焼却されてしまったようです」清掃済みの炉床を残念そうに見ながらフリントは言い添えた。「本当にすみません。わざわざ探しに来られるなんて、さぞや貴重なお写真だったんでしょうね」

「いえ、いいんです」

訪問者は言った。「それほど重要ではありません。たまたま原版を処分してしまったものですから。複写もそれなりに鮮明ですが、あの写真があればと思ったので。処分されたのなら仕方ありません」

「いや申し訳ありませんでした」

フリントはそう言いつつも、あの写真のどこに「鮮明さ」を求めるのか、と考えた。「あのようなすばらしい写真を捨ててしまって。気づくのが遅すぎました。趣味のお芝居か何かですか？」

「ええ。言うなればタブロー（生きた人が扮装し静止した姿勢で舞台上などで名画や歴史的場面を再現したもの）でしょうか。たいていの人はタブローを『コスチューム作品』――例えばスコットランド女王メアリーのような――と呼びますが、わたしたちは今日《こんにち》の劇的な事件にも視野を広げており、とても評判がいいんです。個人的な趣味として記録したかっただけで、特に重要なものではありません。これ以上お邪魔してはかえって済まない。お見送りは結構ですよ。それでは失礼いたします」そして客は帰っていった。

「ああ、察しのいい人で助かった」そうフリントは思いながら書類に視線を戻した。「写真のためにわざわざ来て、焼いてしまったと聞いても文句一つ言わない。おかげで不愉快にならずに済んだ。ああ、どうぞ！」フリントは忙しなく言った。

再び掃除婦がやってきた。今度は勝ち誇った様子だ。「ほら！」彼女が言う。「これで、ミス・ドリューからレディーにあるまじき言葉でこってり絞られてもあんただけは慰めてくれるね。あたしはただ、隣人のために尽くせ、というキリスト者としての行ないをしたまでなんだよ。下宿人の神学生さんたちに信心深いところを見せようとミス・ドリューが居間に置いてる、あの聖書にもそう載ってるよ。もっとも、掃除のたびに見ちゃいるが、あの聖書のしおりは同じページに挟まれたまんまなんだ。

ミス・ドリューからは、だらしない！　とか、怠け者の給料泥棒とか言われてるよ。女の人は朝、歯を磨く前に半日分の仕事を済ませて、なんでも言いなりになるとでも思ってるのかね。でもそれじゃ、ミス・ドリューはずぼらもいいとこだ、あたしゃ牢屋に入ったほうがましだよ。聞く耳を持たないなら言ってやりますよ、誰の指図も受けないよ、ってね。救護院のコックが朝の八時にひどい痙攣《けいれん》を起こして、あたしの友達が二百人分のレバーやベーコンの料理をひとりでこしらえなきゃならなくて困ってても、助けちゃいけないのかね？　ミスター・フリント、これでも飛んで帰ってきたんだ。それこそ走って。なのに人間扱いされずに怒鳴られるなんて。ミス・ドリューと同じようにあたしにだって心はあるんだ。ミスター・フリント、不公平じゃないかねえ。わたしはまず紙屑を見に行ったよ。ミス・ドリューはそこまで気が回らないだろうからね。あたしゃ紙屑の中身をいつも板張りの床に広げて確認するんだ。下宿人さんたちは燃やしたくない物まで捨てちまうのを知ってるから、いつだって燃やす前に調べるんだ。そうしたら、あったよ、ミスター・フリント、今度ミス・ドリューに会ったら、わたしを一言二言褒めておいておくれ！」

　ミセス・ローソンはまくしたてて気が済んだのか、フリントの部屋に入ってきてテーブルの上に写真を置いた。ついさっき話題にのぼった例の物だ。しわくちゃで汚れてしまったが、その他は傷んでいない。フリントは驚きを隠せなかった。

「燃えていなかったのか！　てっきり調理ストーブの中だと思った」

「違うんだよ、ミスター・フリント。ミス・ドリューの話は全部嘘なんだ。午前中に調理ストーブに紙を突っ込んだりしないのに、知っちゃいない！　それに言わせてもらえば――」掃除婦の話が延々と続きそうなので、フリントは別のことを考えた。というのも、仕事に集中するためには、てんかん持ちのコックのいる救護院での料理やレバーとベーコンの話を何度も繰り返すミセス・ローソンに付き合ってはいられないからだ。無理にでも掃除婦を追いやらねばならない。そこへ呼び出しベルが鳴り響いた。慈善活動について訴えながらミセス・ローソンは去っていった。フリントは改めて写真を見て、推測が正しいと確信した。銃を持っている男性は午前の訪問者だ。

わざわざ写真を探すくらいなのだから、同一人物であるのは確かだ。はっきりした顔立ち、あご髭、長身、かすかにカールした髪などすべて同じだ。訪問者は銃を構えるような素振りは少しも見せなかったが、部屋の入口で佇んでいた様子や背格好は、写真の男性と似ている。フリントは写真をひっくり返し、しわを伸ばした。さほど傷んでいないのでほっとため息をつく。ウエスト・ケンジントンまで探しに来るほどなのだから、大切な写真に違いない、持ち主に返してしかるべきだとフリントは考えた。うやむやにしてしまおうかと一瞬思ったが、生真面目な性分なので他人の持ち物をそのままにしていては気が休まらない。そこで初めて、写真の所有者の名前や住所を聞かなかったことに気づいた。これでは写真を返せない。いや、待てよ！　ウェストミンスター図書館に訊けばいい。フリントの前にバラード・スノープスの本を借りた人物の名をきっと教えてくれるはずだ。

フリントは腕時計に目をやった。十二時半——取り返しがつかないほど午前中を無駄にしてしまった。午後一時半には友人のシドニー・アンダーウッドと、レスタースクエアの外れのクラブで昼食とチェスを共にする予定だ。ウェストミンスター図書館に立ち寄り、司書から住所を聞いて昼食前に写真を郵送しても間に合うだろう。ついでに、もっと鑑識眼のある読者のためにミルウォーキー学派に関するバラード・スノープスの書籍も返却しよう。フリントは身支度を整えて出かけた。

2　「きみが調べて真犯人を見つけるんだ――」

ウェストミンスター図書館の司書はフリントの古くからの友人で、本を借りたり返したりする時にはいつも雑談を楽しんでいた。司書はサービス精神があり仕事もできるので、フリントの部屋を訪れた人物がブライアンストン・スクエア十五に住むミスター・ウィリアム・エクスターだと教えてくれた。

「ありがとう」フリントは言った。「すぐにでも送り返すよ。わざわざあんな不便な場所に来るほどだから、さぞや大切にしているのだろう。でも、写真が燃やされたと知ってもやけに諦めがよかったな」

「見つからなければ、ひどく落胆するだろうと思ってたよ」司書が言った。「彼がここへ来て尋ねた時には動揺していたんだ。開館と同時にやってきて、前日に返却した全書籍について尋ねてね――相当な数だったよ。彼は最近まで地元の会員だったから、いつも借りた本をまとめて返却するんだ。古株の地元会員はたいていそうなんだ、郵便代の節約でね。もちろんそうしない会員もいるけど。そういった人たちの好みはたいてい特定のジャンルだから、多方面に渡る読者とは言えないけどな。会員はこの図書館をミューディーの店（英国の書籍商。貸本屋の経営で評判をとった）のように利用するんだよ」司書は穏やかな声でちくりと嫌味を言った。「一年くらい経つとそういう傾向もなくなるけどね。何の話だったっけ？

ああ、ミスター・エクスターだったね。そう、返却したすべての本の確認を希望したので、すぐに調べたよ。その中で貸し出されていたのは一冊だけ——それがきみの借りた本——だった。それがわかると、彼はきみの住所を聞いてすぐに向かったよ。あの本はうちの会員の間ではかなり需要があるんだ」

「会員に人気があるとはね。ぼくにとってはひどく貧相な代物だったが」フリントは言った。

「確かに、秀逸な切り口の心理学だとはわたしも思わない」司書も同意した。「でも、そう難解じゃない。ただ知力を鍛える力強い提案が足りない、哲学と同じように」——司書は静かに思いを巡らせた。

「きみの言い分はもっともだ」フリントは彼に微笑みかけた。「ところで、ミスター・エクスターが何者か知ってるかい？　見覚えがあるんだが、どこで会ったのかどうしても思い出せない」

「ミスター・エクスターかい？　いや、あいにくだが、まったく知らない。彼の読書歴は種々雑多だ——非常に多方面に渡っている。小説に随筆、ポピュラーサイエンスに専門的な手引書、説明しきれないくらいだ。ああ、あの方はサー・ウォルデンブルックだよ」カメのような頭の非常に高齢な男性を指差して、司書は上ずった声で言った。「彼は長い時間をかけてアーリー・クリスチャン・ファーザーズに関するすべての書物を読破した。サー・ヘンリーはすばらしい研究者だ。でもミスター・エクスターは——いや、実に種々雑多だ」

「奥方のために借りたのかもしれないじゃないか」フリントが言う。

「その可能性もある」司書は会員のレベルが低下しているのだろうと思いはしたが、おしゃべりに戻った。「種々雑多だね。ああ、ミロム教授がお見えだ」

アーリー・クリスチャン・ファーザーズの書物を何度も読み返した人物として記憶に留められるであろう、老紳士の人生の奥深さに思いを馳せつつ、フリントは図書館を後にした。ふと知り合いの出版業者を思い出した。その男は自宅の書棚の本をすべて学者らしく入念に調べ、発行日や製本コストや販売冊数について語るのだ。本の内容やどのような作家によるものかなど、どうでもいいらしく、彼は知ろうともしない。〈専門知識も人それぞれだ〉フリントはそう思いつつ、ミスター・ウィリアム・エクスターの謎に戻った。

　ウィリアム・エクスター？　ウィリアム・エクスターだって？　確かに聞いたことはあるが、どこで聞いたのだろう？　もしかして——あのエクスター主教か？　彼の名はウィリアムだっただろうか？　だがエクスター主教なら、歴史上のタブローであっても人を撃つとは思えない。アンダーウッドに知恵を借りることにしよう。フリントはすでに約束に遅刻していたので、ミスター・ウィリアム・エクスターへ写真を送るのを昼食の後に先延ばしして、レスタースクエアの外れにあるクラブへ向かった。

〈セント・マーティンズ・クラブ〉のポリシーは、収入が少なくても革新的な視野を持つ人々に利用してもらうというものだった。室内はどちらかと言えば狭いが明るくて風通しは良い。ストライプや渦巻き模様のカーテンやクッションは手ごろな値段でしつらえられているが、充分に芸術的だ。ワインは公務員供給協会選のものが取り揃えられている。どういうわけか、いつもウェイトレスは不足気味だ。食べ物のみならず仲間内での好き嫌いも激しい会員が昼食を手頃な値段で気軽にとろうとするので、ランチタイムはいつも込みあっている。フリントは賑わうクラブへ入っていった。

　シドニー・アンダーウッドはすでに小さなテーブルに座り、長い脚を持て余し気味に隣のテーブルにまで伸ばしていた。彼は若き事務弁護士だ。現在は父方の叔父の事務所メルコー・アンド・アンダーウッドの共同経営者のひとりだが、快活な人柄と、いつでも全力を注いで確実に依頼をこなす仕事ぶりで一目置かれている。フリントが着いた時、彼は一番人気のウェイトレスをお喋りで引き留めていた。

「いいじゃないか、リディア、行かないでおくれ。ぼくは見た目より若いんだ。髪が薄いと思っているかもしれないけど、もともとこういう生え方なんだよ。赤ん坊の時から。きみを一時間以上引き留める大方の政治家たちの年齢の半分にもなっていないんだ――いいからリディア、聞いてくれ。ぼくは出世するよ、それにぼくの寂しさを慰めてくれればいつか何百倍ものお釣りがくる！　政治屋さんは何もしてくれないだろうが、きみだって有能な弁護士がいつ必要になるかわからないよ。離婚する羽目になったと考えてごらん。悪徳弁護士がどれほどきみをひどい目に遭わすかわかるかい？」

「わかりましたから注文をお願いします、ミスター・アンダーウッド」リディアが言った。「ミスター・フリントがいらっしゃいました。早くオーダーなさらないとベジタリアンフードしか食べられなくなりますよ、お好きじゃないでしょう」

「ごめんだよ！」アンダーウッドは言った。「ステーキ・プディングを頼む、それにポテトとカリフラワーのローストを――こちらにも同じものを」友人のほうに頷く。――フリントは椅子に腰かけた。

「それからリディア、ミスター・マクドゥーガルが試して好みじゃなかった料理はぼくにも出さないでくれ。それからリディア――リディア！」呼び止めたが彼女は立ち去った。

「あいかわらず遅刻だ」アンダーウッドが友人をなじる。「きみは、時間を守るのが身につくような、しかるべき職に就くべきだ。今日はチェスはお預けとしよう。チェルシー・マッチ（プロサッカーチーム、チェルシーFC）

の試合）に行きたいんだよ。始まってからでは遅いからね。一緒に来て正面観覧席の裏で少しは賭けたらどうだ？」

「いや、やめておくよ！」フリントが答えた。

「つまらない奴だな」

アンダーウッドは午前中に来た顧客について話し始めた。「今日やってきた紳士は馬鹿騒ぎの結果、厄介な目に遭っている。五千ポンド請求されたんだ」などと延々と続く。

「ウィリアム・エクスターという人物を知っているかい？」フリントがようやく口を挟む。

「個人的には知らないな」アンダーウッドは笑みを浮かべて言った。「少なくとも見かけたことはない。仲間内でぼくがよく知っている人物はきみくらいだけれどね、フリント。きみは新聞すら読んでいないらしい。ウィリアム・エクスターの何を知りたいんだい？」

「今朝その人がぼくに会いに来たんだ」フリントは言い、アンダーウッドが質問を混ぜ返さないでくれればと期待した。

「何のために？」

「図書館の本に挟んでおいたものを取り戻すためにさ。これだよ。てっきり燃やしたと思ったんだけど、無事だった」フリントの説明をアンダーウッドは聞いていなかった。写真に見入って何やらぶつぶつ言っている。

「なんてこった、こんなものを見るのは生まれて初めてだ。どうしたらこうなる。いや、これは違うな……」

フリントは口を挟んだ。「ひとりごとを言うほど興奮する理由を教えてくれないか」

「わからないのか？」アンダーウッドが尋ねる――「少なくとも、その、これは違うんだろう？」

「いや、そう言われても」とフリントは答えた。「題材はともかく、この写真のどこにそれほど驚いているんだい？　奇妙なのは認めるが」

「もうひとりの男は何者だい？」アンダーウッドが尋ねる。

「どっちのことだ？」

「ほら、銃を持っているほうさ。拳銃で狙われているほうの人物は知っているが、すでに故人だ」

「よくは知らないんだけど」フリントが言う。「でも銃を持っているのがミスター・ウィリアム・エクスターだよ」

アンダーウッドが長い口笛を吹いた。「なんてことだ！」彼は叫んだ。「まさかそんな。証言している時ぼくは法廷にいなかったから新聞の写真で見ただけだけど。きみも察しがつくだろう。どんな男なんだい？」

フリントは説明を始めた。「そうだな、ライオンのような男かな。もしくはヒョウだ。ネコ科の野獣のような趣がある。長めの髪は豊かな黄褐色でややカールしている。髭も黄褐色――よくある形だ――そして少しだけ伸ばしているあご髭は、濃くて癖がある。歯は見事に真っ白だが――歯並びはあまりよくない。瞳は明るいブラウンだ。上質のコンソメスープのようにすっきりと澄み、瞳孔は小さめ――だが光の加減でそう見えたのかもしれない。額は張り出していて、鼻はまっすぐで端正な顔立ちだ――それは写真からも見て取れる。そして耳は小さい。歳は四十過ぎといったところだ。背は高いが写真から受ける印象ほどではない。きみとぼくの間、ぼくくらいかな。力がありそうに見えるが体格がいいわけではない。厚い唇で、Ｒの発音が少し舌足らずになる。ああ、それに彼はとても身なりが良かった。さぞや大金をつぎ込んでいるのだろう」

「そりゃそうさ！」アンダーウッドが言う。「なかなかの観察力だな。警察裁判所の説明よりよっぽど優れている。きみがそれほどつぶさに人物観察するとは、いままで知らなかったよ」

「入念に観察したからね。以前、会ったことがある気がしたからなんだ。きっと写真を見たんだろうけど、その時にはどういう人なのかきみから聞いていなかったし。そもそもこの写真は何だろう。ミスター・エクスターによると、歴史的タブローのようなものだというのだが。そうかな？」フリントは言った。

　アンダーウッドは大笑いした。「きみはまったく世間知らずだな！　ウィリアム・エクスターは老いぼれハリー・ワイの娘婿だ。ハリーはこの春に殺された。きみが持っている写真は、新聞という新聞に掲載され話題になった証拠写真の偽物だよ。ド・ベルローとエクスターが入れ替わっている。自分に嫌疑がかからないために、必死で写真を探しているのだろう？」

「サー・ハリー・ワイについて何かしら覚えているはずなのに、目にした記憶がない。それに細かい点を覚えていない」フリントは答えた。

「主よ、われわれを救いだしたまえ！（イザヤ書三十七章二十節）」

　アンダーウッドは目をぐるりと回した。「探偵小説を片っ端から読んでいるこのフリントなる男は——リディア、コーヒーをブラックで頼む——謎解きや指紋などにはかなり詳しいのに、イングランド人の半数の話題に上る——いいかい、まだ未解決だ。少なくともぼくたちはそう思っている——実際の殺人事件の謎となると、『目にした記憶がない！』と言うしかないのか。なんたる理論家！　事件当時、ぼくはきみに話したはずだよ」

「きみからはいろいろと聞かされているから」フリントは防戦しつつ尋ねた。「どんな話だい？」

アンダーウッドはコーヒーをスプーンでかきまぜながら話し始めた。「サー・ハリー・ワイは、いうなれば最大級の悪人だった。彼はこの五月に書斎で銃撃された。これまでのところ、犯行時の目撃者はいない。だが、妻の連れ子である義理の息子、オリヴィエ・ド・ベルローが告発された。彼はぼくの従妹と婚約中なので、少なからず関係があるんだ。ド・ベルローの供述によれば、ワイの所に来たのは、彼に遺された母からの遺産の権利を主張するためだったという。母親は一、二年前に他界したが、ワイはオリヴィエに遺産を渡すつもりはなかった。そこで西部の荒くれ者のようにオリヴィエは銃で脅した。彼は実家を何年も前に出て、メキシコやカリフォルニアのどこかで炭鉱技師をしていた。そしてド・ベルローによると、覆面の男が――」

「何の男だって？」

「覆面さ。カーテンの陰から飛び出てきて銃と書類を奪うと、耳の痛いことを言って彼を追い払ったそうだ。同じ日の午後、ワイは撃たれ、それ以降覆面の男は目撃されていない。だから当然ながら警察はド・ベルローを逮捕し、書斎に設置されていた大きなカメラで撮影された写真を現像した。すると彼がワイに銃口を向けている姿が写っていた。なのに、きみが見せてくれた写真では、拳銃を構えているのがド・ベルローではなくエクスターになっている」

「そうだったのか」フリントが言う。「どうりでミスター・エクスターは写真を取り戻したくて仕方がなかったはずだ。世間に広まるのを恐れていたんだ。ド・ベルローはギロチンにかかったのかい？」

「いや。刑罰は免れた。さっきも言ったように、従妹のアリソン・テーラーが――ちなみに彼女はピアノ教師をしている――うちの事務所でこの件を扱ってくれと言ってきたので、一緒にブリンクウェル弁護士のところへ行って、証拠が混同されていると申し出た。ブリンクウェルがすぐさま話を信用してくれたとは思えなかったが、アリバイや時間に矛盾があって――ぼくは直接担当していないので詳細は覚えていない――容疑者を状況証拠のみで判断する危険についてブリンクウェルが強く訴えてくれたので、陪審員の終日の議論により、最終的にオリヴィエは刑罰を免れた。だがもちろん実際には『立証されていない』見解だったので、オリヴィエは遺産を――まさに遺産を――受け取れなかった。技師の仕事にも就けずにいるので生活は困窮しているらしい。そしてアリソンはしょっちゅうぼくの所に来ては、警察が真犯人を逮捕してオリヴィエの汚名を雪《そそ》いでくれないのはどうしてなのかと尋ねるんだ」

「どうして警察はそうしないんだい？」

「ぼくが思うに、警察は彼を逮捕したが嫌疑不十分で釈放したので、もう捜査しても無意味だと考えているんだろう。同僚のメルコーが言うには、オリヴィエが犯人だと考える者は署内にいないのに、あの事件を立証できないのだそうだ。それにきみも知っているだろうが、専門家だからこそ蒸し返しはしないのさ。どう手を付けたらいいかわからないんだよ」

「それじゃあミスター・エクスターは？　彼はどう関わっているんだい？」

「彼はワイの友人で一緒に暮らしていて、後にワイの娘のマデレンと結婚した。そしておそらくオリヴィエが相続できなかった金をすべて受け取った。だからきみの言うように、彼がワイを撃とうとしている写真がロンドンの街に出回るのを望まなかったのも無理はない。もっとも、犯行時刻に彼は現場にいなかったんだ」

「そしてきみは警察の意見に従うつもりなんだね——つまりド・ベルローが犯人だと？」

「さあ、どうだろう。彼が犯行に及ばなかった理由が、ぼくにはわからない。ワイは意地汚い老紳士でオリヴィエはひどく怒っていた。でもほら、本人がやっていないと言っているし、弁護士が言うように、われわれはオリヴィエの話を聞く義務がある。もちろん、アリソンは無実を信じている。ところで、彼の証拠の大半はアリバイなんだが、疑わしいのも確かだ。だが犯行を裏付けるものはない」

「もし彼が有罪の判決を受けず、告訴する者もいないなら——具体的な話としてなぜオリヴィエは遺産を受け取れないんだ？　確か受け取れなかったと言ったよね」フリントは言った。

「母親の遺言が見つからないのさ。オリヴィエが言うには、カーテンに潜んでいた覆面の男は、オリヴィエの銃や彼の身元を保証する書類——彼はイングランドを長く離れていた——を取り上げてしまった。ぼくが思うに、オリヴィエは死んだと思われていたらしい。言ったかな、ハリー・ワイは自分の非をまったく認めなかった——彼はペテン師だからな？　オリヴィエの話が本当ならワイは書類を処分したのだろう。いまだに見つかっていないんだ。オリヴィエの話で興味深いのは、財産を譲るという遺言書があるわけではなく、あるのは、母親が亡くなる前に届いた遺言書の副本だという点さ。思うに、母親は性悪のハリー・ワイが遺言の原本を処分すると思っていたんだろう。そしてどちらの書類も出てこないんだ。母親が死去した後も、ワイが殺害された後も。そしてワイの死後、彼の遺言書に則ってワイに信託されていた母親の遺産は、娘マデレンの手に渡ることとなった。彼女はすでに受け取っているはずだ」

「でも遺言を立案したか、少なくとも立案に同席した人物がいたはずだろう。その人たちは見つからないのか？」

「ぼくらが探さなかったと思うのかい？　もしあればオリヴィエの助けになったんだが。実際にあったところでワイが書類を隠して遺産をせしめただろうがね。だからといってオリヴィエの嫌疑が晴れるわけではないし、彼の犯行が濃厚であるという説は払拭されない。幸い、殺意だけでは人は殺せないからな。さもないとおれはリディアと厄介なことになりかねない。リディア！　リディア！　会計を頼む！」

「ワイを殺したのは誰なんだい、もしオリヴィエじゃないというのなら」フリントは思い巡らした。

「誰でもない。だから厄介なんだ」アンダーウッドが答えた。

「自殺ではないのか？」

「いや、それはない。自殺だとすると、とても不自然な体勢でないとできない、と医師が言っていた。それに、銃弾はオリヴィエの銃から発射されたものだった」

「それは残念だな。すると写真を撮ったのはいったい誰なんだろう？」

「ワイが撮ったという説を信じるね、いささか奇妙ではあるけど。まずい、きみの質問攻めに遭ってチェルシー・マッチを見損なうところだった」

「気になるものだから、つい」フリントは詫びた。

「そうか、そんなに気に入ったのなら自分の足で調べてみればいい。新聞などにすべて載っているはずだ。待てよ、いい案がある。きみが調べて真犯人を見つけるんだ、そうとも、いい考えだ！　ぼくらはいまだ名目上はオリヴィエの弁護士だけど、特別何をしているわけでもないんだ。もしきみが真犯人を探しだしたらたっぷり報酬を出すし、その功績を新聞記者におおいに称えるよ。きみを叔父と従妹に紹介しよう。いや、待て、座ってくれ――」フリントは腰を浮かしかけていた。「ぼくは真剣だ。オリヴィエの嫌疑が晴れればとても嬉しい。だって彼は好青年だし、身内みたいなものだから。彼は少しふてくされたところがあってね。アリソンが他の男性に乗りかえてくれればいいとも思っているんだが」

「やれやれ」とフリントが言う。

「そのうえ、探偵の仕事はきみにとってすばらしい経験になるだろう。きみの読んだ探偵小説に新たな光を投げかけるんだ。こうしよう。もうチェルシー・マッチはあきらめた。これから一緒にオフィスに行って書類を見よう。簡略な報告書があるんだ——審問、裁判やその他すべてのだ。見ればすべての情報が網羅できるはずだ」

「勘弁してくれよ」フリントがやっと口を挟んだ。「ぼくは四時に講義があるんだ」

「残念！　そうか、それじゃあ土曜にしよう。ぼくは予定がないし、他人に邪魔されないから書類をゆっくり見せることができる。アリソンにも連絡を取るよ。断わらないでくれ、真面目に頼んでるんだ。気の毒な男が窮地に陥っていて、少しでもチャンスがあるなら救ってあげるべきなんだ。それに警察に邪魔されることもない。彼らは実際のところ投げ出したんだから。事務所でぜひ書類を見てもらって、きみの意見を参考にさせてほしい。気に入らなかったら手を引けばいい」

「実際には引けなくなるんじゃないか、きみがその従妹とやらに連絡を取ったら」一途な若い女性の申し出を断るのは、フリントの不得意とするところだ。

「じゃあ彼女は呼ばないよ。じっくり書類に目を通せばいい。もし調査を引き受ける価値があると思ってくれたら、次回に彼女を呼ぶよ。きみが望むならぼくはできるだけ手助けする。他意はない。いいかい、土曜にオフィスで三時に会おう。書類は全部用意しておくから。来てくれるね？」

フリントは反論しようにも断るきっかけを失っていた。それでもしばらく考えて、時間がないし興味がないし首を突っ込んだら厄介事に巻き込まれるかもしれない、と抗議したが、アンダーウッドにうまく言いくるめられてしまった。もしフリントが気に入らなければ、無理して事件に首を突っ込まなくていい、と頑固に繰り返されて後に引けなくなった。それに本物の殺人事件の解明に取り組むのだと思うと、とても魅力なのも事実だ。十六世紀の経済に魅力を感じなくなったら探偵小説を執筆するつもりなのだから。少なくとも事件に直接関わることができるのだ。そんなことからフリントは承諾した。そうとなれば土曜までに情報をすべて頭に入れておくべきだった。

「ぼくがきみだったら」アンダーウッドが別れ際に言った。「事務所に来る前に新聞を熟読しておくよ。記事は膨大だから漫然と目を通すとうっとうしいだけだろうが。ところで、さっきの写真はしばらく持っておいてくれよ。必要になるはずだ」

「気が進まないな。写真はぼくのものではないんだから」フリントは言った。

「何を言っているんだ。これは事件なんだから、あらゆる証拠に基づいて推理しなければ。それにエクスターはさっきの写真が焼却されたと思っているし、きみが写真を見たことは知っているんだ。こちらは写真を利用するつもりはないよ。さあ、ぼくは行くよ。土曜に会おう。それじゃまた来るよ、リディア」

3 「実に途方もない話――」

案の定フリントがクラブを出て最初に感じたのは、アンダーウッドの依頼全般に対する反発と調査に引き込まれたことへの憤りだった。憤りの種は主に二つ――ミス・アリソン・テーラーと、写真を預かっていることだ。ミス・テーラーはともかく手強い、とフリントはひどく恐怖を覚えた。ベネットやゴールズワージー（共に英国の作家）の小説を読んでも、進歩的な女学生と接していても、彼は経験不足を痛感する。掃除婦に対しては親しみを覚えるしタイピストや店員にもなんとか対応できるが、フリントはいまどきの若い女性を怪物とみなしていた。なぜなら彼女たちは彼の妻か愛人になることを望むからだ。もっともミス・テーラーは渦中のオリヴィエと婚約しているのでフリントに迫ってくるはずはないが、調査によって彼女は憔悴するだろうし、共謀していないか調べられて不愉快な目に遭うのも時間の問題だろう、とフリントは思った。

写真に関しては、これは良識の問題だ。昼食前に郵送できなかったのは話の長い司書のせいだ、とフリントは悪態をついた。彼には写真を預かり続ける権利がない。それに、写真がどんな使われ方をされるにせよ、本来の所有者に嫌疑をかけて殺人容疑で告訴するために預かっているのだ。これはフリントが規範としているフェアプレーに反する。午後の間、何度も写真を封筒に入れようとしたが、結局は先送りした。事件の記事を読まないことには落ち着かない。午後六時にフリントはペンとメモ帳を手に、彼の部屋から一番近い公共図書館に赴き、この五月から六月にかけてのタイムズ紙の閲覧申請をした。掃除婦のミセス・ローソンが警察裁判所の事件についてニュース・オブ・ザ・ワールド（英国の日曜大衆紙。一八四三年の創刊で、日曜紙最多の発行部数。犯罪もの、王室もの、スキャンダルなどが売り物。政治的には中立系）から情報を得ていたのを思い出して、そちらも閲覧申請をした。だが感情を顔に出さない彼とは対照的に、担当の若い女性は当惑した表情を見せ、その新聞は購入していないとすげなく答えた。フリントは読み始めは退屈でいらいらした。彼にしてみれば事件記事は見当違いもはなはだしく、洗練された社風のタイムズ紙ですら見出しは暴力的で非芸術的だった。だが審問に関する記事に目を通していくうちに、この事件は少なくともいくつかの変わった特徴があるとわかってきた。次第に興味が湧いてきた彼は、ペンとメモを手にじっくり読み込んだ。頭を傾げて左手の人差し指でテーブルを軽く叩きながら、審問や裁判についての記事を次から次へと読んでいった。閉館時刻になって退出を余儀なくされてからも、メモ書きと事件の経緯で頭はいっぱいだった。

　フリントは遅めの夕食をとるため自室に戻り、メモを関連箇所ごとにまとめる作業を進めた。新聞によって、サー・ハリー・ワイの遺体が発見された日時は五月十三日の午後六時三十分、場所はバークシャー州サンドンにあるクロームハウスの彼の書斎だとわかった。通報したのは運転手兼雑用係のアルバート・ユーイングだった。彼は召使が不在の間、サー・ハリーのために代わりを務めていた。この男がディナーのために着替える時刻をサー・ハリーに伝えにいって、椅子に座ったまま息絶えている彼を発見したのだ。フリントは欄外にメモした。〈なぜサー・ハリーは身支度の合図のベル（この合図で晩餐に出席する人は夜会服に着替える）を鳴らす代わりに、アルバートに声をかけてもらうことにしたのか？〉――フリントは独自の視点で事件を検証した。死因は銃撃によるもので、弾倉の仕切りの一つが空になっている銃が室内で見つかった。すぐに呼び出された医師によると、サー・ハリーは間違いなく即死で死後二、三時間経過しており、自殺とは考えられないとのことだった。検死書類では一貫して自殺の可能性は語られず、発見者や医師はサー・ハリーが自ら命を絶つ理由がない、という見解だった。

つまりハリーは午後の四時頃に殺されたが、周囲への訊き取りによると、その間ずっと書斎にいたことになる。誰がハリーを殺したのか？　サー・ハリー以外にこの家に住んでいたのは、（1）娘マデレン。彼女は自分の部屋にいて何の音も聞いていない。（2）運転手アルバート・ユーイング。六時半に主人を発見するまで書斎には近寄らなかったと証言している。（3）執事フレデリック・ティード。正面玄関の近くの執事部屋で寝泊まりしている。彼は執事部屋から出ておらず、昼食から夕食の間に誰も訪れた様子はなかったと証言した（「だが居眠りした可能性あり」とフリントは書き込んだ）。（4）数名いた女性の使用人の中に、注目すべき人物はいない。（5）ミスター・ウィリアム・エクスター。彼はカメラを持って外出中で、サー・ハリーの遺体が発見された直後に帰宅した。敷地内に外仕事をする使用人はおらず、サー・ハリーの自家用車は街にあった。唯一の住み込みの庭師は病気で臥せっていた。

かなりの大所帯だ。次は外部の人間に移ろう。執事は玄関から誰も入れていない。だがミスター・オリヴィエ・ド・ベルローは午後のいずれかの時点で、裏口からサー・ハリーに家に入れてもらった（「家の見取図を入手のこと」とフリントは記入した）。書斎のテーブルでメモが見つかっている。サー・ハリーがオリヴィエに宛てたもので当日の午後三時に会う約束をしており、裏口から入ってくれ、と記されていた。殺人事件の後、オリヴィエ・ド・ベルローはロンドンの自宅で逮捕され、検視陪審はその後、故意の謀殺の評決をオリヴィエに下した。

この事件でオリヴィエ・ド・ベルローはどのような立場なのか？　彼の供述についてはひとまず置いておき、警察からの情報は以下のようになっていた。（1）オリヴィエは義父に対し強い悪感情を抱いていた。そのためイングランドにいる間、義父と反りが合わなかった。オリヴィエは義父を脅すような手紙を何度も書き、彼の分の遺産を要求した。そしてサー・ハリーは世に知られた詐欺師で撃たれて当然だ、とオリヴィエが言ったのを、複数の人物が聞いている（「やや軽率な若者」とフリントは心の中でつぶやいた）。（2）殺人事件当日、オリヴィエは午後三時に来るよう呼び出されており、当日のハリー宛の来客予定はオリヴィエだけ。（3）凶器となった銃はオリヴィエのもの。（4）オリヴィエがハリー・ワイを殺したとは必ずしも言えないが、彼が「敵意を持って」銃を向けた、と犯行現場を調査した警官が主張する根拠として、写真が示された。この点については裁判で判事が言及したので、新聞記者たちもそれを聞き逃さず「彼の生い立ちから考えて、忠誠心というよりも敵意を込めて銃口が向けられた」と記した。

　この写真は明らかに大衆の想像力をかき立てた。タイムズ紙ですら敬意を表して写真ページへ掲載していた。ある聡明な警官は犯行現場を調べた時、非常に大きなカメラが窓辺の三脚の上にあることに気づいた。このカメラにはバルブ（ボタンを押している間、シャッターが開放状態で放すと閉じるカメラ機構）がついていて、非常に長いゴム製のチューブがカメラからのびており、椅子に座ったまま死亡したサー・ハリーの手元まで伸びていた。その警官がミスター・エクスターから聞いた話では、サー・ハリーはこのところ書斎を一通り撮影したいと思い立ち、エクスターもカメラの設置を手伝ったという。長いチューブは改良され、書籍や骨董品に囲まれたままサー・ハリーが自分で撮影できるようになっていた。感光板が一、二枚すでに現像されていて、写真は犯行のあった午後に撮影されたものだった。ミスター・エクスターによると、サー・ハリーはオリヴィエ・ド・ベルローの写真を撮る目的で、特別に準備していたという。「サー・ハリーから聞いたのですが」とミスター・エクスターは語る。「あの頑固で破廉恥な若者はあの日の午後、家に来ることになっていました。オリヴィエは不正な手段でサー・ハリーから何度か金をまきあげようとしていました。サー・ハリーは人生勉強をさせるつもりで、オリヴィエが警戒していない時に彼の写真を撮り、何かあればそれを警察に送って手配させるつもりだったのです。サー・ハリーはその案をとても気に入っていました」

執事の証言によると、具体的な話はなかったものの、カメラがいつか警察の役に立つ、とサー・ハリーがほくそ笑みながら話していたそうだ。

裁判で見解を訊かれたミスター・エクスターは、サー・ハリーの案には賛成しかねたと答えた。サー・ハリーに見せられた何通かの手紙でも、差出人はプロの詐欺師と言うよりは、特異な点に固執しているように思えた。もちろん、それはエクスターの印象に過ぎない。というのも、彼がミスター・ド・ベルローと初めて会ったのは審問の日だったからだ。サー・ハリーは何もかもすべてひとりで進めていた。いや、だからといってエクスターは若者の要求が正しかったという印象を与えるつもりはない。父子の関係がどうであったか知る由もなかった――それを判断するのはサー・ハリーだ。ド・ベルローの手紙は妄執に取りつかれていて、詐欺だとしても、よくある詐欺とは違う、とエクスターは言っていた。

カメラを押収した聡明な警官は感光板を現像し、エクスターの鋭さやサー・ハリーの洞察力の双方に納得する結果を得た。感光させた板にはタイムズ紙に掲載された写真が写っていた。検察当局によると、写真にはサー・ハリーの最期と殺害者の正体が写されていた。当局の捜査では、サー・ハリーが思う以上に若い詐欺師は危険人物で、殺される前にカメラのバルブを握る時間しかなかったと推定される。少なくとも犯行の証拠を残しておきたかったのだ。奇妙な行動だ、とフリントは思った。若者はサー・ハリーにとって人生の厄介者程度だったのに、どうしておののいて身動きが取れなかったのだろう。「サー・ハリーはこの面会の悲惨な結末を予期していたと思われますか?」ミスター・エクスターはそう問われると「少しも思っていなかったでしょう」と答えた。「物事に対して怒るというより、むしろ楽しんでいました。第三者も同席すべきだと忠告しましたが、サー・ハリーに鼻先であしらわれました。むしろ脅迫者と渡りあいたかったようです」

次のフリントのメモにはオリヴィエ・ド・ベルローの供述が記された。列車に乗ってサンドンに到着したのは二時二十五分。その日の午後に手紙で呼び出され、クロームハウスの裏口に着いたのは午後三時前だった。オリヴィエの話では、彼は母親の遺言書の副本や、母や他の者から来た何通かの手紙を持参していた。言い争いになっている彼の立場を裏づけるのに役立つものだ(だが殺人事件後、どの書類も見つからなかった)。室内に通されるとオリヴィエは座るよう指示され、静かに会話は始まった。だがすぐにオリヴィエの書類にサー・ハリーが逆上した。おまえは常習的な詐欺師だ、偽の遺言書を作成し、わたしを死に追いやろうとしている、とオリヴィエをののしり、最後にはオリヴィエの亡き母の名を汚した。これでオリヴィエは頭に血が上って、銃で詐欺師を脅した、と認めた。「あの老いぼれの悪《わる》は」オリヴィエは逮捕された時に警部補に話したそうだ。「怒鳴りまくって大声を上げ、足を踏み鳴らしました。何を考えているのかわからなかったし書類をいじられたくなかったので、銃を出して、黙れと言いました。でも発砲はしていない、子供ではありませんから」〈だが似たようなものだ〉とフリントは思った)。

オリヴィエによると、このやや緊迫した事態に闖入者がいたらしい。室内には覆面とマントを身につけた男がいた。背後のカーテンの陰から飛び出してきて、オリヴィエが振り返る間もなく彼の両手を縛り、銃を取り上げたという。「男は怪力の持ち主に違いありません」オリヴィエは言った。感情の起伏の激しい被告人のプライドが傷ついた様子に、フリントはくすりと笑った。オリヴィエがこの謎の男と格闘している間、サー・ハリーはテーブルに散らばっていたオリヴィエの書類を密かに引き出しにしまって鍵をかけると、再びオリヴィエを見た。サー・ハリーは若くはなかったが、肉体的に衰えているわけでもないので、その作業はほんの数秒しかかからなかった。彼の助手ともいえる謎の男がオリヴィエを完全にねじ伏せて部屋から追い出すと、サー・ハリーは、今度顔を出したら暴行と脅迫で訴える、とオリヴィエを激しく脅した（覆面の男は身動きしなかったようだ）。

オリヴィエは「気分がひどく悪くなり」義父の家を出て、門に向かう道をとぼとぼ歩いた。門のところでサー・ハリーの元使用人と会った。近くのコテージに住んでいるジョージ・グリーンという男で、オリヴィエとは会えば言葉を交わす間柄だった。このグリーンによる証言が被告にとって明らかに重要なものとなった。裁判で検察官はグリーンの証言を覆そうと躍起になり、気まぐれな偽証を繰り返す可能性のある人物だと思わせることに成功しただけでなく、グリーンにはサー・ハリーに解雇された恨みがあったことをも明らかにした。

オリヴィエは歩きながら、「いましがたの仕打ちの意味を考えていた」と弁護人は述べた。それから彼は婚約者ミス・アリソン・テーラーを訪ねることにした。彼女が叔母と住む家はハイビーチという村にあり、五マイルほど離れている。到着したのは四時半少し前だった。その時刻についてはミス・テーラーと叔母の証言が取れている。いくら誘導尋問をされても彼女たちの証言が翻ることはなかった。証言によると、第一にオリヴィエは確かにその時刻に到着した。次に、晴天の五月の午後に歩きづめだったため、到着した時に彼の足は汚れていた。そして第三に、オリヴィエは腹を立てていたが、少しも暑そうではなかった。もっとも三十分たらずで五マイルも移動したなら話は別だが。折よく、ハイビーチ方面へ向かう道路を歩くオリヴィエを午後四時ごろ見かけた、と通りすがりの荷馬車の御者が証言している。

　これらがオリヴィエの陳述で、実に途方もない話である。検察当局の協議対象としては思いがけなく幸運だった、と検察官は控えめに説明している。犯罪者の特性を非難することになるので情報に口をさし挟むつもりはないが、オリヴィエの供述を読んで、これは刑事事件に値するのかと真剣に考えたという。覆面の男？　殺人行為を隠蔽するためにそんな作り話をするだろうか！　この二十世紀に？　ある程度地位のある紳士たちは書斎に用心棒《ディック・ターピン》を潜ませているのか？　サー・ハリーは面会で不測の事態が起きた場合に備えて覆面とマントの男を潜ませていたというのか？　それも当然かもしれない、彼は用心棒が出てくる前に二度ほど殺されかけたのだから！　陪審員の皆さん、詐欺師もしくは詐欺師かもしれない青年がサー・ハリーの家を訪れ、面会の終わりに法に訴えうる脅迫をし、被害者に銃口を向けたのです。「少しも敵意はなかったのです、皆さん」――そして青年は敵意がないつもりでしたが、怪力の持ち主である覆面の男が突如として現れたために思惑どおりにいかなかったと言います！　陪審員の皆さん、学芸会だってもっとましではありませんか！

「いや、あなた」フリントは思わず声に出して抗議した。「重要な点を見逃していますよ。愚か者しか思いつかないような非常識な話だからって、被告人がでっち上げたとは限らないじゃないですか？」だがフリントの声が届くはずもなく、検察官はこの非常識な話のみに執着した。あの写真で見せていたオリヴィエの狼狽を引き出す術を見つけねばならなかったからだ。被告弁護士は写真にこだわりすぎたのかもしれない。そうすれば被告の主張が立証されると考えたのだ。だが立証されるべきは写真ではなく現場で何が起きたかなのだが？

被告弁護士は青年の命が危うかった点を考慮するよう陪審員に促した。だが検察官の弁舌により、ひどく取り返しのつかない間違いを陪審員が犯し、事件の厳然たる事実から遠ざかっていってしまった。活字で読むと被告弁護士がひどく劣勢なのは明らかだった。被告の話を拡大解釈しつつ極力核心に触れないようにした検察官の主張に引っ張られてしまったのだ。もし検察側の主張が疑われれば、策略に引っかかったと信じる若者がサー・ハリーとの面会に及んで口論となった挙句に銃口を向け——発砲することも面会の目的も達することなく立ち去り、一方のサー・ハリーは偶然にも同日午後に何者かによって殺された、と言及せざるを得なかったはずだ。これは実に難解だ。サー・ハリーはその特性のせいで——物的証拠によると若干の漏れはあるが——かえって汚名を返上したのかもしれない。サー・ハリーの意地の悪さが明るみに出れば出るほど、オリヴィエが撃とうとした可能性が大きくなる。翻弄された陪審員による故殺の評決は、サー・エマニュエル・ブリンクウェルの主張に沿うものになった。

だがブリンクウェルは依頼主のためにアリバイの確認に最善を尽くした。医学的証拠によると、サー・ハリーが殺害されたのは四時頃だ〈どんな種類の医学的証拠もぼくには疑わしい〉とフリントは思った。〈話半分と考えておけば充分だ〉。オリヴィエは三時過ぎに義父の家を出ていったのが目撃されている〈もしグリーンが本当のことを言っているならば〉。オリヴィエはハイビーチに四時半少し前に着いた。サー・ハリーの死亡推定時刻に、オリヴィエは道路を歩いているのを目撃されている。これらの点はサー・ハリーの特性について言及する中で何度となくほのめかす形で示され、状況証拠に頼る危険性を弁舌滑らかに——狡猾な目的で——述べた。サー・ハリー・ワイのような人物を殺害した罪で、ひとりの人間を絞首刑に処する判断に誤りはないと確信できるのか、と被告弁護士が陪審員たちに尋ねた結果、報われることとなった。アンダーウッドが言ったように、陪審は最終的には刑に処しかねると判断して無罪の評決を下した。その見解がオリヴィエの友人にとってまったく満足いかないものだということは、フリントにはよくわかった。〈なぜイングランドの陪審は立証されていない評決を答申したのだろう？〉フリントは書類を脇に寄せ、椅子の背にもたれながら思った。〈それによりド・ベルローが特に救済されたわけではないが、ともあれ賢いと言うほかない〉

どの論点にも無関心ではいられない。事件と対峙したフリントは強烈な驚きを覚えた。オリヴィエ・ド・ベルローが無実なら確かにひどい話だ。勅選弁護士サー・エマニュエル・ブリンクウェルは明らかに彼が無実ではないと考えているが、フリントは確信できない。青年のために一肌脱ぎたいと決定づけたのは、検察官による侮辱である。写真という厄介な証拠は許すとしても、絞首刑を免れるために正気の殺人犯が馬鹿げた覆面姿の男を思いつくとは、フリントには信じられない。犯罪者がとっさにありそうもない話を巧妙の限りを尽くしてでっちあげるのは想像できるとしても、そもそも同じやり方がイングランドの陪審でまかりとおるとは思えないし、さらには、悪知恵の働く犯罪者が銃を置き忘れたりするのも考えにくい。そのうえ、被告人の供述からも明らかだが、彼の性質には巧妙さなど見られない。

だがサー・ハリーを殺したのがオリヴィエ・ド・ベルローでないのなら、誰が殺したのだ？　彼がいまポケットから出して再びじっくり見ている写真にヒントが含まれているのか。もちろんこの写真がタイムズ紙のものとよく似ているとはわかっているが、正確には複製ではない。タイムズ紙の写真は、テーブルの向こうから身を乗り出している敵に対してサー・ハリーは横を向いているが、手元の写真では、サー・ハリーの顔は半分カメラを向いていて、一方のミスター・エクスターはほとんど直立不動の姿勢で立っている。しかも手元の写真を見れば見るほど解決の糸口が見えなくなるようだった。この写真はミスター・ウィリアム・エクスターがサー・ハリー・ワイを銃で脅している写真だ。新聞掲載の写真はオリヴィエ・ド・ベルローがエクスターの位置にいる（掲載されたのを彼は確認している）。もしエクスターが殺人者なら、サー・ハリーが最初の写真を撮ったに違いない。喧嘩が収まるのを待って、彼自身が新たな感光板を用意したのだ。エクスターは事前に現場のしかるべき場所に潜んで、サー・ハリーが写真を撮るのを見届けてから撃ったのだ。〈どちらも馬鹿げている。それに〉とフリントは証拠を違う面から考え直した。エクスターは外出していて、サー・ハリーが死ぬまで戻ってこなかった。エクスターはすでに息絶えたサー・ハリーを無理やり立たせ、彼に向かって銃を向けてシャッターを切ったことになる。それができたとしてもひどく馬鹿げた話だ。その場合、銃を撃ったのが何者かわからない。ぼくの持っている写真は殺人事件の起こる前に撮られたのだろう。だがこの写真にはどんな意味があるのか？

どちらの写真もサー・ハリーの殺人犯を明らかにしていないのなら、殺人犯は誰だ？　犯行時に他に誰がいたのだ？　被告人の話が本当ならば、例の「覆面の男」が最も犯人らしく思える。男は確かにいたのだろう。だがその男はサー・ハリーの敵というより味方に思える。とにかく男の身元がはっきりしない限り、サー・ハリーの敵なのか味方なのかわからない。特定すれば調査してもらえるはずだ。他にも執事や運転手がいる。運転手本人が認めたように、彼は遺体発見者だ。遺体が発見されるように仕組んだとも限らないではないか？　その場合ユーイングも「覆面の男」の可能性があるのだろうか？　そうでないとは言えない、とフリントは考えた。被告側陳述でもあったように、サー・ハリーがオリヴィエとの面会直前に気が変わって立会人をつけたなら、彼の部下以上にぴったりな人物がいるだろうか？（ミスター・エクスターは外出中だったが）。だがそうなると運転手がサー・ハリーを殺したのか？　まあ、使用人が主人を殺すのはいまに始まったことではないし、フリントがこの家の主について集めた限りの情報では、非業の死があらかじめ定められていたように思える。だがユーイングを容疑者と確信するにはさらなる動機が必要なことにフリントは気づいた。

彼は再び報告書に目を通した。まったく解決の糸口が見つからない。ユーイングも執事も容疑者には思えない。アリバイも問題はないようだ。つまるところ警察が義務を果たしたとも果たしていないとも取れる。執事のティードや運転手ユーイングはどんな人物なのか？　証拠は何もない。ふたりに関しての情報と言えば、ユーイングの証言を検視官が褒めていたことくらいだ。フリントはため息をついた。

フリントはしばらく事件について考えていたが、土曜日まで事件のことは頭から追い出さなければ、彼の講義にも執筆にも差し障りがあるという結論に至った。土曜になればアンダーウッドに推理を手伝ってもらえる。新聞記事にもあいまいな点がいくつかあるが、事件報告書でそれが解決するかもしれない。注目すべきはアンスティーという目撃者がいる点だ。彼の証言は注目に値しないと見受けられるので、あえて開示されない目的のために召喚された、としか思えなかった。オリヴィエ・ド・ベルローの素性にも重要な点がある。サー・ハリーは明らかに彼を詐欺師と思っていたようだが、アンダーウッドの話によれば正当な請求をしただけで、オリヴィエは当然のことをしたまでだ。そして正当に支払われるべきものだった。少なくともそれを忘れてはならない。

思いを巡らせていたフリントだったが、はっとして置き時計に目をやった。慌てて書類を集め、机の引き出しにあった適当な大きさのボール紙の箱に書類をしまうと、ベッドに入った。

4　「他に知りたいことはあるかい？――」

「やあ、来たか」アンダーウッドが声をかけた。クラブで会った三日後にフリントは彼のオフィスを訪れた。「こちらは準備万端だ。テーブルの上に出しておいたぞ」

「まいったな！」フリントはタイプ書類の山を恨めしそうに見た。「まさかこれを全部読めというわけではないんだろ？」

「嫌なら読まなきゃいい」アンダーウッドが言う。「おそらくほしい情報はすべて新聞から入手してるだろう――少なくとも聞き分けよく、ぼくの言ったとおりに読んでいれば。この書類の山はきみが把握できなかったであろう点を補うためのものだよ。すべてここにある。中には時代遅れのジョークもあるよ――愚作も含め、辛口のユーモアで期待に応えるのが裁判官の務めだと考えているらしい。ところで、だいたい理解したかい？」

「理解しているわけないじゃないか」フリントが答えた。「ぼくは現状を把握しようとしているだけさ。手近なところから始めたいのだけど、家の見取図があるとありがたい。持ってないか。この書類の山の中にあるのかい？」

「どこかにある。叔父が部下に依頼して入手したはずだが、どこにあるかまではわからないよ。ジョンソン！　ジョンソン」アンダーウッドが呼ぶと、いかめしい顔の職員が入ってきた。「ミスター・

メルコーが入手したクロームハウスの見取図はどこにあるかわかるかい？　この山の中にあるはずなんだ。こちらはわが事務所の事務長だ、フリント。ジョンソンには以前から仕事をしてもらっている。ワイの事件では叔父のサポートをしていて、ぼくより事件に詳しい。ジョンソン、こちらはミスター・フリント。事件を解決してくれる専門家だ」

「それは頼もしい限りです」否定するフリントにミスター・ジョンソンは言った。「非常に不本意な形で結審された件でした。あのお嬢さんはひどく動揺していらして――」

「アリソンはジョンソンに頼りきりで、ぼくたちは事件から手を引けないんだ」アンダーウッドが口を挟んだ。

「――こちらが見取図です。審問の手続き書類の最後にあります。ミスター・メルコーは何部か複製なさいました。ミスター・フリントが一部お持ちになると思い、二部用意しておきました」

「言っただろう、彼はすばらしいって」アンダーウッドが言う。「細々したことを頼むために、彼には今日の午後事務所にいるようお願いしておいた。審問記録はその束の最初のほうにあるよ、フリント。順番に綴じてあるから見取図はその最後にあるはずだ」

「審問記録は重要なのかい？」フリントは分厚い書類の束を手に尋ねた。「その、裁判をまるまる記録しているわけじゃないだろう？」

「いや、全部だと思う。そうだろう、ジョンソン？」

「ミスター・アンスティーのものはないと思われます」ジョンソンはそう答えて部屋を出ていこうとした。

「ああ、そうだった、忘れていたよ。アンスティーは検視官から叱責されて、彼の証言は意味をなさ

「他に知りたいことはあるかい？――」

なかった。ああ、もう少しいてくれ、ジョンソン。いてもらうと助かるんだ」

「彼の証言ってどういったものなんだい？」フリントが尋ねる。「アンスティーの名は報告書で何度か目にしたけど、彼が何者なのか、どうして載っているのかわからなかった」

「馬鹿な若造だよ。少なくとも世間はそう思っている。彼は進んで証人になり、証拠を提示した。われわれとしては大歓迎だ。というのも、彼はあの日の午後クロームハウスのそばにいたんだ。われわれは犯行時刻に近くにいた者は誰でも興味がある。最初はおおいに期待していた。だろう、ジョンソン？　だって、彼はわざわざサー・ハリーと揉め事を起こすためにクロームハウスに来ていたんだから。どうやら事件の一、二日前の夜にクロームハウスでパーティーがあって、アンスティーは仲間とひどく盛り上がったらしい。そしてサー・ハリーが頃合いを見計らって、紙くず同然の鉱業株を押しつけた——サー・ハリーのよくやるやり口さ——そして翌日素面になった若者のひとりが嵌《は》められたと気づいたのだろう。そこでサー・ハリーに文句を言うためにアンスティーは車で出かけた」

「そしてどうなった？」

「なにも！　馬鹿な若造はサー・ハリーに会えなかったんだ！　途中で車の調子が悪くなったらしい。アンスティーはそう言っている。そしてクロームハウスに着いたのは事件が起きた後だった。車で到着した時、遠くに知り合いを見かけたそうだ。何年も前にひどい目に遭った相手らしい。その男がクロームハウスから道に向かって歩いてきたそうだ。単細胞なアンスティーは訪問した理由を忘れてその知り合いの男が近づいてくるのを待っていた。だが男は来なかった。クロームハウスの敷地を横切る脇道に入っていき——この地図でわかるはずだ——そして後を追うためにアンスティーが角を車で曲がった時には、男の姿はなかった。アンスティーは敷地内を旋回して幹線道路に戻った。男を探してドックリーフやイラクサの下も見たのだろう、とぼくは思う。だが見つけられなかった。そしてアンスティーは家に帰った」

「サー・ハリーに会わずに？」

「おそらく。ぼくに言わせればとても陳腐な話だ。最初に聞いた時、皆そう思った。だからこそひどく厄介なんだが、あの悲惨な若者が何を企んでいたにせよ、サー・ハリーを殺してはいないんだ。彼は次の目的地に行って自動車整備場に車を停めた。二時四十五分の上り列車に乗るためだ。そしてなんとか間に合ったのをたくさんの人に目撃されている。整備場はクロームハウスから四マイルあるし、十分ほど後にはオリヴィエが訪れてサー・ハリーと会っている。だからアンスティーの証言は役に立たないんだよ」

「でも彼が道路で見た男はどうなんだい？」フリントが言う。「男については何かわかったのか？　そいつは誰なんだ？」

「アンスティーの話では、男の名前はエリス・デルリオだ。ずっと前にどこかで会って、おおかた喧嘩でもしたのだろう。何があったのか知らないが、報告書にもあるように検視官はそれ以上尋ねなかった。だってどうでもいい内容だろう。アンスティーは遠くからしか見ていないんだし。彼がいた場所から曲がり角まで少なくとも百ヤードはある。それでも彼は、五、六年ぶりに会った男の見分けがつくと証言できるようだ。だからしばらくして検視官は彼に尋ねていたよ。ミスター・エリス・デルリオは覆面とマントの男だと思うか」――ミスター・ジョンソンが付け加える。「もしくはおおぶりな銃を持っていなかったか」

「そうだ。『もしくはおおぶりな銃』というところで陪審がくすくす笑ったものだから、アンスティーは不機嫌になってそれきり何も言わなくなった。叔父は第三者がいた可能性を証明するため、裁判にアンスティーを連れ戻したかったはずだ。だがブリンクウェルは耳を貸そうとしない。裁判に作り話は一つでたくさんだし、証言者が嘘つきばかりだと陪審に思われてしまう、と言ってね。それでアンスティーには証言させなかったんだ」

「ともかく、ぼくはアンスティーの話が聞きたいな」フリントが言った。「彼が出まかせを言っているとは思えない。誰かを見たに違いないよ」

「なるほど、もしきみがその気なら、彼を今度連れてこよう。でもおそらく船でどこかに行っているだろうな――彼は海軍大尉だったっけ？　でもフリント、脇道に入っていった何者かを彼が見ていたとして、まともな人間がクロームハウスに入るやり方じゃないとわかるよ、地図を見てくれ」

「でも殺人犯ならやる方法だ」フリントは言って地図を確認した。クロームハウスが建つ敷地の四方は等しい長さではない。長いほうは幹線道路と、アンダーウッドが話す脇道に面しており、短いほうには家への私道があり、直接書斎用出入口に続いている。つまりクロームハウスの周囲は道路で囲まれていて、右手には幹線道路が通っていて、左の細い道の先には雑木林がある。道路から小道がサー・ハリー・ワイの書斎へと続き、書斎と本館は屋根つきの通路でつながっている。

「見てごらん」フリントが言う。「そのデルリオにせよ誰にせよ、歩いて簡単に道へ、そしてアンスティーが来る前に裏口から中に入れる。時間がなければ車が去るまで身を屈めて森に潜んでいたかもしれない」

「それだと、相当長い間、森で待たなければならない」アンダーウッドが言った。「覚えているだろ、男が目撃されたのは午後の明るい時間、オリヴィエが来るずっと前だ。男がその気なら家に入ってすぐに老人を撃ったはずだ。だが実際には犯人は四時まで撃たなかった」

「それはわからないよ」フリントは初めて指摘した。「サー・ハリーが撃たれた時刻ははっきりしていない。オリヴィエが立ち去った後ということしかわかっていないはずだが——ちなみにオリヴィエが去ったのは何時だい？」

「三時十分です」ジョンソンが冷静に答える。

「ありがとう——そしてディナーの前に、サー・ハリーが殺害されているのを見つけたのがユーイングという男か。なぜサー・ハリーは彼に呼びに来させたのだろう、アンダーウッド？　たいていのクリスチャンはディナーベルを使うだろ」

「Aの理由——サー・ハリーはクリスチャンじゃなかった」即座にアンダーウッドが答える。「サー・ハリーの顔を見れば、きみもわかるだろう。他の証拠は別にしても。彼は腹黒い不信心者だ。Bの理由——おそらく彼はベルが聞こえなかった。書斎と母屋の距離を見てごらんよ」

「それでぼくが気になっていることの説明がつくかもしれない。誰も銃声を聞かなかったのは不自然だと思わなかったのかい？　晴天の日の午後なら銃声はよく聞こえたはずなのに、誰も聞いていない。それはつまり、さっき言ったように彼の死亡時刻を正確には言えないことになる」

「それほど不自然ではありませんよ」ミスター・ジョンソンが控えめに言う。「家の見取図をご覧ください。書斎に面する窓があるのは母屋だけです。使用人の部屋は書斎から離れていて、窓は家の裏手の家庭菜園に面しています。執事の配膳室も玄関の右手で——ここ、幹線道路側です。母屋の書斎側で働く使用人はおりません。つまり、おそらくミス・ワイの部屋以外、ほとんどの部屋が空室なのでしょう。こちらがミス・ワイの部屋の窓です。見取図に×をつけておきました」

　

「なのにミス・ワイは銃声を聞かなかったのかい？　彼女も調書は取られたはずだけど？　それとも外出していたのか？」

「いや、彼女は部屋にいた」アンダーウッドが答える。「もちろん警察から訊かれたが、何も聞こえなかったと答えたんだ。とにかくあまり覚えていないらしい――はっきりしないんだ。寝ていたのか起きていたのか、窓が開いていたのか閉まっていたのか――」

「五月の晴れた日の午後だぞ！　彼女は滅入りやすいタイプに違いない」とフリントは言った。

「晴れていたとは限らないさ。五月でも嫌な天気の日はいくらでもある。きみがチッピング・カムデン近くの古い屋敷に連れていってくれたことがあったろう、雪だったよな？　あれは五月だった」

「天気のいい日でもなければ、サー・ハリーの写真が室内であんなにくっきりとは写らないよ」フリントが説明する。「だからといって、サー・ハリーが撮影している間ド・ベルローがじっと待っているとも思えないが」

「子供のように明快だな、ワトソン君、子供のように明快だ！　調査を頼まれて嬉しいだろう？」アンダーウッドは椅子の背にもたれかかり、両足をテーブルに乗せた。「もちろんいい天気だった。だからといってミス・マデレン・ワイにはあまり関係なかったのだろうとぼくは思う。彼女はきゃしゃで陰気で瀕死のアヒルのような、風が急に吹いたら気を失いかねない、か弱い女性だ。事実、彼女は体調を崩して裁判も審問も欠席したが、証言録取は行われたんだ。そして彼女には近づくな、とぼくたちは言われた。そうだな、ジョンソン。お嬢様は父上を亡くし深い悲しみにうちひしがれている、それとも、父親の死にさまざまな憶測がある、だったかな？」

　ジョンソンが同意する。

「でも」フリントが言う。「ミス・ワイが裁判の間ずっと蚊帳の外というのはおかしくないか？　まるで何か知っているようじゃないか」

ジョンソンはあやふやな表情をした。「その、何かあるかもしれませんし、何もないかもしれません。それにミス・ワイから距離を置いているのは、健康状態のためだけではないのです。銃声について彼女を問い詰めてもわれわれのメリットにならないからです――彼女が何を言うかわかりませんので」

「いや、まったく！」アンダーウッドが拳でテーブルを叩く。「いいかいフリント、間違ってもらっては困る。きみをここに呼んで極秘書類を自由に見られるようにしているというのに、まずわれらが被告の矛盾を指摘するなんて。ぼくらが主張したいのは、検視によるとサー・ハリーが殺されたのは午後四時だということだ。その時オリヴィエは何マイルも先にいるだろう？」

「ああ、ぼくもそれには気づいたが、あまり重要だとは思わない」フリントは言った。「人間が死んで何時間経ったか医師が正確な時間を確定できるとは、ぼくには信じられない。それでも、ぼくが被告人を追及する分には、あまり角が立たないだろう。ド・ベルローは二度と審理されないだろうし、誰も真実を求めていない。事件に関わっている他の人たちについて教えてくれ。執事や運転手はどうなんだ？　彼らは何をしていた？」

「特に何もしていなかったと思うが」アンダーウッドが言う。「アリバイもなければ、裁判で何も証言しなかったよ。それがきみの知りたいことなら。どちらも怪しいところはないし、今後何か起こりそうだからといって、むやみに告訴するわけにもいかない。何者かが大胆にも外から入ってきたのかもしれない。われわれはすべての人を疑うことはできない」


「他に知りたいことはあるかい？――」

「では、マデレン・ワイはどうだい？　彼女はどんな感じなんだ？　確か彼女はド・ベルローの異父妹だろう？」

「ああ、そのとおりだ。アリソンからうんざりするほど聞かされている。オリヴィエの両親はオーストラリアで生まれた。父親はずっと前に他界し、母親には多額の遺産とふたりの幼い兄弟が残された。そのうち兄は父の後を追うようにして亡くなった。弟のオリヴィエは母親とオーストラリアを離れヨーロッパに来た。しばらくは欧州大陸を転々とし、オリヴィエが九歳か十歳の頃、母親が温泉施設かどこかでサー・ハリーと出会い、結婚した。その一年後に娘のマデレンが生まれ、しばらくしてワイ家はイングランドに戻った。一時期はロンドンにも住んでいた」

「レディー・ワイのお金で、かい？」

「おそらくそうだろうが実際はわからない。サー・ハリーは資産家のはずだが、常に怪しい取引に関わっている。二十年近く前には彼も金持ちだったかもしれない。だがおそらく一家は孤立していた――一家がクロームハウスを購入したのはずっと後だ――そしてオリヴィエはどこかの上流寄宿学校へ入っていた。おそらくオリヴィエに分別がついて義父とうまくやっていけるよう期待してのことだったろう。なにかと賑やかな家だったに違いない。というのもオリヴィエは甘やかされていてかっとなりやすかったから――ちなみにいまでもそうだ。オリヴィエは最初からサー・ハリーを毛嫌いしていた。オリヴィエは勘が鋭くて、サー・ハリーと刃傷沙汰になることもしばしばあった。結局オリヴィエは十五歳の時に家を出て船の仕事に就いた。たまたまニューオーリンズに上陸した時、どういうわけか鉱山技師の訓練を受けてメキシコやその近辺で働き、その後、家に戻ったんだ」

「彼はずっとイングランドにいなかったのか。じゃあ妹のマデレンを知らないも同然だな？」

「そうだね、ほとんど。オリヴィエが家を出た時、彼女はわずか四歳だったし、ほとんど一緒に暮らしてなかったからな。でも、オリヴィエはどこか彼女に親しみを感じているとぼくは思う。もっともマデレンは神経質で、品よく歩いたり走ったり馬に乗ったりできない類の、不安定で暗い子供だった。彼女はおそらくなんとか学にしか興味がないんだろうな——」

「心理学、かと存じます」ジョンソンが言う。

「そうか？　まあマデレンはそういう娘だ、ご参考までに。いろいろ考え合わせると彼女が父親を殺したとは考えにくい」

「それで、亡くなった母親はどんな人物だったんだ？」

「フランスのカジノでやくざ者と知り合うような女だが、所帯を持てば尽くすタイプだよ。オリヴィエは母親が好きだった——母親に甘やかされたから、彼はああなったんだろう——だが彼から話を聞くと、彼女にはあまり主義主張がなかった」

「それでもうひとりの男性——エクスターは？」

「どうかな。彼についてはきみもぼくと同じくらい知っているよね。彼は長年サー・ハリーの友人だった。だからどうというわけではないが、だがどこの出身か、どんな人物かはわからない」

「その、彼はどうなんだろう？」フリントが尋ねる。「ミス・ワイと結婚して財産を相続するのなら、エクスターにはサー・ハリーを殺すに足る動機があるとぼくには思える」

「アリソンもそう言っている。事実、彼が即座に逮捕されなかったから彼女はひどく怒っていた。ところがあいにく動機が定かではないんだ。レディー・ワイの遺言——紛失した遺言ではなく、オリヴィエが死亡したと思いこんで作成したもの——では、サー・ハリーがマデレンの分の遺産を行使できるのは娘が二十一になるか、結婚するまでだからだ。そしてサー・ハリーはマデレンの結婚に意見する立場にはない。だから、エクスターがマデレンの父親を殺しても無意味なんだ。言うだろう、小さな帆船に乗って女性が自分のものになれば――金でも何でも手に入るって。仮にサー・ハリーのエクスター殺しを証明しようとするなら意味があるかもしれないが、実際にはそれはないな」

「エクスターは金に困っていたのか？　それともサー・ハリーと仲たがいしたとか？」

「どちらも答えは――ノーだ。彼には個人資産がいくらかあり、常に金回りはいい。それにサー・ハリーの友人だった。だがそれぞれの思惑は違っていたと言っておく。エクスターは何人かにサー・ハリーの些細な点で我慢できないことがあると話していた。それが何なのかぼくにはわからないし、マデレンのためにじっと耐えるしかなかったんだろう。だがなフリント、奴は現場にいなかった。昼食のすぐ後、エクスターはカメラを手に散歩に行ったんだ。そしてお茶を飲みに姿を現したのが、なんて言ったかな――あの場所は――」

「ラカム・セントマーティン」ジョンソンが補足する。「七マイルほど離れた所です」

「ありがとう。エクスターはお茶を飲んでから急いで家路に着くと、殺人事件発生後で、戸口の所の階段は警官でごった返していた。時刻は忘れたが――その書類の山の中にあると思う――その点に関しては問題ない。それにエクスターには、サー・ハリーを殺してから、あの場所にお茶をしに行く時間はなかっただろう」

「おそらくサー・ハリーは午後四時に殺されたのだからな」

「そう、おそらく！　それが頭から離れないんだな、フリント。銃撃の時刻を考慮すればするほど、厄介にもオリヴィエに行きついてしまう。他に知りたいことはあるかい？　きみの質問事項を読み上

「他に知りたいことはあるかい？——」

げたらどうだ？」

「ああ、質問はたくさんある。そもそも出てこなかった遺言書についてもっと知りたい。具体的に何が書いてあったのか、誰が証人になっているのか、そしてレディー・ワイは一緒に送付した手紙で何て言っているのか——彼女はただ単に封筒の中に入れていたわけではないはずだ。それになぜ、ド・ベルローの身元を保証する人が出てこないのか。おそらく彼はド・ベルローだろう。そして彼がレディー・ワイの息子なら、なぜ彼は異父妹のところに行って分け前を求めないのか、それに——」

「ならきみはオリヴィエに会うべきだ」アンダーウッドが口を挟んだ。「ぼくが答えられないような、そもそも誰も考えつかないような質問がきみにはあるんだろう。おや、土曜の午後のこの時間に誰からの電話だ？　出てくれないか、ジョンソン？」優秀なジョンソンはすでに電話を取っていた。

「ミス・テーラーからです」彼が言う。

「なんだって！」アンダーウッドが叫ぶ。

「もしもし！　シドニーだ。いや、特にそんな。ない、な、なんだって？　電話が遠いからもう一度言ってくれないか、ハムステッド？　ゆっくり話してくれ。ホッテントットのHだね？（としばらく続いた）残念ながら役に立てそうにないよ。お好きなように。ああ、はい。わかった。それじゃ！」アンダーウッドはフリントのほうを見て笑った。

「ついてない」彼が言う。「彼女の言葉が聞き取れなかった。そんなわけで彼女はここに来るそうだ」

「なるほど」フリントが言う。「じゃあ、ぼくは退散したほうがよさそうだ」

5 「銃を構えている男性の足元を見てください――」

「退散すべきならそうしてもらいたいところだが」アンダーウッドが言う。「きみが退散する理由は見当たらない。気に入らなければこの事件を投げ出すのは自由だと言っただけだ。手を引きたくはないんだろう？」

「きみこそぼくに投げ出してほしくないんだろう？」フリントが少し微笑みながら尋ねた。「ぼくをここへ呼んだのはド・ベルローのアリバイを覆すためじゃない、ときみは言ったばかりじゃないか」

「まさか本気で言っているのか？」アンダーウッドが座り直す。「もちろん、彼が本当にサー・ハリーを撃ってお茶の時間までにハイビーチに行っていたら、話は違ってくるが」

「どうして？」

「テーラー家の人はその件について嘘をつく必要がないからさ」アンダーウッドが説明する。「ぼくはアリソンを昔から知っている。必要があれば嘘もつくよ、それはいままでの経験からわかる。それに叔母はひどく口が堅いのも確かだ。だが彼女たちにその必要がなくて、オリヴィエだけの考えなら――それはまた別の話だ。あの荷馬車の御者は単に見間違えたのかもしれない。きみの言うとおりだ、フリント、できるだけ早くここから出ていったほうがいい。書類はどこかにしまっておこう。展望がない調査のためにアリソンをぬか喜びさせたくはないからね」

「待ってくれ」フリントが言う。「展望がないと誰が言った?」

「オリヴィエが犯人だとは思っていないのかい?」

「ああ、思っていない」フリントは言い、急に気持ちが固まった。「馬鹿げているし彼に会ってもいないが、それでも有罪とは信じられない」

「だが彼の作り話を考えてみろよ! ブリンクウェルはまったく期待していない。オリヴィエを証人席から追い出して何もしゃべらないようにしてくれ、とぼくたちに膝をついて嘆願する始末だ。だが彼は事件に関わっているのかもしれない。彼にとってまずいのは子供でもわかるが」

「殺人犯は目撃されていないんだろう?」フリントが言い返す。「ぼくの考えの根拠は彼の話だ。彼が有罪なら、当たり前の供述が否定されて検察側の主張が通ることになる。誰にも信用されない話をでっちあげるなんて、どうしてなんだ?」

「信じてもらえる話を作れなかったからさ」アンダーウッドが言う。「オリヴィエを無罪にする根拠はあまりないんだ、彼の話は薄っぺらすぎて信じられないからな」

「誰かが信じようとしているのに」期待外れを承知でフリントが言う。「とにかく彼の話が誰にも信じてもらえなければ、期待薄だ。きみは信じない、ブリンクウェルも信じない、そしてブリンクウェルは彼の無実を証明せず、証拠を疑った。オリヴィエを信じる唯一の方法は、彼の話を真実だと受け止めて、真犯人を見つけることだ。それは謎めいたデルリオかもしれないし、他の誰かかもしれない。だが専門家による法的手続きとは思えないな!」

「なら、きみがやってみれば——」

フリントは言い返そうとしたが、アンダーウッドの目を見て自分の言葉で彼が傷ついていることを悟った。しばらくの間、フリントは気を揉んだまま押し黙り、膝の上に置いた事件に関するノートのメモに目を落としていた。するとブリンクウェルという名が目に留まり、憤りが脈を打って体中を駆け抜けた。彼は自分でも気づかぬうちに、勅選弁護士サー・エマニュエル・ブリンクウェルのやり方にひどく嫌悪を感じていた。そして著名な紳士の手厚い保護によって無罪となった若者を心から憐れんだ。

「やってみるよ」フリントは言った。

「それでこそきみだ！」アンダーウッドが言う。

「だがわずかなチャンスもあるとは思えない」フリントは急におとなしくなった。「それに——ぼくがミス・テーラーと会うべきだときみが思っているのなら——その理由を教えてくれないか？」

「お望みとあらばなんでも」アンダーウッドが言う。「彼女は十分以内に到着するはずだ。電話がよく聞こえなかったので、彼女がどう考えているかわからないが、きみとオリヴィエの面会を手配できるはずだ」

「わかった」フリントが言う。「そこできみに教えてほしいことがある。彼がオリヴィエ・ド・ベルローだとは証明されたのかい？　サー・ハリーが、彼をオリヴィエじゃないと言ったと新聞にあったが、裁判の報告書の中には見つけられなかった。だから検察が彼の身元を確認したと思ったんだけれど」

「いや、彼らは確かめていないよ、奇妙な話だ。ちょっと見せてくれ。あの日ざっと目を通したから、そう書いてあったのを覚えている。三日目の箇所だったと思う。ほら、ここだ。『証人　オリヴィエ・ド・ベルロー』ここで御大タンズィーが反対尋問を始めている。ここ、ページの下の部分」アンダーウッドは書類をフリントに渡した。

ミスター・タンズィーによる反対尋問は、こう始まっていた――
ミスター・タンズィー「あなたの名前はオリヴィエ・ド・ベルローだね？」
被告人「はい」
ミスター・タンズィー「確かかね？」
被告人「もちろん」
ミスター・タンズィー「間違えている可能性はありませんか？」
被告人「ありません！」
ミスター・タンズィー「本当に、誓えるかね？」
被告人「当然です」
ミスター・タンズィー「あなたはどれくらいイングランドを離れていましたか？」
被告人「十五年」
ミスター・タンズィー「どこに住んでいましたか？」
被告人「ほとんどメキシコで、ときどきペルーにも。それにサンフランシスコやパナマ、いろんな場所に行きましたよ。いくつかの都市は忘れてしまったけど」
ミスター・タンズィー「結構です。その地域は、やや未開の地と言えますね？」
被告人「言ってる意味がわかりません。ロンドンよりひどい場所はそう多くないですよ」
ミスター・タンズィー「そうですか？　だが少し荒々しい人たちでは？」

被告人「そう言いたければ、ご勝手に。そこで生きている人々がどう呼ばれようと、詐欺師には関係ないのでね」

ミスター・タンズィー「その地域では、偽名が頻繁に使われるのではありませんか？」

被告人「そんなことは知りませんよ」

ミスター・タンズィー「あなたのご友人の何人かは偽名を使っているのではありませんか？」

被告人「どうでしょうね、尋ねもしませんでしたから」

ミスター・タンズィー「あなたが尋ねなかったのも無理はありませんよ。わたしはね、あなたがしばしば偽名を使っていたと考えているんです。あなたのような生活なら、偽名を使っていたほうが便利だし、あなたが――」

サー・エマニュエル・ブリンクウェル「裁判長――」

ウィジャン裁判官「その質問は本当に必要ですか、ミスター・タンズィー？」

ミスター・タンズィー「そう考えます、裁判長」

ブリンクウェル「異議あり、裁判長。誘導尋問です」

ウィジャン裁判官「ミスター・タンズィー、あなたがおっしゃりたいのは、この青年はオリヴィエ・ド・ベルローではなく、彼の名を騙っている別人だということですか」（ミスター・タンズィーが頷く）「その点はこの起訴に必要ですか？」

ミスター・タンズィー「はい、裁判長」

ウィジャン裁判官「もしこの青年がオリヴィエ・ド・ベルローだと判明したら、あなたの主張は著しく弱まりますが？」

ミスター・タンズィー「とんでもない、裁判長！　どの刑事事件でも等しく有力です」
ウィジャン裁判官「すると、あなたの不安な理由がわかりませんな。理解が遅くて申し訳ないが、ミスター・タンズィー、裁判所で時間を使ってこの青年に別人だと認めさせるのなら、それ相当の理由があってしかるべきではありませんか」
ミスター・タンズィー「お許しをいただければご説明いたします。――この被告人が絞首刑になるならば、彼の身元を明らかにしておくことはとても重要です」
ウィジャン裁判官「なぜです？」
ミスター・タンズィー「相続のためです」
ウィジャン裁判官「誰の相続ですか？　ミスター・タンズィー。あなたの冒頭陳述を聞く限り、故レディー・ワイの遺産は遺言により彼女の娘のものとなり、裁判所ではミスター・ド・ベルローに利益となるいかなる遺言書の存在も否定しています」
ミスター・タンズィー「そのとおりです、裁判長」
ウィジャン裁判官「ならば、この青年がどの遺産に関わっているのか、わたしにはわかりませんが。彼に優先的に知っておいてもらうべき名前がありますか、サー・エマニュエル？」
ブリンクウェル「あります、裁判長。彼がオリヴィエ・ド・ベルローであると証明する用意がありますし、検察の不当な示唆に抗議する許可を求めます！」
ウィジャン裁判官「ミスター・タンズィー、この状況では、その点はふたりの偉大な法律家による長い議論を導き出すようですね。興味はおおいにありますが、あなたがこの件で絞首刑を勝ち取りたいのなら、この青年に好きな名を使わせるという賢く、かつ騎士道的な行動を取ってはいかがでしょう。小さな歩み寄りですよ、ミスター・タンズィー！」

「彼はなるほど強気だった」アンダーウッドが言ったのでフリントは目を上げた。「もちろん、ぼくたちは恭しく笑ったよ。タンズィーだけは不機嫌だったけどね」

「つまりきみたちが彼の身元を証明する必要はなかったんだね」フリントが言う。「調べられるのかい？」

「本気でやればね。ぼくたちはタンズィーが起訴するかどうかわからなかった。だから目撃者を探す機会はなかったんだ。サンドンでの訊き込みはまったく役に立たなかった。というのも、オリヴィエはそこに住んだことがなかったからだ。手に入れたのはサマセットシャーに住む年配の教区牧師からの手紙だけだった——文面から実に上品な老人だと伝わってきた——それによると、オリヴィエ・ド・ベルローは彼のご子息と親友だったらしい。ご子息は戦死なされたそうだ。牧師はオリヴィエがゆゆしき事態に陥っていると聞いて気の毒に思った。その青年が息子の親友なら何か手助けできないだろうか？　とね。ぼくたちは必要とあらば牧師と連絡を取ればよかったんだ。ブリンクウェルに牧師からの手紙を見せて。向こうもそれを望んでいたし。だが裁判官はぼくたちが厄介事に巻き込まれないようにしてくれた」

ちょうどその時玄関のベルが長く鳴り、すかさずジョンソンが応対にあたった。アンダーウッドはフリントに笑いかけた。

「アリソンは待たされるのが嫌いでね」アンダーウッドが言う。「さて始めよう！」

確かに始めるしかない！　詳しく述べるのは憚られるが、待っている瞬間も恐怖におののき、フリントの手はテーブルをつかんでいた。アリソン・テーラーを好きにはなれないだろう、と彼は確信していたし、嫌われないまでも、彼に無理難題を押し付けてくるだろう。なぜフリントはアンダーウッドの話に乗ってしまったのか？

「ミス・テーラーがいらっしゃいました」ジョンソンが案内して立ち去る。

「ずいぶんひどい対応じゃないの、シドニー！」ドアの向こうから澄んだ、どちらかというと硬く若い声が聞こえた。

〈ひどい声だ〉フリントは悪い印象を持った。〈イートン校生徒ならではのショートカット、難解な言葉で口汚くののしり、厚化粧〉彼はひどく不愉快だったが、部屋に入ってきたミス・アリソン・テーラーはよくあるボブヘアで、化粧も、何を使っているにせよ目鼻を妙に際立たせてはいなかった。

むしろ先入観とは裏腹に、その顔は感じがいいほうだった。彼女は美しさを強調してはいないし、背は中くらい、細身だが痩せすぎではなくちょうどいい。髪は黒くてコシがあり、帽子の下からカールが覗いていた。目鼻立ちはどちらかというとはっきりしすぎるくらいだ。口は大きくて引き締まり、唇は少し薄すぎる。鼻は短くまっすぐで、グレーの瞳は大きく表情豊かで、まっすぐで濃い眉毛の下にきちんと納まっている。アンダーウッドの部屋がある三階まで階段で来たので、彼女は頰をやや紅潮させ、立ち止まって息を整えている。クラッチバッグを持っている手先が筋張っていて、プロのピアニストならではだな、とフリントは思った。

「土曜の午後に会いにくるなんて、アリソン」アンダーウッドが言う。「エレベーターも動いていないのに。何がお望みかな？　労働者階級とは縁がないはずだろうが、何の騒ぎだい？」

「頼み事があって来たのよ」アリソン・テーラーが切り出した。「ちょっとしたことだけど、ぜひあなたに引き受けてほしいの」彼女の声には憤りによるとげとげしさがあり、フリントは神経質になった。

「それで？」アンダーウッドは言った。アリソンがフリントをちらりと見る。「こちらはフリント、ぼくの友人だ。フリント、こちらはぼくの従妹、ミス・テーラー。大丈夫さアリソン、彼の前で話しても。そのために来たんだろう、さあどうぞ。気になるなら後で話そう」

「ええ、わかったわ」アリソンがもどかしげに言う。「つまりね、オリヴィエが職に就けないのよ。今回もマネージャーが人でなしで、オリヴィエはトラブルに遭ったからなんでもやるだろうと思って雇ったらしいの。それだけでもひどいのに、マネージャーは口論になって辞めた男性の代わりにオリヴィエを雇ってこきつかったのよ――たぶん労働組合の職場代表のような扱いで。それで職場の他の男性たちは、マネージャーとオリヴィエにかんかんに怒った。水曜日にはオリヴィエも気がついて、深入りしたくないと言ったら、社長に呼ばれて、今日はマネージャーに抗議に行っているわ。きっとクビになる。いまは景気も下火だから他の仕事にも就けない。彼の条件じゃ就職は難しい、って彼の友人も言っているわ。それでもわたしたちは探し回って、昨日の午後オリヴィエはある男性に会ったのよ。ヨークシャーのどこかから来たその男性は、車の運転や雑用をしてくれる便利屋を探していた。金払いはとても良さそうだし、めったに街に来ないようなので、オリヴィエにとってはありがたかった。でもその人は身元保証にうるさいの。オリヴィエの労働者らしくない話し方が気に入らなかったのかもしれない。だからわたしは彼にいい身元を手配したいの――もちろんオリヴィエは他の名前を持つ必要がある――それですべてうまくいくのよ」

「やれやれ！」アンダーウッドはこの驚くべき展開を聞くにつれて呆然としてきた。

「それに、なるべく早くしないと」アリソンは脅かすような声で付け加えると、異議を唱えているアンダーウッドの顔を見た。「だって雇い主が月曜日から来てほしいって」

「待ってくれ」アンダーウッドが苦し紛れに言う。「オリヴィエは月曜に街を離れる予定なのかい?」

「もちろんよ! 雇い主が自分で運転して家へ帰ると思う?」

「雇用主が自家用車で来たとは、きみは言ってなかったよ」アンダーウッドが忍耐強く言った。「だけど少し面倒じゃないか、フリント? ねえ、彼女に話してみようよ」

そしてアンダーウッドはこれまでの経緯やフリントへの依頼についてアリソンに手短に説明した。フリントへの依頼についてはアリソンは不本意だったようだが、アンダーウッドがオリヴィエを裏切っていないとわかるとやむなく認めた。フリントの事件に対する関心や、オリヴィエを無実だと信じていることをアンダーウッドはざっと説明し、望みは薄くて求められる結果が得られるとは限らない、と念を押した。

「わかるだろう」アンダーウッドは締めくくった。「チャンスは半分しかないし、いまとなっては何も見つからないかもしれない。でもそのためにはオリヴィエが街にい続けることが肝要だ。なぜならフリントはオリヴィエなしでは進められないだろうからね」

「もちろんよ!」アリソンが叫ぶ。説明を聞いているうちに希望を抱いたのか、彼女の顔に光が射してくるのを見て、フリントはますます気が重くなった。「ねえシドニー、オリヴィエが無実だと証明する機会がわずかでもあるなら、こんな風につっ立っている理由はないわ。それに仕事なんてどうでもいい! もちろんオリヴィエは信じないでしょうね。彼はただただ事件に関してもう何も訊きたくないのよ。だってひどい扱いを受けたし、彼の言葉を誰ひとり信じようとしないんだもの!」彼女は憤然としてアンダーウッドに鋭い視線を送った。「でもわたしがなんとかするわ。ねえ、ミスター・フリント、明日ハイビーチにあるわたしの家にお茶を飲みに来て。彼も交えて話さない？　ぜひ来て。時間を無駄にしないのが一番大事でしょう――いままでにずいぶん無駄にしたのだから。それにもしオリヴィエがヨークシャーに行かないのなら」――その瞬間アンダーウッドの顔は安堵そのものだった――「どこかで他の仕事に就くべきだわ。でしょう？」

　そう言うわけで、仕方なくフリントはお茶の誘いを受け入れた。あまり早い時間にはしないでほしい、もう少し調べたいから、とだけ頼んだ。

「本当にありがとう」アリソンは快く承諾した。フリントが資料をまとめていると彼女が言った。

「ミスター・フリント！　シドニーが言っていた写真って何？　さっきあなたがしまったもの？」

　ため息交じりにフリントはポケットから写真を出した。

「そうだと思っていたのよ！」アリソンは歓声を上げながら写真に飛びついた。「シドニー、全部エクスターのしわざだってわたし言ったでしょう、これを見てよ！」

「これは証明にならないだろう？」アンダーウッドが言った。「もう一枚、オリヴィエが同じことをしている写真があるんだから、彼らが交代したのでもない限り。ところでフリント、エクスターは写真について何か言ってなかったのかい？」

「タブローのようなものだと言っていた」フリントが言う。「だがあいにく、ぼくはよくわからないんだ」

「それにしてはひどく冷酷な設定だと思うよ。狙っているのは義理の父親なんだから」

「タブローだと言ったからって、何の問題があるの？」アリソンが叫ぶ。「彼が殺《や》ったとミスター・

フリントに言ったわけでもないのに」

「もし彼が殺っていたら」

「あら、頼りないわね、シドニーったら。ねえ、ミスター・ジョンソン！」呼ばれて彼が部屋に戻ってくる。「これ、どう思う？」

ミスター・ジョンソンは写真を受け取り、慎重に向きを変え、灯りにかざした。

「よくできています」彼はようやく言った。「でも完璧ではないのがわかりませんか、お嬢さん？

銃を構えている男性の足元を見てください——」

「見るって何を？　どういう意味？」

「これは加工されています」——探偵気取りの彼女の困惑気味の表情に動揺して、ミスター・ジョンソンはいったん区切った。「失礼しました、お嬢さん。皆さん方には、そう見えませんでしたか？」

「ああ、確かに——どうしてわかるんだい？」フリントが尋ねる。

アリソンは不服そうに口を尖らせた。

「わたしは若い頃、加工写真をよく作っていたんです」ジョンソンが説明する。「降霊術の会で使うような心霊写真を作っていたんです。少し手をかければ作るのはそう難しくありません。ですがそういう写真は加工したのがすぐにわかります。この写真では足元を見れば、テーブルの脚に対して正しい位置にはないとわかるでしょう。床がかすかに下り坂になっているように見えますが、この種の部屋ではありえません。それに人物の位置が写真の他の部分より手前になっていると思われます。たわいないことですが、わたしは大きな点だと思います」

「きみの言うとおりだ」フリントが大きな声を上げる。「だからミスター・エクスターに会った時、思っていたより小さく見えたんだ」

「まあ、それはそうでしょうとも」アリソンは言ったが、確信があるというより捨て鉢になっていた。そして二、三分抵抗した後、彼女も熟練者の穏やかな説得に負けた。

「さて！」アンダーウッドが言う。「ぼくたちの手がかりの一つがなくなった！　フリント、きみは始めからやり直さないと。どこかの馬鹿者が写真を加工してアリソンの彼氏を巻き込んでいる。だがそいつは何のためにこんな手の込んだものを作ったんだ！　エクスターが自分でしたのか、そしてフリントに見つけてもらうために自分で図書館の本に挟んだのか？　どうだい？」

「わからない」フリントが言う。だが弁護士事務所を出た後も謎は頭から離れなかった。

6 「彼はひどく無愛想な人物だ」

フリントは家に戻って事件の正確な記事や有効な調査記事を読み、アンダーウッドから得た新たな事実に光を当てようとした。だが家に戻ってみると、椅子に座ってただぼんやりと写真を眺めるばかりだった。これが加工写真なのか？　そう言われても信じられない。一体全体、ミスター・ウィリアム・エクスターがサー・ハリー・ワイを撃っている加工写真をほしがる者がいるのか？　それに――もっとも答えが出ない謎は――その加工写真が、どうしてミスター・エクスターの借りた図書館の本の中に入ったのだ？

悪ふざけか？　どこか笑えない冗談だ、とフリントは思った。だが冗談であっても、それ以上はわからない。目的があって加工したのか？　どんな目的で？　オリヴィエ・ド・ベルローが銃口を義父に向けている写真も存在する。あれは加工していないが、写真に写っていることが実際に起きてしまったのだ。だがオリヴィエが無実だと仮定すると、裁判では誤った印象を与えてしまっている。〈カメラは嘘をつかない〉フリントは思った。〈だが同時に、信用に足る証人にはならない〉そして二枚目の写真はカメラも嘘をついている。それとも嘘をつくことで過去に逆戻りして真実へ導いているのか？　エクスターがサー・ハリー・ワイを撃った証拠を作るために、何者かが写真に手を加えてエクスターに嫌疑がかかるようにしたのだろうか？

だが誰が？　エクスター自身とは考えにくいが、写真は彼の借りた本に挟んであって、彼が持っていたのだ。本に挟んであったのは何かの手違いだったのだろう。しかし、どうして写真が存在するのか？　誰が作製したのか？　それが重要な点だ。エクスターの自宅で加工されたのだろうか？　それとも何者かがエクスターに郵送したのか？　脅迫文も添えられていたのだろうか？　まあ、それも一案だ。エクスターがサー・ハリー・ワイを撃ち、何者かがその事実を内々に知り、彼を脅しているのか？

もっともアンダーウッドによれば、犯行時刻にエクスターはクロームハウスにいなかった。つまり彼には確固たるアリバイがあったのだ。アリバイが確かなのか把握する必要がある、とフリントは思った。それまではエクスターを殺人で起訴するのは難しいだろう――写真が加工されているという事実だけでは。

だからといってその案を完全に排除するわけではない。エクスターが無実であっても、何者かが彼に罪をきせようとしているのかもしれない。結局、オリヴィエは同じような場面の写真が証拠となり起訴された。何者かがエクスターを犯人に仕立てようとしているのか？　だが誰が？　またもやフリントの考察は行き詰まった。企んでいるのが誰にせよ、わずかな手がかりすら見えない。真犯人なのか？　だがフリントは仮定しているに過ぎない。容疑者である可能性のある人物をすべて挙げたリストを頭の中で思い返した。デルリオ？　もし彼も実在するならどうだろう？　運転手のユーイングは？　執事は？　召使のジョージ・グリーンはどうだろう？　グリーンの素姓こそわかってはいるが、どの人物にも証拠はない。

〈何をすればいいのかはわかっている！〉フリントは意を決して椅子から立ち上がった。〈エクスターに会いに行こう。われわれは写真については認識が一致しているし、いまとなってはもともとの写真は特に役に立たない。それに結局、これはエクスターの私物だ。なぜ彼は是が非でも取り戻そうとしなかったのか？　彼の家まで返しに行こう。そしてできれば話が聞きたい。とにかく何か手がかりを見つけられるかもしれない、いや、いい〉

すでに九時近くだったが、フリントは思いつきを先延ばしにするのは嫌だった。念には念を入れて、彼はカメラを持っている友人のもとへ写真を持参し、友人にひどく詮索されるのを持ち前の技量でなんとか切り抜けて、写真を撮影してもらった。それから元の写真をポケットに入れ、急いでブライアンストン・スクエアへ向かった。幸いにも、ミスター・エクスターは在宅していた。

フリントが通されたのは豪華なインテリアでしつらえられた大きな部屋で、書斎兼事務所らしかった。至る所にさまざまな分野の書籍がある。大きなファイルキャビネット二台の引き出しには見出しがついていて、書状や業務用書簡が保管されている。窓際には大きな事務机と椅子があり、座り心地の良さそうな革張りの肘掛椅子二脚が暖炉に寄せてある。壁には版画やエッチングが掛けられ、何点かはかなりの価値があるとフリントは推測した。

今一度室内に目を走らせているうちに家の主がやってきた。フリントは家主を品良く、じっくりと観察した。というのも、一つには彼の素姓を見極めるためだ。そう、もう見間違いはしまい。あの写真と同じ様にミスター・エクスターはとても見目麗しい男性だ。彼は訪問者に非常に親しげに挨拶し、椅子にかけるよう促した。フリントは写真は破棄されていなかったと手短に説明し、勘違いしたのをエクスターに詫びた。

「気にしないでください」エクスターが言う。「処分されて当然でしたし、いずれにしろ申しましたように、たいしたものではないのです。実際、二日ほど後に複製を見つけました。それにこれは傷みがひどくて――」エクスターはそう言いながら写真を破り、暖炉に投げ入れた。フリントの目は灰になっていく写真に釘づけだった。

「お越しいただき本当にありがとうございます」エクスターは続けた。「ところで、この場所にどうやって？　わたしは住所を教えていませんよね？」

「すぐにわかりました。この辺りでよく食事をしていますので」フリントは嘘をついた。「それに先延ばしにできない性分なんです。住所はウェストミンスター図書館で訊きました」彼はあらかじめ考えていた返事をした。

「さすがですね」エクスターが言う。「確かにあなたを面倒に巻き込んでしまいました。煩わせてしまって申し訳ありません。わたしにできるのは飲み物を勧めるくらいですが、そう悪くない年代物のブランディがあるんですよ」

フリントは本当はブランディが嫌いだったが、会話を続けたかった。エクスターからまだ何も聞き出していないのだ。そこでフリントは申し出を受けた。エクスターが呼び鈴を押すと、すぐに使用人がやってきた。

「はい、ご主人様」

「ブランディを頼む、ユーイング」エクスターが言った。

フリントはその名に再び触発され、トレーを手に戻っていく使用人を注意深く見た。あれはサー・ハリーが殺害された時に屋敷の使用人だったユーイングか？　そういえば、彼に直ちに殺人容疑がかからなかった理由がフリントにはわからなかった。彼はひどく無愛想な人物だ。背は平均より低く、ずんぐりした体つきで、卑屈な顔。下品で胡散臭い目つきのグレーの瞳は、敵意ある眼差しを主人に向けているようにフリントには思えた。

フリントの視線をエクスターは追った。「彼は悪人面でしょう?」ユーイングが部屋を出るとエクスターが言った。「だからこそ、彼を信用しているんです。彼が落ち着くまでしばらく時間が必要だと思っています。ですが使用人の身元を詮索しすぎてはいけない、と肝に銘じています。彼はじつにすばらしい運転手で、家回りの仕事も器用にこなします。彼を気に入っていますし、彼も雇われて満足しているようです。それだけでわたしには充分なのです」

「彼は確かに格好よくはありませんね」フリントは言った。「だから彼に見入ってしまったのです。ぼくはああいった人間に興味がありまして、実に無骨な男ですね。どこでお会いになったんですか——不躾な質問でしょうか?」

エクスターが笑う。「別に隠してなどいませんよ。彼は亡くなった友人に仕えていたので、わたしが後を引き受けました。友人がどこで彼を見つけたのかはわかりかねます。あの男性は訳ありだと教えてくれたのは確か友人だったと思いますが、詳しく訊きませんでした。知らないに越したことはないと言いますから」

「それで、彼はある時期からここに『落ち着』いているのですね?」

「うちに来て数か月です。彼がしばらくわたしの友人の家にいた時に出会いました。彼はあれでいて英国内で指折りの運転手ですよ」

「他のタブローも先ほどのと同じくらいよくできているのですか?」フリントは尋ねた。ブランディをほぼ飲み干し、これ以上いると醜態をさらしそうだ。

「実に上出来でした」エクスターは言った。「お見せしたいところですが、残念ながらそうもいかなくて。妻の部屋に置いてあるのですが、妻は体調が悪いので煩わせたくないのです。写真に興味がおありなのですか？」

「まったくの素人です」フリントは答えた。「ただ、たいていの人と同様に、良い写真は見ればそうとわかります。あの写真はご自分で撮られたのですか？」

「いいえ、あなたがご覧になったのは違います。実はめったに自分では撮らないんです」エクスターは言った。「パーティーのメンバーにあのランダル・バンハムがいて、ほとんど彼が撮ってくれます。写真に興味がおありなら、もちろんご存じでしょう。アルプスの山々を撮る写真家です」

フリントはランダル・バンハムなど知らなかったが、尻尾を出す前に失礼したほうがいいと判断した。彼はなんとかしてミスター・エクスターとの会話をサー・ハリー・ワイ事件に持っていきたかったが、どうしてもきっかけを作れなかった。ミスター・エクスターは親切にしてくれたが、敬意を欠く好奇心は意に介さず、故サー・ハリー・ワイの運転手が家の中をうろうろしていても不審に思っていないのが、フリントにはよくわかった。ミスター・エクスターの妻も一目見たかったが、どう考えても難しそうだ。そこでさりげない会話を少し続けた後にグラスを飲み干して別れを告げた。

エクスターはドアまで見送り、にこやかに別れの挨拶をして、写真の件で面倒をかけたと再び詫びた。気難しい使用人には会わなかった。だが自宅に戻ると、ユーイングに対する不信感が次第に募った。見た目が何らかの目安になるならば、アルバート・ユーイングは確かに殺人犯の要素があると言える。それに――彼は加工された写真があった家に仕えている。雇い主はユーイングがよくやってくれていると言っていたが、フリントにはユーイングが落ち着いたようには思えなかった。機会があれば、ユーイングに写真の腕があるか訊きたかったが、ミスター・エクスターに的外れな質問をするのはフリントには難しかった。だがますます第一審で運転手に容疑がかからなかったのを疑問に思い、家に帰ると遅い時間にもかかわらず、すぐにアンダーウッドに電話して尋ねた。

「今日の午後話したことがすべてさ」アンダーウッドが言う。「ジョンソンは知っているかもしれないが、ぼくにはわからない」

「ジョンソンの家に電話はあるかい？」

「いや、ない。そんなに急ぎじゃないんだろう？」

「そうだな、明日の午後でいいんだが」フリントは言った。「調査を始める前に知っておきたいことがあるんだ」

「それじゃ、明日の朝ジョンソンに会いに行けばいい」

「彼はどこに住んでるんだい？」

「何をするつもりなんだ？　困った奴だな。住所はハムステッド・ガーデン・サバーブ、バーネット・バンク四十一番地だ。ぼくなら徒歩で行くね。ちょうどいい運動になるよ」

アンダーウッドにからかわれても、フリントはやはりゴールダーズグリーン地区（ロンドン北部の地区で、ユダヤ人街がある）に行くことにした。ユーイングの素性がどうにも胡散臭くて頭から離れず、じっとしていられない。そこで日曜の午前中にガーデン・サバーブの奥の地区までわざわざ足を運んだ。ミスター・ジョンソンはその魅力的な一画の一番小さくて新しい家に住んでいて、フリントが到着した時は、競売のカタログに載りそうな庭で、湿った土を勢いよく掘り返していた。ジョンソンは園芸作業の手を止めるのも厭わず、フリントを温かく迎えてくれた。

「妻はあなたが邪魔しに来てくれて大喜びすると思いますよ」そう言って額の汗をぬぐい、フリントを家に案内した。「妻は礼拝の時間にわたしが庭仕事をするのを嫌がっていまして。でもわたしの唯一の運動ですし、このところ日が短くなって平日は時間が取れないものですから。ところで今日はどんなご用件で？」

「サー・ハリーの運転手だったユーイングについて、きみが何か知っているんじゃないかとアンダーウッドが言っていたものだから」とフリント。「なぜ彼に嫌疑がかからなかったのかな？　彼にはアリバイがなかったと理解しているけど」

「わたしの知る限りはないですね」

「犯行時刻に彼はどこにいたんだい？　ユーイングは居場所を言ったんだろう？」

「確か彼は、大工道具の店に行っていました」ジョンソンが言う。「屋敷の東の端にある使用人部屋からずいぶん離れた所です」

「でも彼の証言を誰も裏づけなかったんだろう？」

「裁判では誰も」

「ならどうしてユーイングに疑いがかからないんだ？」

「それはですね、彼に不利なことが何もないからですよ」

「不利なことが何もない！　あの人相で、あの素性で！　彼が前科者だときみは知らなかったのかい？」

「ああ、知ってますとも。ちょっと失礼しますよ」ジョンソンは部屋の隅に行き、大量のフォルダーを手に足をふらつかせながら戻ってきた。「これがすべてです」ジョンソンはテーブルに座り、書類をめくった。多岐にわたる新聞の切り抜き、写真、数枚のタイプ原稿など、すべての資料にいろいろな注釈が彼の手書きの赤ペンできちんと記されている。「ここです」ジョンソンはフリントに、ワイ家事件という見出しのページを見せた。フリントは息を呑んだ。目の前に事件の全記録がある。

「ああ、調査し始める前にこの資料を知っていたらよかったのに」フリントが言った。「これだけ集めるのは大変だったろう」

「わたしの趣味ですから」ジョンソンは言った。「事務所が関わった、人々の耳目を集めた事件に関しては、すべてできるだけ完璧な記録を作ります。あなたのような文学に通じた紳士が犯罪史を執筆する暁には、これらの資料がいつか日の目を見るでしょう。それをいつも夢見ています。もちろん、わたし自身は見込みがありません、文才を持ち合わせていないものですから。ですが調査するであろう方の助手になれればいい、と思っているんです」彼は話すにつれ熱を帯び、フリントは頭の中で一瞬、分厚い犯罪学書の序文への心温まる謝辞を思い浮かべた。〈ミスター・ジョンソン、ミスター・アンダーウッド、ミスター・メルコーの労力による非常に貴重な証拠資料なしには、この書は日の目を見なかっただろう〉

「ユーイングと言えば」というジョンソンの言葉でフリントは現実に引き戻され、運転手の不器量な顔が表紙になっている書類を見た。「彼に前科があるのは事実です。ですがそれは戦前です――詳細は写真の下のほうにございます――罪状は窃盗と詐欺です。これらは殺人容疑で起訴する充分な根拠になりません。二つの罪はまったく分野が違うというのがわたしの意見です」

「確かにそうだが――だからといってユーイングが殺《や》っていない証拠にはならない」

「そうですね。でもなんにせよ、彼が殺《や》ったと思われる理由にもなりません。前科者がなんらかの動機を持っていたとしても。動機が見つからなかったんです。サー・ハリーの死後、ユーイングの金回りがよくなっていたら疑いもかけられましょう。ですが彼には金がありません――実際、新たな職を探していました。そしてミスター・エクスターに雇われたのです」

「ユーイングがサー・ハリーと不仲だったかもしれないじゃないか――それともグリーンのように悪意を抱いていたかもしれない。ところで、彼はどれくらい仕えていたんだい？」

「二年ほどです。ですが彼がサー・ハリーと不和が生じた形跡はありません。それに失礼ながら申し上げますが、わたくしたちにはあまり時間がありません。小説でしたら探偵は時間をかけて、もっとも意外な人物が真犯人だと言って事件を解決します。ですがわたしたちはミスター・ド・ベルローの嫌疑を晴らす必要があり、巡回裁判（イングランド・ウェールズの各州で行なわれた民事・刑事の巡回裁判。一九七一年以降は刑事法院がこれに代わった）が迫っています。目立った動機のない人物をいちいち調査する時間はありません」

「ユーイングが有罪かもしれないじゃないか」フリントは頑固に言い返した。「写真を撮ったかどうか、彼に訊かなかっただろう？　彼がいま仕えている家から加工写真が出てきたんだぞ」

「いいえ」ジョンソンがかすかに笑いながら言う。「つまり、わたしたちはその事実を把握しておりませんでしたので。ですがとても興味深いです。失礼して資料に書き加えさせていただきます」ジョンソンは、フリントがブライアンストン・スクエアのエクスター家を訪問した時の様子について質問攻めにした。夫人が教会から戻るとフリントは腕時計を見て、もう本当に帰らなくては、と告げた。

「機会を改めて、またきみの書類を見に来てもいいかい？」別れ際にフリントは尋ねた。「これはとても役に立ちそうだ」

「そう言っていただけると嬉しいです」ジョンソンが言った。「それでは」

〈ユーイングは無罪ではない〉立ち去りながらフリントは自分に言い聞かせた。彼はユーイングを容疑者リストの筆頭に置くことにした。

7　「犯罪心理からすると――」

「なあ、オリヴィエ」アンダーウッドがとうとう言いだした。「これじゃひどく時間の無駄だ、ぼくとしてはもう充分だと思う。きみが不愉快な時を過ごしているのはみんなが知っているし、これ以上煩わしい目に遭いたくないだろう。なら、そう言えばいい、ぼくらは去るよ。きみ自らが潔白を主張しなくて誰がするというんだ。書類はすべてここにある――フリントは調書をすべて読んだ結果、きみの主張はもっともで、義父殺しの犯人を見つけなかった点で被告側は方針を誤っている、と結論した。フリントは真犯人を見つけようとしている。事務所は彼を雇い、援助を惜しまないつもりだ。収穫はないかもしれないが、それでもよしとする。もちろん、きみが調べてほしくないのなら、フリントは手を引く。殺人の容疑をかけられてもやむなしという事件にわざわざ首を突っ込むほどおせっかいではないからな！　これは率直な申し出だ。受けるのも断るのもきみの自由。だがとにかく受けるべきだとぼくは思う。もう充分時間を無駄にしているんだから」

アンダーウッドがまくし立てた後にしばらく間が空いた。紅茶を飲み終わってからほとんど口を開かなかったフリントは、椅子の中で背筋を伸ばした。受けるのか断るのか「はっきりした申し出」がほしいと、まだ誰にも言うべきではなかった。断られれば、もちろんフリントは自由になるし、終わりの見えないこのお茶会が終わるという利点がある。お茶が脇に下げられアンダーウッドが話題を振ってからすでに五十分が経過していた。そして調査が継続するのかまだ決まらない。もちろん障害となるのはオリヴィエ・ド・ベルロー自身だ。彼は実に強情なのだ。アリソンは口先では「オリヴィエを説き伏せる」と約束していたが、いまのところ彼に話を聞かせようとしているだけだ、とフリントにはわかっていた。彼が話を聞かない理由は山ほどある。

　第一、フリントたちやオリヴィエの貴重な時間を無駄にしているだけなら無意味なのだ。第二に、彼らはオリヴィエの就職の機会を妨害している。オリヴィエをロンドンに引き留めれば、彼はイングランド北部で職に就けないし、他の職にも就けない。それに、アリソンは彼に金を貸しているはず——彼女が渡したいだけの金額を——だが、ピアノ指導で得たお金で暮らしていける、と彼女はいつまで思っているのだろう? オリヴィエは求職に身が入らず、集中できない。彼はそう若くはない——二十八、九だろうか——新しい仕事を得たいのなら注力すべきだ。紳士然としてぶらぶら遊び歩くなどもってのほかだ。浪費癖があるのか——労働者階級でも最も質《たち》が悪い。いつか仕事は減り、たまたま得る収入はいまを楽しむためだけのあぶく銭となるのが関の山だ。少なくともオリヴィエにはそれなりに振る舞ってほしい、足元を見つめてほしいのだ。報いがどんな順序で来るのか、彼は知りたいのだろうか? などとフリントは考えていた。

〈彼が本音を言うわけがない〉フリントは考え込んだ。〈職人として落ち着く類の若者じゃない。彼は何のためにうそぶいているんだ?〉フリントは若者をいま一度観察し、特に服装に注目した。オリヴィエ・ド・ベルローは明らかに役柄を演じきっている。既製品の服は彼のがっしりした体型には小さすぎる。明るいブルーのスーツは、若き技師の休日に着る服としてはまさに典型的だ。彼の力強く指の短い手は、擦りむいたように赤みを帯びていた。仕事で使う、脂を洗い流すための黄色い石鹸の使い過ぎによるものと思われた。彼の顔はあまりよく見えない。午後の間、彼は伏し目がちで襟にあごを沈めている。だがフリントは、オリヴィエが昼食後に無精髭を慌てて剃ったのだろうと思っていた。最初は、彼の外見やしぐさから、稀に見る不愉快な青年だと感じたが、いまはオリヴィエの印象が定まらない。

〈オリヴィエは明らかに過剰なまでに技師のふりをしている〉とフリントは思った。〈だが肝心なのは、彼には目的があるはずだということだ。となると——結局、彼はサー・ハリーを撃ったのか？話を訊こうにも彼は頑固そうだ〉

「きみはあの話を信じているんですか？」オリヴィエが沈黙を破ってフリントに訊いた。

フリントは心を見透かされて、かすかにたじろいだ。「書類で見る限りは——そうです」フリントはできるだけさりげなく応えた。「もちろん、相手のことも知らずに勝手なことは何も言えませんが」

「なるほど」初めて目を向けてきたオリヴィエの黒い瞳の輝きにフリントは驚いた。オリヴィエが破顔する。〈見た目より利口そうだ。彼は話をでっち上げてはいないのだろう〉フリントも微笑んでみせた。

「きみは慎重な男ですね」オリヴィエが言う。「ぼくは撃たなかった。わかるでしょう」

「あなたが犯人なら、もっとましな話を思いつくはずです」

「そうだといいんだが！　わかってくれたのはきみが初めてです——実際、ぼくが嘘つきじゃないと信じてくれたのは。〈きみを除いてだよ、アリソン、きみは家族だからね。きみの叔母さんはぼくを信じてくれなかった。叔母さんはぼくが家を訪ねた時間を証言してくれたけど、実際にその時間に訪ねたんだし。でもぼくが危険人物で、四マイルほど離れた場所で、あの老いぼれを撃ったと叔母さんは思い込んでいる）どいつもこいつも愚か者だ」オリヴィエはなかば打ち明けるようにフリントに語りかけた。「それに年寄りのブリンクウェル――あの小さなユダヤ人。ああいうのはうんざりだ。わかるでしょう？」

「わかりますとも。じゃあ、きみが犯人でないのなら誰が殺したんです？」極めて無口な男が再び黙る前に何ができるかと考えながら、フリントは尋ねた。

「まったく、それがわかれば苦労はない。世間には星の数ほど人がいる」

「ああ。だが大部分の人間は除外できる。犯人はよそ者ではないでしょう？　とにかく、まずは顔見知りから始めましょう。あなたではない、それにあなたの妹さんでもないですね？」

「マデレンかい？　まさか。妹はそんな子じゃない。今後どうなるかはわからないけど。もちろん妹は外してもらっていいと思います」

「ぼくが怪しいと思っている人物を挙げましょう」フリントは続けた。「エクスターの家で会った、あの運転手の男――彼ほど怪しい奴は見たことがない」

「彼じゃない」アンダーウッドが自信たっぷりに言う。「ジョンソンの話で容疑者から外れたと思っていたのに、フリント。ほんの少しの動機もなかった」

「なかったとは言い切れない」フリントは言った。「はっきりしているのは、動機が見つからなかったってことだけさ。それはまったく話が違う」

「まるでぼくが警察みたいに言わないでくれ。あれは彼らの仕事でぼくの仕事じゃない」

「いや、きみの仕事でもある。きみが厳しく追及していたら、殺人犯が見つかってオリヴィエの無実が証明されていたかもしれないのだから。手始めに、ユーイングが覆面の男である可能性を考えてみよう」

「その男の見た目は?」オリヴィエが言う。

「小柄な男で——」

「じゃあ彼じゃない。覆面の男は大柄だった」オリヴィエがぶっきらぼうに言う。「それにひどく力があった」

「それはユーイングが殺人犯でないことにはならない」フリントはがっかりしつつも頑なに言った。

「確かに。でも彼が犯人だという証拠を少しもつかんでいないじゃないか」アンダーウッドが冷たく言い返す。

「だからといって証拠をつかめないわけじゃない」フリントは答えた。

「ああ、ぜひともやってみてくれ」アンダーウッドが笑った。「きみが調べて無駄なことは何もない」

「でも、ミスター・フリント」アリソン・テーラーが口を挟んだ。「犯人はエクスターだと思うわ。それに、あなたが言っているミスター・ユーイングが共犯なのよ」

「いや、いまのところエクスターが犯人だとは思っていない。初めて会った時、彼には好感を持ったんだ」フリントが言う。

「きみが彼をどう思おうが関係ないな」アンダーウッドが言う。「エクスターじゃないよ、彼は現場にいなかった。とっくに確認済みさ」

「なるほど」フリントは言った。「エクスターでもユーイングでもないのなら、誰なんだ?」再びオリヴィエに向き直る。「あの、門で会ったという使用人、グリーンは?」

「奴のほうがまだ可能性があります」オリヴィエが言う。「醜くて、つるんとした見ための悪党で、噂ではサー・ハリーにクビにされたらしい」

「確かに可能性はあるのかもしれない」アンダーウッドが口を挟む。「だが、残念ながら不可能だ。われわれは最初に調査したが、彼はそもそもあの屋敷に行かなかったんだ。きみと会った後まっすぐ村に帰った。どのように検証したか忘れてしまったが、ジョンソンが記録しているはずだ。とにかく完璧なアリバイがある――実際、全員にアリバイがある――いかにも容疑者らしいけれども」

「ぼく以外はね。ありがとうシドニー、さっきもそう指摘してくれたね」オリヴィエが言った。アンダーウッドが口を挟んでから、オリヴィエは頑なな表情に戻ってしまった。

「だからって彼らの犯行じゃないという証明にはならない」フリントは言った。オリヴィエの不機嫌な理由がわかってきた。「彼らのアリバイは偽りかもしれない。そうするとぼくはユーイングが気になる。明らかにアリバイがない彼を調査しようと思う。時間がかかるかもしれないが」そして付け加えた。「誰かグリーンを調査してくれませんか。彼のアリバイだって偽りかもしれない。今日はもう出向くには遅いが」

「彼の足跡やタバコの吸い殻を探し回っても成果はないだろうし、探るにしても六か月も経っている」我慢できずにアンダーウッドが言う。「よほどご近所がだらしないなら別だが」

「それでも誰かがグリーンを改めて調べるべきだと思うよ」フリントが言った。「だって彼には動機らしきものがあるとぼくたちはわかっているじゃないか。じゃあ、調査すべき項目をぼくが書き留めようか？　これから試すことにはいくつかポイントがある。それに調査するたびに書き留めておけば結果を共有できるし、後で報告できる。どうだい？」

誰も異議を唱えなかったので、フリントは続けた。

「つまりユーイングやグリーンや他の容疑者たちに疑わしいところがなければ、他の誰かが犯人に違いない。サー・ハリーに恨みを持っていた人を知らないかい？」フリントはオリヴィエに尋ねた。

「知りません。でも何人もいたと思う。みんな奴には反感を抱いていたはずです」オリヴィエは言った。

「たとえばアンスティーはどうだろう。上り列車に乗ったのは事実だけど、次の駅で戻ってきたかもしれないじゃないか」

「次の駅はパディントンだがね」アンダーウッドが言った。「急行だから」

「とにかく、できれば彼は調べるべきだ。ほら、彼の奇妙な話が本当か嘘かにかかわらず。もし事実なら、デルリオという妙な男性も調べよう。彼は暗い過去があり、ほぼ犯行時間に近所をうろついていた。もしアリバイがなければ、ミスター・アンスティーから話を訊く権利がある。彼と連絡を取る方法はあるかい？」

「ロンドンの住所を調べてある」アンダーウッドが言う。「まずは連絡してみよう。でもいいのかい、彼が嘘をついていなくても、デルリオには会わなかったかもしれない。彼の想像かもしれないよ」

「とにかく訊くべきだと思う」とフリントは言った。「確率は低いかもしれないが、どの可能性も無視できない。住所さえ教えてくれれば、ぼくが手紙を書くよ。それともきみが書くかい？」

「きみが書いてください」オリヴィエがフリントに言ったので、アンダーウッドは笑いながら頷いた。

「サンドンに行ってグリーンに会ってくれるかい？　来週はけむたい叔母と町にずっと縛りつけられているんだ――それにオリヴィエやアリソンに頼むのも気が引ける」

「それがぼくの役目なら引き受けるよ」フリントが仕方なさそうに言った。「でもまずはユーイングを調査したい。だから差し支えなければ、何をすべきかはっきりわかるまで待っていてくれないか。これもきみのためなんだよ、アンダーウッド。われわれはサー・ハリーの過去を、そして彼に殺意を抱いたかもしれない人物をもっと調べなければ。きみに任せていいかい？　これはきみの仕事だと思う。ぼくたちの中で一番、容疑者に接触できる人物だからな」

「わかった」アンダーウッドが言った。「収穫があるかどうかは断言できないがね。過去に容疑者を散々調べて、何も見つけられなかったからな」

「それから、われわれはミス・ワイに――」

「ミセス・エクスターだよ」アンダーウッドが言う。

「まあ！」とアリソンは言った。

「そう、ミセス・エクスターさ。一番犯人ではなさそうだが、すべてを想定する必要がある。父親を亡き者にしたいなんらかの理由が彼女にはあったのかな？　サー・ハリーは娘に冷たかったのかい？」

「奴はイヌにだって冷たかった！」オリヴィエが言った。「でもきみが言うほどではなかったと思う。嘘つきの老いぼれ悪党だったが、だからと言ってマデレンが撃つとは思えない」

「もし彼女が結婚を望んでいて」フリントが言う。「サー・ハリーが邪魔をしたら――？」

「やけに急いだに違いない」アンダーウッドがくすくす笑う。「前にも言ったが、彼には彼女の邪魔をする権利はなかった。だからマデレンはエクスターに教会で結婚を予告してもらいさえすれば、父親など置いてきぼりさ。そして彼女には遺産も手に入る。調査にそれほど価値があるとも思えない」

「でも彼女の旦那ときたら！」アリソンが興奮気味に話す。「あなたたちはやっと核心に触れたのね。

「犯罪心理からすると――」

彼――ミスター・エクスター――は金に困っていて――」

「いや、金に困ってなどいない」アンダーウッドが言う。

「表に出さないけど金に困っている人は大勢いるわ、シドニー！　彼はすぐにでもマデレンと結婚したかったけど、サー・ハリーが渋っていたの。彼女は待つのは苦じゃなったけど、エクスターはそうじゃなかった。そして彼はサー・ハリーを殺したのよ！　そうに決まってるわよね、ミスター・フリント？　写真の件を考えなくても。ああ、彼にもアリバイがあるのは知ってるけど、シドニーの部下たちはアリバイを崩せなかった。もちろん彼にはアリバイがある。殺人犯にはいつだってアリバイがあるものよ。もし誰かがサンドンに行ってきちんと調査したら、すべていかさまだったと気づくはず。誰もやらないのなら、わたしが行って証明する！　どこの馬の骨ともわからない人物を探る必要はありません。ちょうど目と鼻の先にミスター・エクスターがいるんだから――それに写真も！」

「写真では不充分だよ、アリソン。忘れるんだ」オリヴィエが助言する。「第一、あの写真はきみも聞いてのとおり加工写真だった。それにエクスターに都合が悪い情報はぼくにも都合が悪い。見てごらん、彼もぼくも写真では老いぼれを殺そうとしている。もっとも、ぼくは彼を撃っていないが――」

「あなたは違う。だから犯人はエクスターよ」

「ああ、女はこれだから！　ぼくが写っている写真はまったく加工されていない。ぼくはこうして立っていた。ただ銃を撃たなかっただけだ。奴を殺したと証言しないのは、殺していないからだ。つまりこの写真は、エクスターが犯人だとも証明していない。もっとも彼の無罪も示していないが。どちらにしてもどうでもいい。ぼくが言えるのは、きみたちは別の証拠を見つける必要があるということだ。フリント、彼女から写真を取り上げてください、彼女にひどい目に遭わされますよ！」

「だがこれは興味深い」フリントが言う。「ぼくらはこれが加工写真だと知っているから、証拠にはならない。だが誰が加工したにせよ、その目的は一つだったはずだ――エクスターに嫌疑をかける、という。つまりエクスターに恨みを持つ人物を見つけさえすれば。彼をなんらかの理由で排除したがっている者がいるとすれば――」

「あなたならできるはずよ」アリソンが叫ぶ。「シドニーの部下は何も見つけられなかった。彼が過去を隠しているなら、知られたくない理由があると考えるのが妥当だわ。彼の身元を誰も知らないのよ」

「ぼくがいた頃はまだエクスターはいなかった」オリヴィエが付け加える。「最近来たんだろう」

「みんな、何か一つ忘れているよ」アンダーウッドが皮肉交じりに言う。「エクスターが加工写真を作製した動機を探るために彼の過去を暴く必要はない。エクスターに濡れ衣を着せようとしている人物がいる可能性が高い――殺人犯だ」

「すると、すべてはぼくに戻るな」オリヴィエが言う。「おそらくアリソンが保証してくれるが、そもそもカメラの扱い方すらぼくは知らない！　黙っていてくれ、アリソン。優秀な弁護士があらぬ疑いをかけかねない」

「一つ尋ねたいのだけれど、オリヴィエ」場の緊張を感じてフリントが慌てて言った。「念のために訊いておきたいんだ。きみが受け取った遺言書についてだけど、それは写しなんでしょう？」

「いや、写しじゃなくて副本です」オリヴィエが答える。「母と立会人の署名があるし、公式な用紙に書いてあった。完璧に正式なものだったはずです。それをサー・ハリーたちは盗んだんです」

「原本はどこにあるんですか？」

「ぼくにわかるもんですか。おおかた母が亡くなった時にサー・ハリーが破いて捨てたに違いない。母の手紙からすると、そうなるのを見越していたと思う——直接的に書いてはいなかったけど、あの老いぼれは四六時中、母を監視していたんだ。これは遺言書の副本だと母から聞かされたから紛失しないようにしていましたよ。原本がどうなっても副本にも同じ効力があると思って。そして母はすべての書類を送ってきた。いつもの送り先の住所ではなく、母が知っているぼくの友人、チャーリー・ブラクテッドが住むメキシコシティーの住所へ。ぼくの居所を友人が知っていると母は考えたんでしょう。実際には彼は知らなかったから、しばらくしてぼくが姿を現すまで、友人は母からの手紙や書類をそのままにしていた。母の死を最初に教えてくれたのも彼だった。新聞で読んだと言っていた。もちろん、他の手紙も含めて母からの手紙とぼく名義の書類を受け取ったけれど、あのじいさんが持っていってしまったんだ」

「原本はお母様の弁護士が保管しているのでは？」とフリントは尋ねた。

「違うんだ」アンダーウッドが言う。「それ以上は彼らも聞いていない。遺言書は二回作られたそうだ。一回めはマデレンが生まれた時、もう一回はオリヴィエが死亡したと母親が思った時——オリヴィエの死亡記事が新聞に載ったのを知っているかい、フリント？」

「何者かが送ってきたけど、ぼくは一蹴したよ」オリヴィエが言った。「どこで聞きつけて新聞社が取り上げたのか、わからなかったが」

「ああ、確かに——数行だったな」アンダーウッドが言う。「きみの母親は見たのだろう。だが彼女の弁護士は第三の遺言書作成には動かなかった。彼女はどこか別の弁護士事務所に行ったはずだが、その行動は神のみぞ知るだ。ぼくたちは広告を出して探したが反応はなかった。それにオリヴィエは名前を思い出せなかった」

「立会人の名も？」フリントが尋ねる。

「ああ、思い出せない。会ったわけじゃないので。でも、ふたりのうちのひとりはジョーンズだったと思います」オリヴィエが有益な情報をくれる。フリントは笑った。

「調べる余地はありますね」フリントが言う。「もう一度試してくれないか、アンダーウッド。結局、何者かが遺言書を作成したに違いないんだ」

「それに何者かがサー・ハリーを殺した。どっちにしても、ぼくたちがわかっているのはそれくらいだ」アンダーウッドが言った。

「もう一つある。ミセス・エクスター――夫人――はオリヴィエの言い分を否定しているのかい？　だって彼女はオリヴィエの異父妹だろう。彼女が遺産をひとり占めしたがる理由がわからない。だって彼の身元を彼女が証明するのは簡単だろう、兄を覚えているはずだからね。もし夫ではなくて彼女が遺言書を書いていたら――」

「そういう考え方もある」とアンダーウッドが言った。「いままで試していないが。それにオリヴィエが書いていたら――都合よく、きみがミセス・エクスターに会いにいって――」

「ぼくがそんなことをするものか！」オリヴィエがさえぎった。ひどく怒っている。「まともな提案ができないのなら、地獄にでも落ちてしまえばいい！　はっきり言って、ぼくは一切関わりたくないんだ！」すがるように彼の瞳はフリントの瞳を追い求め、フリントはわけがわからないながらも、本能的に応じた。

「少しはましな提案ができそうだ」フリントはゆっくり言った。「この事件を改めて調べた結果をわざわざ声を大にして知らせるつもりはない。必要なことは関係者にだけ伝えるつもりだ。オリヴィエが口外したらぼくたちは隠しておけない。誰か中立的な立場の人間が必要だ。ぼくの叔母、ミセス・アレンはブライアンストン・スクエアとは目と鼻の先のグレート・カンバーランド・プレイスに住んでいる。彼女は新参者に優しいタイプだから、ミセス・エクスターの人となりを訊いてみない手はない。きっと叔母は期待に応えてくれると思う。エクスター夫妻について何か糸口が見つかるはずだ。どうだい?」

「名案だ」アンダーウッドは賛成し、オリヴィエも黙って従った。

「これで話は済んだのかな?」アンダーウッドが尋ねる。「これから食事でね」

「ぼくは今後の方針を見直して、問題がないか確かめるよ」フリントは言った。

「まず、ユーイングについて新たな情報が得られないか調べてみる。それから住所を教えてもらったら、すぐにでもアンスティーに手紙を書くつもりだ。そしてデルリオなどについて彼に話が訊けないか確認しよう。それに叔母にもミセス・エクスターと友人になってくれるか、ひそかに状況を見極められるか尋ねるつもりだ。アンダーウッドはサー・ハリーの過去と、彼に殺意を抱いた人物について、できる限り探ってくれ。デルリオという人物については特に注意して――そして行方不明の遺言書の形跡も探ってみてくれ」(「いいね、実にささやかな仕事を言いつけてくれた」とアンダーウッドが言った)。「そしてミス・テーラーがほしがっているミスター・エクスターとグリーンのアリバイも。みんなが二の足を踏むなら、ぼくが彼に会いに行こう。だが行くのはもう少し後になってからだ。しばらくしたら集まって情報交換をしよう。ぼくたち全員をよく知るアンダーウッドに次の会合を取りまとめてもらいたい」

「クラブで食事をしながら話すか、静かなほうがよければ事務所でもいい」アンダーウッドが言う。

「もうぼくは行かないと。それじゃあ——ああ、そういえばアリソン、きみに訊きたかったんだが——」

「急いでるようだから、あなたと一緒に出るわ」アリソンは言い、一緒に玄関に向かった。フリントも帰ろうとして立ち上がった。

「飲みませんか」不意にオリヴィエが言った。「アリソンがウイスキーをくれたんです。ぼくが静かでいるように」彼は冷ややかに笑いながらグラスを出した。「ぼくを粗野な人間だと思っているんでしょう?」彼はフリントを鋭く見た。

「充分に召し上がっているようだけど」オリヴィエの堪忍袋が切れそうだと感じながらフリントは言った。

「シドニー・アンダーウッドのウイスキーをね——そうさ！」オリヴィエは強調して言った。「あらかじめ謝っておくが、きみの友人はアリソンの従妹で、ぼくのためにずいぶん骨を折ってくれている。だから、いつもぼくは黙っていなきゃならない。ぼくは殺人罪で絞首刑になるところを助けてもらって感謝するべきなんだろうが、そもそもやっていないんだ！　わかるでしょう?　あいつやブリンクウェルのようなゲス野郎が、ぼくを無罪にして好待遇を受けるなんて。あいつがいまさら何の『嫌疑を晴らす』というんです?　ぼくの嫌疑が晴れるなんて思ってもいないくせに！　なぜぼくをそっとしておいてくれないんだ?」

「アンダーウッドが言いだしたわけじゃありません。疑問を持ったぼくに、それならば調査すべきだと提案しただけです」オリヴィエの怒りを鎮めようとフリントは言った。

「わかっています。きみはいい人だと信じている。だからあいつには言わないこともきみには言いますよ。ぼくはマデレンに手紙を書きました」

「きみが！」

「はい。だからぼくは内心穏やかじゃないんです。馬鹿なことをした。ぼくはマデレンがほんの子供だった頃を知っている。割と仲は良かった。彼女はどちらかというと暗い性格で一緒に遊ぶ子がいなかったから、ぼくは学校から帰ると遊んだものです。喧嘩していない時はね。それに結構、妹もぼくを慕っていました。だから妹がぼくの味方になってくれるかもしれないと思って、家を出た後に女々しい手紙を書いた——つまり妹が忘れるはずのないことについて、ぼくが詐欺師なら知るはずのないことについて——そんなことを書いたと思います。そしてぼくと会ってくれるか尋ねました。そうしたら、いままでで一番よそよそしい手紙を書いてよこした。もう絶交だとかいろいろ書いてあって、財産は渡さないしミスター・オリヴィエ・ド・ベルローなど信用していない、今後は彼女の夫宛に手紙を送ってくれって言うんだから驚きましたよ！　だから当然ぼくは口をつぐんだ。もし妹がぼくをティチボーンの訴訟人（一八六五年、英国ティチボーン家の嫡子と詐称して訴えを起こした男性を指す）だと思うのなら、それならそれでいい。シドニーにはぼくが馬鹿なことをしたと知られたくないだけです。わかるでしょう？」

「わ、わかった。ミス・テーラーは——」

「ああ、アリソンは知っています。彼女が口を滑らせないよう注意していたのに気づきましたか？　だから大丈夫なんです」オリヴィエはくすくす笑いながらグラスに二杯目を注いだ。「お互いに傷つけあっている若いカップルだ、と思っているんでしょうね？」フリントは黙ってうなずいた。「きみは婚約したことがないようだからわからないかもしれないけど、事情は違うんです。たいていの人は結婚する前に窮地に陥り、後で問題になる――それで老いた夫婦は口論を始める。だがアリソンとぼくは結婚前に問題を抱えている、そうでしょう？　それにぼくは彼女に怒りをぶつけ、彼女はすぐに仕返ししてくる。そこには何もないけど彼女にとっては不運です、可哀相に。ぼくは今回の件で彼女と別れようと思いましたが、当然ながら彼女は拒否した。別れていたらこんなひどいことにはなっていなかったかもしれません――たぶん」

「いいかい、ド・ベルロー」フリントは心もとなくなり、口を挟んだ。「遺産は信託されていると言いましたね？」

「妹がそう言っていた」オリヴィエは答えた。

「失礼ながらなぜ訊いたかというと、もしそうなら、アンダーウッドが知っていてしかるべきだと思うんです。ほら、その金はきみのもので、権利のない第三者が請求するものではないでしょう。たとえいまきみが請求しなくても、受託者は誰であれ、きみがいるんだから、他者の請求に異議を唱える権利があります。それに、受託者がぼくたちに有利な情報を与えてくれるかもしれない。いままでのところアンダーウッドはそれを見つける最適な人物です」

「ああ、そうだね。あいつに話すかどうかも、きみの好きにしてください。ぼくは言われるほど馬鹿じゃない。表に出さないだけです」オリヴィエは言った。「もう一杯どうです？」

「いや、本当にもう行かなくては」フリントは言った。「ぼくが単なる厄介者じゃないと証明したいんだ」笑顔で付け加えた。「何も約束はできないけど」

「きみはいい人だ」オリヴィエが言う。「無礼を許してほしい。必要なものがあれば何でも言ってください――すでに知っていることはすべて話したけど。それじゃ」

「じゃあまた」フリントは言った。だがそう簡単には帰れなかった。階段でアリソン・テーラーに会ったのだ。彼女もまたふたりきりで話がしたかったらしい。オリヴィエが粗野だからといって義父を殺したと思わないでほしい、と言うのだ。「オリヴィエが父親を嫌っていたのは知っているわ」アリソンは何度も言った。「でも彼が気に入らない人をいちいち殺していたら、いくら時間があっても足りないじゃない」彼女はさらに、フリントがオリヴィエの無罪を確信しているかを知りたがった。

フリントは、オリヴィエに深く同情している、あの状況なら礼儀が疎かになるのも無理はない、無実を確信している、と彼女に請け合った。するとアリソンは悲惨な立場にいる恋人の境遇へ怒りをぶちまけだした。彼は陪審に放免されたものの無実が証明されたわけではないので、汚名を雪ぐことなく新たな国で再出発しなければ、まともな生活をする機会がないそうだ。「おそらく偽名を使ってね。あの年寄りが法廷で言ったように！」フリントのコートをつかみながら、そして廊下の灯りの下で若く怒りにこもった目で彼をにらみながら、できることがあれば――何でも――わたしに言ってちょうだい、と彼女は頼んだ。その精神状態は明らかにオリヴィエと同じなので、フリントは落ち着かせるために、ジョージ・グリーンとミスター・エクスターのアリバイ調査へ翌朝にでもサンドンに行くが一緒に行かないか、と心ならずも提案してしまった。そして、それで良しとした。

「それにぼくは、ド・ベルローと話しすぎないほうがいいんです」彼は思い切って言った。「あなたもできるだけ考えすぎないようにしてください」

「できないわ！」アリソンは襟元をかき合わせ、彼の申し出に困惑しつつも感謝に満ちた表情でフリントを見上げた。「そのうち落ち着くと思うけど。ごめんなさい、ミスター・フリント。ひどい厄介者のカップルで。でも長い間散々だったのよ、あなたは知らないでしょうけど。もううんざりなの。じゃあまたね――ありがとう！」

〈これは調査して済む話ではない、心してかからなければ！〉自室に戻った時、フリントは気持ちが落ち着かなかった。〈犯罪心理からすると――潔白を主張する人物の心理は調査にはかえって障害となる！　ぼくは精神科医ではない。いっそ引き受けるのを辞めようか？〉だが床につく前にフリントは叔母のミセス・アレンに協力を頼む手紙を書いた。そしてシドニー・アンダーウッド宛の手紙には、得たばかりの情報を記し、エクスターとグリーンのアリバイの詳細、特に運転手ユーイングについてできる限りの情報を送ってほしいと頼んだ。

8　「講義に専念するのが賢明だ――」

「親愛なるフリント（アンダーウッドからの手紙だ）――オリヴィエの馬鹿さ加減はいまさらきみから聞かされるまでもない。彼の有罪を立証するために水面下で働いているわけではないが、彼がぼくの従妹と結婚するからといって、彼の言うことすべてを信じる義務があるかはわからない。

情報をありがとう、もっとも役に立つかどうか。もし信託が本当に有効なら、どこかの弁護士事務所で作成され、預けられた証書があるはずだ。だがエクスターの弁護士に、あくまで友人として顧客の事案について教えてくれないかと頼むわけにもいかない。

ぼく個人としては、われわれがなにかしら見つけるには、行方不明の遺言状を見つけ出すしかないと思っている。それはむしろ胡散臭く思える。殺人とどう関連するにせよ、老いた妻が新しい遺言状を書くと言った時、サー・ハリーにとって不意打ちだったに違いない。そして破いた、というオリヴィエの発言からすると、副本について何も知らなかったとぼくは思う。それは作成した遺言書を渡さなかった弁護士事務所を、彼が頼りにしていることを意味する。すなわち、怪しいものか彼の息がかかったものに違いなく、形跡を辿れるかもしれない。できればぼくはサー・ハリーの弁護士に会いに行こうと思う。彼らが書類を作ったわけではないが、彼らはきみの祖母ぐらいには尊敬できるし、サー・ハリーが依頼した別の弁護士事務所について知っている可能性があるからだ。

でも見込みは百万分の一だし、彼らが知っていたら、ぼくたちはあまり前に進めない。昨日はひどく実りのない集まりだったろう？　きみがほしがっているメモを一緒に挟んでおくよ。エクスターのアリバイは完璧で、ジョージ・グリーンも怪しくないとわかるだろう。きみのお気に入りの容疑者ユーイングについては、送ったように情報は多くない。きみの調査にはぼくは気が進まないな」

フリントとて気は進まない――事実、水曜の夜に改めて考えを巡らしていたフリントは、もう少しで投げ出したくなった。皆の話から導き出されるのは、オリヴィエの無実は確固としていて、そして――彼と話せば――証人として信じられるということだ、とフリントには思えた。つまり彼の話の中の事実は、実際の事件の事実としてみなすことができる。フリントは重要なメモと新たなノートを取り出し、細かく書き出した。

（1）オリヴィエは義父との度重なる諍いの末、十五年前に家を出た。職を求めてニューオーリンズへ行き、炭鉱技師の訓練を受け、メキシコの油田へ行った。そこで技師として良い地位を上手に築いたのだとフリントは推測した。オリヴィエは母親とはときおり連絡を取っていたが、頻繁ではなかった。そして何か月も住所が定まらなかったため疎遠になってしまった。オリヴィエは「母が老いぼれの悪党にうんざりし始めていると信じていた」。そして口にこそ出さなかったが、イングランドに戻る充分なお金が貯まったら、母親を引き取ろうと思っていたのだろう。そうフリントは考えた。

（2）断続的な不在から戻って母親の死を知ったオリヴィエは、一緒に暮らす夢が立ち消えたと知る。

遺産の半分が彼に遺されたと聞き（総額は六万ポンドだ）、この状況では本人が請求しなければそれが消えるかもしれないと思った。仕上げなければならない仕事があったが、遺言書の執行を完了させるためイングランドにただちに戻ることを決意した。同時に義父に手紙を書いて相続権を主張し、すぐ戻ると伝えた。

その答えが出る前に、オリヴィエはアリソン・テーラーに会った、彼女はちょうど米国の友人を訪ねる叔母に同行していた。ふたりはたちまち恋に落ち、婚約した。当時の彼は確かに結婚相手にふさわしい人物だ――仕事で名を上げ、かなりの遺産を請求するために英国に戻ろうとしている若者だった。彼は婚約者とその叔母の船を手配し、三人は米国から帰国した。

（3）だが期待は長くは続かなかった。義父から返事が来たのだ。思っていたとおりサー・ハリーは遺言書を否定しただけでなく、オリヴィエを詐欺師として告訴した。これにオリヴィエは激怒した。義父の手紙はやや冷ややかながらも礼儀正しかったものが、しだいに怒りに満ちたものとなり、その結果、返事は痛烈な非難となった。「奴が殺されるなんて知るわけはないでしょう?」というのがオリヴィエの抗弁だ。「でも、義父を知っているんだから、思いつくべきだった」

（4）リヴァプールに到着した時、オリヴィエはサー・ハリーからなだめるような手紙が待っていたのに気づいた。その手紙はクロームハウスでぜひ会いたいという内容で、もし書類がすべて整っているのなら、なんらかの平和的な取り決めができるかもしれない、と提案しているように見えた。オリヴィエは取り分の申し出を受けるのだと思い込んだ。だが実際にはオリヴィエの表現によると、「猫のように舐めつくす」ものだった。そして最終の指示は、五月十三日に必ずサンドンに来いというものので、そのメモは殺人の後に見つかった。

（5）この時点以後、いくつか書き加えたものの、話はフリントが書き記したとおりだ。二時二十五分、オリヴィエの乗ったロンドンからの列車がサンドンに到着した。クロームハウスまで一マイル半ほど歩き、裏口に二時五十分に着いた。オリヴィエは中に入り、書類を見せたが、サー・ハリーの凶暴性にオリヴィエは面喰らった。「正直に言って、義父に狙われていると思いました」とオリヴィエは語った。「それに、奴は机の上に短剣のようなものを置いていた。だから相手を黙らせるためにぼくは銃を出しました。その時に義父はシャッターを切ったに違いない。部屋に入った時、バルブが机の上にあったのを覚えています。ぼくが優位だった間は奴がテーブルでなにを触ろうと気にしませんでした。撃つつもりはなかったが、ぼくが本気だと思ったのか、義父はひどく疑り深い表情になりました。すると隙をついて覆面の男が飛びかかってきました。男は猫のように動き、足音すら立てなかった――ぼくには何も聞こえず、どうしようもなかった」覆面の男はオリヴィエの手をねじって銃を落とすと、押さえつけ、その間サー・ハリーは目の前の戦利品をしまい込んだ。サー・ハリーと男はオリヴィエのポケットの中をくまなく探り、拳銃の銃口をオリヴィエへ向け、サー・ハリーは今度、顔を見せたらどうなるか、オリヴィエにご丁寧にも説明した。

（6）この一件は長くはかからなかったので、オリヴィエがクロームハウスを出た時には、まだ三時十分だった。そして元使用人グリーンと門で会った。「奴は特になにもしていなかったと思います」

とオリヴィエは言った。「ああいう風体の男にありがちですが、うろうろしていただけです。奴と話せて運がよかった」その後オリヴィエは五マイル歩いて、アリソンと叔母がいるハイビーチに四時半少し前に着いた。そう彼女たちが証言している。さすがのオリヴィエも言い尽くしたか、とフリントは思ったが、オリヴィエは言った。「ぼくに何ができたでしょう？　奴らはぼくの銃を持っている。それにアリソンと相談したかった。すぐに弁護士の手に委ねなかったのはなんて愚かだったのか、わかりかけてきていました。ぼくたちは相当長い間話しあい、夕食後に列車に乗ってウィンドルシャムから街に戻った。そして家に帰ると玄関で警官が待っていたんです。笑えるでしょう？　あの老いぼれはぼくが撃つまでもなく自殺したんだ、と思いました」

〈調査はあまり進展していない〉フリントはメモを見ながら思った。アンダーウッドの調査で新たに提供された証拠はすべて役に立たなかった。アリバイを崩せない限り、エクスターもジョージ・グリーンも無罪になる。それに一番怪しいと思う容疑者、風采の上がらないアルバート・ユーイングについて、フリントはほとんど新しい情報を得られなかった。

そこでフリントはエクスターのアリバイを調べた。

「警察は」アンダーウッドが記している。「驚くほど迅速にエクスターの供述の裏づけを取った。内容は以下のとおり。彼は午後二時にカメラを肩にかけて出かけた。周囲の風景を撮影するつもりだった（この事件には多くの写真が出てくる。エクスターとサー・ハリーは写真に熱中していて、なかなか腕もいいようだ）。二十分後、クロームハウスから一マイルほど離れた場所で出会った男性と言葉を交わしている。エクスターはさらに歩くと、数枚写真を撮って休憩してからさらに二マイル歩き、ホーンズ・レーンと呼ばれる雑木林に入り、そこにパイプを置き忘れた。それから四時前にステインズ・クロスのヴィーシー大佐宅を訪れている。そこはホーンズ・レーンから三マイルほどで、エクスターは大佐とその娘たちとおしゃべりした。彼はそこから二マイル半のラカム・セントマーティンに四時十五分前に着き、お茶を飲んでしばらくいた。それから主要道路を七マイル歩きクロームハウスに戻った。エクスターを門で待ち構えていた執事は警察が書斎にいると告げた。部屋に入ると到着したばかりの警察官がいた。

そういうわけで、きみには楽しんでもらえると確信しているよ。いつもの洞察力でお気づきだと思うが、エクスターの散歩は三つの地点で目撃されている。警察は目撃者たちを信用したようだが、ぼくは信じられない。もっとも、パーカー警部補が自信たっぷりに話してくれたので一応信じているが、彼はエクスターの話を聞いてすぐにホーンズ・レーンに使いの者をやったそうだ。するとその男はエクスターのパイプだけを持って帰ってきたという。木の切り株に置いてあり、そこには最新のマンチエスター・ガーディアン紙（昼食時に届いたもの）があり、クロームハウス（ワイ家）と印がついていたそうだ。警部補が尋ねると、エクスターは置き忘れたのを覚えていた。それまで気にも留めていなかったのに。これが事件の鍵になるとぼくは思う」

フリントはため息をついた。軍用地図で距離を確認した。エクスターが目撃地点から地点を野ウサギのように駆け抜けたとしても、犯行後にラカム・セントマーティンに行くには少なくとも二時間はかかるはずだ。実際に彼は移動して少なくとも六人の人と会っており、彼らが嘘をつく理由など考えられない。これではだめだ！　フリントは期待することなく、ジョージ・グリーンに移った。

「グリーンは」アンダーウッドは書いている。「ド・ベルローと会った後、まっすぐ地元のパブに行っている。営業時間外だったが、店の人と顔なじみだったので入れてもらった。グリーンは午後の大半を店で過ごしたと店の者たちが証言している——とにかく、殺人事件に関わるには長すぎる時間だった。店主とその妻が、確かに本人だったと証言した」

フリントはそのアリバイに疑いを抱いた。グリーンの友人とおぼしき夫妻の言葉だけが頼りに思える。アリバイが確かだろうとそうでなかろうと、とにかくグリーンは再調査に値する。だがフリントにはグリーンが容疑者には思えなかった。どうしてもアルバート・ユーイングに気持ちが向いてしまうのだ。フリントはアンダーウッドのメモの後半に戻った。

だがそこにあるのは、すでに知っている情報ばかりだった。ユーイングの証言は遺体発見についてだけだ。サー・ハリーを発見した時、ユーイングは真っ先に執事に伝え、警察に通報した。警察が来るまで何一つ動かさなかった、と主張している〈執事を呼ぶのに彼自身は動いただろうけれど〉とフリントは思った)。行動を尋ねられて彼が供述した内容は、フリントがジョンソンから聞いたのと同じだった。嫌疑をかける要素はなく、審問でも裁判でも厳しい尋問はなかった。「本件に関してユーイングに不利な要素はない」とアンダーウッドは結論づけている。

フリントは椅子の背にもたれて深く考えた。殺人犯は室内にいたのか、それとも屋外から侵入したのか？　もし犯人がユーイングなら室内になり、グリーンなら屋外からになる。オリヴィエが来ていたことを考えると、グリーンが気づかれずに侵入するのは簡単そうだし、ドアに錠がかかっていたとしても窓から入れただろう。〈クロームハウスを見ておいたほうがよさそうだ〉とフリントは思った。〈侵入できる窓があるかどうか確かめよう〉もっともグリーンが侵入できるなら誰だってできたわけだ。裏口に続く小道と書斎の間に障害物はなく、目撃されることなく誰でも容易に侵入できそうだ。だが「部外者」説とするには、オリヴィエの充填された銃が書斎のテーブルにあり、サー・ハリーが座っていた時に犯人が入ってきて銃を取り、サー・ハリーを撃つという推論が必要だ。ひどく無理がある。やはり内部犯行のほうがもっともらしい。書斎に入ってきてもサー・ハリーが驚いたりしない人物。それにはユーイングがぴったりだ、フリントはそう自分に言い聞かせた。

ところで、誰が銃を持つにしろ、銃には指紋が残っているはずだ。殺人犯のものに加えて、オリヴィエのもついているだろうし、覆面男やサー・ハリーの指紋もついているかもしれない。フリントは首を横に振った。〈あまりにも多すぎる〉果たして警察は指紋を見つけたのだろうか？　メモを見返したが、記述が見つからない。おそらく指紋はなかったのだ。ユーイングは指紋をふき取る充分な時間があったのかもしれない。それとも特定できないほど指紋がたくさんあったのか。殺人犯が手袋をしていた可能性もある。

〈でも〉フリントは心の中でつぶやいた。〈ぼくは「覆面の男」を無視していた〉覆面の男は、生きているサー・ハリーを見た最後の人物で、それゆえ大いに嫌疑がかけられる。だがその男はユーイングではない――オリヴィエははっきり言っていた。それでは覆面の悪党は誰なんだ？　そしてその男はどうなった？

〈ああ、犯人は誰なんだ！〉フリントは思い、無理やりに考えを切り替えた。殺人犯を見つければ「覆面の男」の問題もおのずと解明されるだろう。とにかく、そこから始めるしかない。

フリントはお気に入りの容疑者に考えを戻した。「どうやってユーイングに関する情報を集めればいいんだ？」彼はつぶやいた。小説だと探偵が難なく得ている、情報を収集する素養が情けないほど欠けていると次第にわかり始めていた。気やすく引き受けた仕事であっても、ジョージ・グリーンに関する役立つ情報を絞り出すのは、考えてみるとひどく馬鹿馬鹿しい。アルバート・ユーイングに関する情報を追い求めるほうがたやすく思われた。〈手詰まりだ！〉フリントは心の中でつぶやいた。落ち込んでいたその時、郵便局員のノックでふとわれに返った。

叔母からの手紙だった。「親愛なる甥」がひたすら信頼しているミセス・アレンは、「ひどい成り行き」に手の施しようがない、と書いてきていた。手紙の中にいろいろな言い回しで何度となく出てくるが、サー・ハリーを殺したのが誰であろうと叔母の知ったことではなく、見つける気にもならないそうだ。これはいわば体のいい厄介払いで、叔母としては犯人が誰であれ、絞首刑になる手助けをする気にはならないらしい。フリントの友人は無罪になったのだからそれで充分で、彼が文明社会における銃の携帯を自重していたら、こんな厄介事に巻き込まれなかったはずだ。特にミセス・エクスターのためにも揉め事を起こすつもりはない。彼女はすでに辛い目に遭った気の毒な女性だし、どれほど具合が悪いのかあなたが知ったら、事情聴取などしないだろう。最後に、女性にこんな頼み事をするなんてひどい話（何度か下線が引いてある）はない。ある女性と故意に親しくなって、その女性が父親を殺したかもしれないから距離を置くなんて。ジェームズ、あなたは自分の力でなんとかするべきで、わたしは手助けするつもりはないわ、とあった。そして叔母は、フリントが講義に専念するのが賢明だと書いていた。

「親愛なるドロシー叔母さん、ぼくも同感です！」フリントは手紙に呼びかけた。〈でも、ぼくはどうしたらいいんだ？　叔母さんの言うとおりだと思うのに〉フリントは思案した。〈これは人に尋ねるには不愉快な事柄なのだ。だがやらなければ。アンスティーが海上任務に就いてしまっては、手が

打てなくなってしまう〉

9　「ひどく怪しげでした――」

フリントはじっくり考えた。〈次はどうすればいいんだ?〉と床につく前には思っていたが、朝目覚めると、案がまとまっていた。フリントは本能を信じた。ユーイングを呼び寄せ、彼から何が得られるか見極めよう。書斎で雇い主のエクスターを見る、ユーイングの悪意ある眼差しは気のせいではなかったと確信している。それに、エクスターの行動に興味がある振りをしたら、ユーイング自身についてさらに情報が得られるかもしれない。

だがどうやって運転手を呼びつけたらいいだろう?　家まで行って、エクスターに内緒でユーイングに出てきてもらうわけにもいかない。ユーイングが姿を見せるまで家の前でうろついて道端で話しかけよう、とフリントは思った。下品なやり方だが、何かしら行動しなければ。だが彼の仕事のない夜がいつかわからない。これではうまくいくはずがない。考えた末にフリントはユーイングに短い手紙を書き、下宿に来てくれるよう頼むことにした。理由は書かなかった。約束の時間帯を翌日の夕方に指定し、ユーイングの都合が悪ければ他の時間を挙げてくれるよう頼んだ。

このやり方では危険を伴うとフリントはわかっていたが、ユーイングは私的な手紙を雇い主に見せる習慣はないはずだと確信していた。いずれにしろ、もはやフリントはエクスターを本気で犯人とは思っていないので、犯人を見つけるのに躍起になってはいなかった。殺人犯だと信じる男性を部屋に招くのはひどく危険が伴うが、危険を回避する用意はあった。

計画はうまくいった。手紙への返事はなかったが、次の日の夕方、ミス・ドリューの「お客様よ」の声の後、ユーイングが部屋に入ってきた。彼は入る時フリントを鋭く見たが、以前会ったことがあるというそぶりは見せなかった。フリントは如才なく振る舞い、飲み物を勧めて座るよう促した。訪問者がフリントの問いに答えるまで長い時間がかかった。

フリントは口火を切るのにまごついた。「ここに来てほしいと頼んだのは他でもありませんが、ミスター・ユーイング。とても極秘の事柄でして」彼はいったん口をつぐんだ。だがミスター・ユーイングはただウイスキーをもう一口飲むだけだった。「つまり、このことを外に漏らさないでいただきたいのです」フリントはまた口をつぐんだ。

「ほう、なんでしょう?」ユーイングが尋ねる。「勤め先で以前会いましたね」

「確かに」フリントは言った。「そしてぼくがあなたに訊きたいのもいまの勤め先についてです」

「ご主人についてですか?」ユーイングが尋ねる。「彼は愉快な人です」

「ええ、ミスター・エクスターについてです。もちろん気が進まなければ、ここで話は終わりです。これで済めば、と思っているくらいです」

「何の役に立つんですか?」ユーイングが尋ねる。

「立つかもしれません」フリントは言いながらも、目の前の男性もこの仕事もほとほと嫌になっていた。「話によりけりです」

「何を知りたいんですか?」

「ハリー・ワイの事件についてです」フリントはとうとう本題に入った。

「ほう、なるほど?」フリントは相手の態度が変わったのがわかったが、警戒するほどではなかった。

「事件の、何についてです?」

「あなたが裁判で話さなかったことを聞かせてくれないかと思いまして。その、ぼくはオリヴィエ・ド・ベルローの友人なのでね、形勢は彼にとって不利になっているでしょう」

「絞首刑にはならなかった」とユーイングは言った。

「とはいえ、遺言書が見つからなかったので、彼は身一つで放り出されましたが」

「そんなに急いで見つける必要はないでしょう」

「何があったのか知っているのですか?」

「想像はつきます。暖炉に投げ込んだか何かしたんでしょう」

「見てはいないんですね?」

「いません。いや、あなたのお役に立てそうにありません。あの人はあなたのご友人の手には負えないでしょうから」

「あの人? 誰ですか?」

「ご存じでしょう。あなたが言ってる人ですよ」

「ミスター・エクスターのことですか——彼が遺言書を遺棄したと?」

「いや——ミスター・エクスターではありません。年寄りのほうです。理由がありそうでしょう。彼はあなたのご友人から遺言書を取り上げ、その後、亡くなりました」

「それは単なる推測でしょう?」フリントが尋ねる。

「それだって役には立ちますよ。わたしには知っていることがあるにはありますが、それほど重要なのでしょうか？」

「それはあなたが何を知っているかによります」

「わたしとしては、何が重要かによりますね」

駆け引きをしているに違いない、とフリントは考えた。「あなたの知っていることをすべて話してくれたら五ポンド出しましょう」フリントはきっぱりと言った。

「十ポンド以下じゃ話になりません。十ポンド、そうすれば話して差し上げましょう――わたしの知っているすべてを」

フリントはユーイングを見て、彼の言葉に応じた。札入れから骨折って稼いだポンド紙幣を十枚出し、テーブルに並べた。「交渉はしません。重要なことを話してくれたら、この金はあなたのものです」

「どんどん質問してください。あなたが知りたいのは何ですか？」いまにも紙幣をかき集めようとしながら、気がなさそうにユーイングは言った。フリントは片手を紙幣の上に置いた。

「エクスターのアリバイは信用できるんでしょうか？」

「まったく、いたって完璧ですよ。知りたいのなら、わたしが力を尽くして見つけてきましょう。事件があった時、彼は何マイルも離れた所にいたんですから」

「確かですか？」

「確かですとも。調べて回って、彼のアリバイをすべて確認しましたから。いや、あなたは見当はずれのことをしていますよ。それに、ミスター・エクスターはサー・ハリーに殺意など抱いていません。ふたりは大の仲良しでした」

「仲良しはかえって争うものです」

「彼らは争いませんでした。ミスター・エクスターが家に戻り、事件の第一報を聞いた時に居合わせましたが、ひどくまいっていましたよ」

「ところであなたはどこにいたんですか？　事件の時には」

「その時間はだいたい、大工道具の店にいるんです――クロームハウスの向かいにあります」

「店の他には？」

「あなた、あの事件でわたしを疑っているんですか？　そうなら、はっきりおっしゃってください、そうすれば話が早いというものです。さっきまでミスター・エクスターを疑っているのだとばかり思っていました。もしわたしなら……」

「実はミスター・ユーイング。何が起こったのか知った時、あなたがどこにいたかを知りたいだけなんです」

「まいったな、あなた、わたしはちっとも気にしませんよ。わたしを疑ってもらってもかまわない。でも公明正大にやっていただきたいですね、でしょう？　もちろん、わたしがあの老いぼれを殺したと思われても不思議ではありませんが、あいにくやっていません。それにわたしを疑っても無駄ですよ、だって実のところ、午後は誰かしらと一緒だったんですから」

「誰といたんですか？」

「昼過ぎは――三時過ぎまでは、ミスター・ティードの部屋にいて――執事です――話をしていました。それから大工道具店に行きました。戻って五時近くまで、給仕たちが雑用を手伝ってくれて、メイドが行ったり来たりしていました。そしてその後、執事としばらく一緒にいました。わたしの話が信じられないようなら、忌々しい警察に聞いてみてください。彼らはすべて知っています。絶対の真理だと思ってもらっていいですよ。あなた、わたしは無関係です――この件に関しては」ユーイングの口調は確信に満ちていた。

「それで、あなたが知っている何を話してくれるんですか?」フリントは尋ねた。

「いいですか。わたしは午後三時過ぎまで執事の部屋にいた、と言ったでしょう。わたしは窓辺に座っていました。そこで何を見たと思います?」

「さあ、何を?」

「茂みの間からこっそり家を覗いている男を見たんです。そしてわたしが出かける少し前に、その男は家の裏を回って書斎へ向かいました」

「どんな男でした? 見かけない男でしたか?」

「イエスでありノーですね。そいつはあまり見かけない男でしたが、前に見たことがあります」

「どこで見たんです? その男が誰か知っていますか?」

「慌てないで、いま言いますから。そいつは以前サー・ハリーに会いに家に来ていました」

「誰なんです?」フリントは相当興奮していた。

「ああ、そいつが誰か? そうお訊きなんですね。その男は――殺人犯ですよ」

「でも、名前は?」

「いや、わかりません。奴の名はわからない。でも奴について訊かれたら、いつでも話しますよ。それが筋ってもんでしょう?」

言うは易く行うは難し、とフリントは思った。「その男は具体的に何をしていました?」

「ひどく怪しげでした――」

「ひどく怪しげでした。茂みに隠れていましたが、書斎に向かうために庭に出てきました。男の姿が正面から見えたので、見覚えがあると思いました」

「どんな男ですか？」

その質問はユーイングには少し難しいらしい。うまく表現するのが苦手のようだ。だが得意な人などほとんどいない、とフリントは思った。ようやくユーイングが口を開いた。

「男は背が高く、黒い髪で左の頰に大きな傷がありました。すばしこい奴です。庭をすばやく横切って行きました」

「あごか口に髭を生やしていましたか？」

「いや、きちんと剃っていましたよ。それに黒いロングコートを着ていた」

「気温の高い日だったのに？　その日は暑かったでしょう？」

「だからどうだっていうんです？　とにかく奴は着ていました」

「帽子は被っていましたか？」

「つばのある帽子を目深に被っていました。縁のたれたソフト帽です」

「着ていたのはコートだったんですね、マントじゃなくて？」

「マントだったかもしれません、とにかく黒くて長いのです」

「その後、その男を見たことがありますか？」

「いや、奴を見たのはそれきり――あの日だけです」

「前に見たのはいつでした？」

「はっきり覚えていません。そんなに前じゃない――数日前かな。サー・ハリーにこっそり会いに来たんです。書斎で見かけました」

「他にその男を見た人はいますか？　ミスター・エクスターは一緒にいましたか？」

「いや、彼は出かけていました。わたしの知る限り、誰もその男には会っていません。男は裏道から来たんでね。ほら、あの人たちが使う道です」

「あの人たちって誰です？」

「ああ、サー・ハリーにこっそり会いに来る人たちですよ。仕事仲間——ほら、悪党たち」

「以前の雇い主について、あなたはずいぶんと知っているようですね」

「いまさらあなたに言っても仕方ないけど、彼らについてはいろいろ知っていますよ。つまり十ポンドじゃ足りませんね。あなたは金に物を言わせた。わたしがあの忌々しい殺人について知っているのは、それだけです。サー・ハリーの過去についてもっと知りたいなら、もう少し色をつけてくださいよ、ね？」

　フリントは一瞬、押し黙った。「なぜいま話したことを、警察に言わなかったんです？」

「別に。あなた、警察は警察のために仕事をしているんです。わたしには何の見返りもないでしょう？　警察ってやつは自分の利益しか考えてない。それに、後であなたの友達が捕まった時、いまさら話しても遅いと思ったんで、黙っていました」

「じゃあどうして今日は話してくれたんです？」

「わかってるでしょう？」ユーイングはテーブルの紙幣を指差した。「事と次第によりけり、ですよ」

〈薄汚いイヌめ〉フリントは心の中で思った。〈ユーイングはオリヴィエが絞首刑になろうとかまわず、決して弁護しなかった〉声に出して訊いた。「その男をいつ見たのかはっきり言えますか？　どうです。それが重要なんですよ」

「ああ、はっきりとは言えません。代わり映えのしない毎日なのでね」

「殺人事件当日、その男を見たのは正確には何時なんです？」

「二時四十五分前から三時十五分にかけて。それ以上はなんとも言えません」

「男についてもっと具体的に話してくれませんか？　男は――紳士風でしたか？」

「あなたのようでしたよ。それなら、サー・ハリーは紳士でしたか？」

「ああ。じゃあ、その男は紳士らしい服装でしたか、それとも労働者風だったのでしょうか？」

「ああ、奴はずいぶんと立派な身なりでした」

　フリントはもっと質問したかったが、それ以上は出てこなかった。サー・ハリーの仕事関係は別にして――いまは詳細についてフリントもよくわかってない。ユーイングは洗いざらい話してくれたように思える。「じゃあ、これで終わりにしましょうか」フリントはとうとう言った。「十ポンドはあなたのものです。でも、いいですか！　今日の話は口外は無用です。それにまたお呼びするかもしれません。よろしいですか？」

「金さえくれりゃいつだって来ますよ」ユーイングが言う。「ちゃんと口は閉じておきます。それにあなたの幸運を祈ってもう一杯ってのはどうです？」

　フリントは根負けした。

「いや、グラスは洗わなくていいよ」ユーイングが言う。「わたしの話で調査がうまくいくといいですね。乾杯」グラス半分まで注いだストレートウイスキーがすばやく消えた。一分後、ユーイングは帰っていった。

フリントは激しい嫌悪感を抱きつつ椅子に深く座り、中身の減ったウイスキーボトルを残念そうに見ていた。あの男には本当にむかつく。それに、十ポンドやウイスキーに見合う証言を果たしてユーイングから得られたのか確信が持てなかった。ユーイングの態度は、控えめにいっても説得力に欠けるし、特に見知らぬ人についての話は胡散臭かった――口から出まかせを言っているようだった。それなら、なぜ彼は話をでっち上げる必要があるんだ？

もしユーイングが真犯人なら容疑をかけられないよう、作り話をしたかもしれない。それが一番説明がつく。だがそれは疑わしい、とフリントは感じた。ユーイングは危機的状況にいると実感しているようではなかったし、自身のアリバイを問いただされても、なによりも堂々と対応していた。もちろんアンダーウッドもアリバイは確認済だが、さしあたりフリントは危惧しつつも彼のアリバイは正しいと感じた。

アリバイ以外のユーイングの話は知性のあるものではなかった。十ポンド紙幣を目にしてあの謎の見知らぬ男が生み出されたのか？　本当は情報がなかったのに、フリントを騙して金をせしめるために、無意識に嘘の情報を作り上げたのだろうか？　残念ながらミスター・ユーイングと三十分ほど話す権利を与えられた者ならば、それはありえないとは言えないだろう。

だがそれも推測に過ぎない。彼の話は真実かもしれないし、もし真実なら、驚くべき特色がある。ユーイングは見知らぬ男について話してくれた――そして事件当日の午後にクロームハウスをうろついていた、その男に嫌疑を抱いていた。だが同じ日に他の人も近所で疑わしいよそ者を見ていた――アンスティー大尉の「作り話」は、サンドンの検視官の嘲笑を誘った。もしユーイングの言う見知らぬ男が実在しているなら、その男とアンスティーの言うデルリオが同一人物になる。

ふたりが語るそのよそ者は、サー・ハリーが死ぬ前にクロームハウスを忍び歩き、オリヴィエが「覆面の男」に出くわした時にはその近くにいた。男は「覆面の男」なのか、それとも殺人犯なのか？　もちろん、男は両方なのだ。フリントは思い出した。確かなのはあの「覆面の男」がサー・ハリーの仲間で敵ではないことだ。だがフリントがユーイングに話したように喧嘩もしていたかもしれない。そして「覆面の男」は別として、殺人犯であり共謀者である人物は、サー・ハリーを撃った後、オリヴィエの書類を持って逃げたのか？　そう考えれば、彼らがすぐに姿をくらましたのもうなずける。

こう考えた場合、男は誰なのか？　そしていったいなぜ覆面をしていたのか？　オリヴィエが男を知らなかったのなら、今後会った時に気づかれないために違いない。だがユーイングが幸運にも見かけたので——見かけたなら——男を判別する手がかりがある。そうでなければ、アンスティーがいる。彼の話ならおそらく調書が取れるだろう。

だが、なぜ男は一度書斎に入って隠れたのだ？　オリヴィエが来て驚いたのか？　だがそれならどうして姿を現した？　オリヴィエが撃つのを邪魔したのはどうしてなのか？　サー・ハリーを殺すつもりなら見過ごしたほうがよっぽどしっくりくるのではないか？　オリヴィエが撃つつもりじゃないとはっきりするまで、男は待っていたのか？　それとも——。

〈ああ、まったく！〉フリントは心の中でつぶやいた。〈いままで以上にひどい靄がかかりだした。アンスティーがデルリオについて何か話してくれなければ、これ以上何も得られる気がしない。話してくれさえすれば、ユーイングの話が嘘かどうかわかるかもしれない〉そして不満ばかりの中でも、フリントはかすかな手応えを感じていた。

10 「彼は超一級の悪党です」

遠くかすかな朝の光が訪れようとしている。金曜の朝、フリントが午後の講義の準備をしていると、ドシンドシンと引きずりながら歩く音の後にミセス・ローソンとすぐわかるノックがドアから聞こえた。「お客さんだよ」差し出した名刺にはピーター・アンスティー、英国海軍、とある。そして当人が続いて部屋に入ってきた。

フリントは初対面ながら彼が気に入った。大柄で色白、正直な顔をした男だ――室内ではやや窮屈そうだが、ひどく狭い場所にもなじむという海軍ならではのコツを心得ている。見た目は二十五、六歳くらいだが、そのわりには少年らしさを保っていて、話し方には緩急があり、米国の複数の地域のアクセントが混ざっていた。

「手紙をもらったので、できるだけ早く来ました」アンスティーは言った。「自家用車でコーンウォールを旅していたんですが、車の調子が悪かったので、昨夜、列車で戻ったところでした。用件は何でしょう?」

「あなたに手紙を書いたのはですね、ミスター・アンスティー」フリントが言う。「サー・ハリーが撃たれた日に何があったのか、あなたが謎を解明してくれるかもしれない、とわれわれが考えたからです。手紙で書いたように、わたしを含めてミスター・ド・ベルローの友人である者たちは、この事件が満足のいく状態に収まったとは思っていません。例えば、あなたの供述を警察や検視官がしっかり調査したとは思えませんし――」

「そう、ろくに調査してないんです！」アンスティーが口を挟む。「検視官には裏切られました――少なくとも五分間は討議したかったんです！　そうすれば審問の仕方を教えることができたのに。採用したのは逮捕された青年に不利な証言ばかりで、警察もたいして動きませんでした。何を言っても検視官に不利益なら取り合わず、『ここから出ていけ、わたしの完璧な推理を台なしにしやがって！』ですよ。青年のためにあの検視官に証拠を突きつけられるのなら、協力させてください」

「いや、そういうわけでは。検視官に文句を言うというよりは、殺人犯を見つけたいんです」

「ああ、そうですか。あなたの時間を無駄にするつもりはありませんが、五月に供述して以来、事件について話すのはあなたが初めてで。ぼくはあの検視官を思い出すだけで気分が悪くなります。さあ、なんでもおっしゃってください、日曜学校の生徒のように聞きますので。ぼくにどうしてほしいんです？　そしてこれまでに何かわかりましたか？　覆面の男は見つかりましたか？」

「いや、見つかってません。それもあなたに訊きたかったうちの一つです。ですが、まずお話ししたいのは、われわれがつかんだこれまでの経緯です」何があったのか、当初事件についてどのように説明されていたのか、五月のあの日の午後にあった事柄をどのように考えているのか、刑事たちはどのように捜査したのか、そしてどんな結果に至ったのかをフリントは手短に話した。アンスティーは注意深く聞き、ときおり言葉を挟んだ。それは「裏切り者！」とか「ちきしょう！」などというもので、彼が内容を正しく認識しているのは明らかだった。

「そうですか」話が終わった時、アンスティーは言った。「いい出だしですね、でも少し足が絡んでいるんじゃないですか？　直線距離を走っていない、という意味ですけど」

「確かに」フリントは認めた。「わたしたちは行き詰まっています。『謎のよそ者』の部分では特に。その見知らぬ男がサー・ハリーを殺害したというのが、この事件では一番納まりがつきます。だからこそ、わたしたちはよそ者を必死で探しているんです。そこにきてあのユーイングが言うには、彼はその男を犯行時刻とおぼしき頃に近辺で見たと言うんです。そしてさらにその男には、胡散臭い過去がある。報告書が間違っていようとも、検視官があなたの供述をきちんと把握しなくても」

「あの検視官が、くそ！」アンスティーが口を挟んだ。

「とにかく、わたしたちは何が何だかさっぱりわからない。だからこそあなたに来ていただいたんです。デルリオという人物について、そして彼の恨むべき点、出会った時彼が何をしていたかを教えてもらうために。もちろん、あなたがよろしければですが」フリントは締めくくった。

「もちろん協力しますとも！」アンスティーは熱く応えた。「この仕事であなたがどんな役割か存じませんが、仲間に入れていただいて結構です。まず、あの検視官の奴の話には尾ひれがついていたと断言できます。次に、しっかりもののミス・テーラーを助けるためには何だってしてします。そしてあなたが言うように、捜査の進展は彼女にとっても吉報になるでしょう。いま一度デルリオをつかまえる最後のチャンスかもしれないからです。そしてぼくはどちらかというと、検視官云々ではなくデルリオをつかまえたい。だからなんなりと言いつけてください、なんでもやりますから。それにこんな機会をいただけて嬉しくてたまらないんです。

　でも、ぼくと会ったらデルリオはどうするでしょう。すみませんが、検視官に話した内容以上のことは、わかりません。あの時ぼくは車で来ていたんですが、エンジンが故障してしまいました。様子を見ようと車を下りたら、数百ヤード向こうからデルリオが大胆にも歩いてきて、心底驚きました。ぼくは車の陰に隠れて待ちました。彼をおびき寄せようと思ったんです。すると彼は途中から脇道に入っていきました。ぼくはすぐに車に戻り、彼の後を追いかけましたが、脇道に入るとすぐに道は途切れ、その先に彼の姿はありませんでした。辺りを探し、森や庭門も見ましたが、人影はありません。だからといって家を訪ねて『すみません、家の中に入って隠れている奴を連れていっていいですか?』と言うわけにもいきません――なぜなら彼が本当に家の中に入ったのかわかりませんでしたから。ですからぼくは急いでその場を去りました」

「あなたは彼をつかまえて何をしたかったんです?」

アンスティーは目を見開いた。「だって、彼はシアネス（イングランドのケント州、テムズ河口の軍港・保養地）で逃げたんですよ！ご存じないんですか?」

「あいにく初めて聞きました。彼はあなたを困らせるような何をしたんです?」

「そうですね」アンスティーが両脚を伸ばしたので、フリントは長話になるのだと身構えた。

「そもそも彼は超一級の悪党です。彼を訴えようと思っても、法の下ではぼくたちはどうすることもできなかった。もっとも、法律が見合うものを彼に与えるとも思いませんが。だからぼくたちは誓ったんですよ、もし再びデルリオを見かけたら、こてんぱんにやっつけようと。当時は皆そこそこ悪でしたから、そのうち彼も自分で自分の首を絞めるだろうと思っていました。でもぼくの知る限り、あの日の午後に道を歩いている奴をぼくが見つけるまで、彼に会った者はいなかった。結末からお話ししてしまいましたね。実はこんなことがあったんです。

一九二〇年の五月、ぼくたちは数週間シアネスに入港していました。いまのシアネスは、あなたもご存じのように小さな港で、当時も話し相手にも事欠くような土地でした。ゴルフやブリッジを楽しめるクラブはありましたが、食堂は別として、そこは老いぼれの無精者だらけで、堅苦しいところでした。そんな感じだったので、少しでも気骨のありそうな人物が現れると、ぼくたちは一人前の男、兄弟として扱いました。デルリオがそうでした。彼は正確にはシアネスに住んではいませんでしたが、復活祭以来滞在し、とても有名でした。眠ってばかりの年配方の中には、彼はせっかち過ぎると言う人もいましたが――その用心深さに異論を唱えはしませんでした。デルリオは見た目が良く実に老練で、まずまず大きな遊びをしました――大儲けは控えて、ぼくたちにもまずまずのゲームをさせてくれたんです。彼のブリッジは超一流でしたが、本当にすばらしい腕前だったのはポーカーだと、知り合ってしばらくしてわかりました。事実、最初の二週間くらい彼はカードの幸運から見放されていました。でも彼は強運の持ち主で、その使い方も知っていました。

だからある日デルリオが青い顔をしてぼくのところに来た時には驚きました。五十ポンド貸してくれないか、と頼まれたんです。彼はしょっちゅうブリッジで賭けるのが好きでしたから、一、二週間分の軍資金が必要なのだろうと思いました。でも彼は、これからは心を入れ替えて株取引で儲けるつもりだ、とまくし立てました。デルリオの話では、詐欺らしきものに引っかかって困っている妹がいるようで――くわしいことはもう忘れてしまいましたが、とても説得力があり、とにかく、デルリオは詐欺の手法をすべて知っていたに違いありません。そして、執筆業を営んでいる妹に安心して暮らしてもらうために、まとまった金を作って渡すつもりだったが、失敗して金がなくなってしまった、自分はどうでもいいのだが――よくあるでしょう――金が入ると信じ切っている妹へわずかばかりの仕送りもできない、妹は部屋を追い出されそうなのに、などと泣きついてきました。

まあ、今から思えば薄っぺらい作り話ですが、その時はすっかり騙されました。デルリオも実に上手だった。ぼくはほだされて、五十ポンドは無理でしたが、十ポンド渡しました。すると彼はひどく困惑した表情で言ったんです、金輪際ブリッジから手を引けば、もう少し出してくれるか、と。うまく立ち回れば卑しく見えることを彼は知っていたのでしょうが、いかにも不運に見舞われていて、負けても支払う金がなかったようなので、ぼくはすっかり騙されてしまいました！　もっとも、あの時はぼくも若かったので」血色のいい顔でアンスティーは言った。

「ああ、忘れていたけど、彼のトラブルについて決して口外しないと約束したのです。紳士には悩ましい状況ですからね？　もちろん当初はすぐにでも返してくれるようだったんです。

しばらく友情は続きました。掛け値なしに彼を応援していましたが、ぼくほど熱心な人は他にいないようでした。思うにデルリオは精力家だったので、他の人たちは敬遠したのでしょう――だから応援にも疲れていました。ぼくは特に行動は起こしませんでした。ですが、いつ十ポンドを返してもらえるかと考えてはいたけれど、特に気にはしていなかったんです。ですが、ある日町を歩いていると、薄汚い男が店から飛び出してきて前に立ち、なぜあんたは紳士らしくブリッジの負け金をきちんと払わないんだ、と口汚くののしりました。藪から棒に非難されて腹が立ったので、いったい何のことだとすぐに問いただしました。少し揉みあいになりましたが、争いが収まった時に、ぼくに心当たりがないと知ると、男は店の中に入れてくれて、彼の妹を呼びました。店内にいる時、デルリオが通りの向こう側を歩いているのが見えました。男――確かタバコ屋か何かでした――が声をかけても距離があってデルリオには聞こえないようでした。それがぼくが彼を見た最後です。

まあ、何があったのかあなたもお察しのことと思いますが、ぼくにはわからなかった。現れたタバコ屋の妹にひどい話を聞きました。わが友デルリオは彼女に手を出して捨てたんですよ、まったく」

アンスティーはすぐに言い添えた。

「デルリオは品がありました。彼女は快活な可愛らしい子でしたが、ぼくが会った時は、健康とは言いかねました。あいつは彼女との結婚をまことしやかに約束したんです。彼が言ったそうです――ぼくの心境もお察しいただけると思いますが――海軍兵の数人がクラブでブリッジの掛け金を払ってくれないことには結婚ができない、特にぼくが――ぼくが払わなければ、ですよ、驚いたことに！　これ以上は申しませんが。すぐさま状況を理解し、奴を殴ろうとクラブに飛んでいきました。デルリオは不在だったので、急いで彼の部屋に行きましたがもぬけの殻でした。誰にも告げることなくこっそりいなくなったのです――それに、あなたも想像つくでしょうが、家賃も踏み倒していました。ぼくが通りでタバコ屋と口論していたのが、手遅れになる前に引き上げろ、という警告になったのでしょう。

　デルリオはうまく逃げおおせました。ぼくが仲間に彼の失踪について伝えると、どうでしょう？　彼は全員に同じ詐欺をしていたんですよ。みんなに。そして何人かはぼくより大損していました。総じて彼の儲けは一千ポンド近くでした。タバコ屋の娘も巻き上げられていて、彼が踏み倒した金額を数えたら、最初の二週間だけでも相当なものでしたよ。それは詐欺の中でも巧妙なものでした。もっともルウェリンという男はデルリオに騙されませんでした。なぜ引っかからなかったのか尋ねると、デルリオのすばらしいカードさばきは生来のものではなく、どこかで身に着けたものだろう、と考えたからだそうです。だから彼はすべてわかっているとデルリオにほのめかしました。さっき言ったように、デルリオは遊ぶのを辞めたので、ルウェインはそれ以上何もしませんでした。もちろん、デルリオはルウェリンから金を借りませんでした。こんなにふざけた話を聞いたことがありますか？　彼から聞いた話はすべてが嘘っぱちでとうてい許せません。言ったでしょう、悪魔のように乱暴だって。仲間たちだって同じ思いです。だがぼくたちは何もできない。彼は完全にぼくたちを把握していて、誰も彼のしようとすることも彼の居所も知らずじまいでした。正当に金を返してもらうのを、ぼくたちはただ諦めねばなりませんでした。だからといって、彼と会う機会があれば、無罪放免にするわけはありません。さっきも言ったように、再びエリス・デルリオを一目でも見たら、生まれたことを後悔させてやる、とぼくたちは皆、誓っています。それが最初に実現できそうだったのが五月のサンドンでした、なのに距離を置いたせいで、彼を逃がしてしまった、不覚にも！」アンスティーはうんざりしたように締めくくった。「ぼくはどうかしていた。車なんて道に置いておけばよかったのに」

「それであなたは訪問の理由を忘れた」フリントは控えめに言った。

「イエス。その、イエスでもあり、ノーでもありますよ」アンスティーは少ししおらしくなった。「サー・ハリーのことを思い出した時、彼と会っても平静でいられるか、ぼくには判断がつきませんでした。全員あの夜は酔っていました。サー・ハリーはポーカーの負けを払うために、ヴェラ・リーフの鉱業株を配ったのです――ぼくはその時ぼんやりしていたので断言はできませんが。その場所がどうだったか、そこに誰がいたのかも、いまあなたに申せません。母親に可愛いがられた子のほうが、概して身を守る術を心得ている、とでも言いましょうか」

「じゃあ、あなたはご存じないんですね、つまり、その時デルリオがどこにいたのかを？」アンスティーのために用意した質問リストに目を落としながらフリントは言った。

「彼は特別なんです！　もしアイリッシュウイスキーでへべれけに酔っていたとしても、わかります！」アンスティーは答えた。「その証拠に彼を路上で見た時、ぼくは、はっとしました」

「あなたは確かに彼を見たのですか？　彼はずいぶん遠くにいた。その、彼の顔を確認できなかったでしょうに」

「いや、確かです。顔というより、歩き方や全身をよく覚えていますから。法廷で誓いました。ぼくが一番覚えているのは、シアネス・ハイ・ストリートを去っていったあの日の午後の彼の姿です。彼の歩き去る姿はよく覚えています」

「どんな風なんです？」フリントが尋ねる。

「ああ、ちょうど――そうですね、両腕を振るんですよ。こんな風に――いや、違う――難しいな。あなたは奴の歩き方をどう表現します？」アンスティーはさまざまな動きをしてみせた。それはリウマチにかかったアヒルのようだったり、檻の中のトラのようだったりしたが、人間らしい動きには見えなかった。「わかります？　ダメ？　でも彼を見ればわかい、い、い、わかりますよ」それはもっともな話だ。

「彼の写真を持っていませんか？」フリントは話を続けた。

「ええ、持っています。パーティーか何かが終わった後、クラブでフラッシュなしで撮ったものです。引き延ばして各々一枚ずつ持っています。次に会った時にたっぷり挨拶ができるよう、名刺代わりに。これですよ」アンスティーが札入れから黄ばんだ写真を取り出した。「いつも持ち歩いています、いつ彼に会うとも限りませんから」

名刺代わりとしての価値はいざ知らず、写真は身元確認の目的にはとうてい使えない代物だ、とフリントは思いながら持ち主に返した。自分の手から離れている間、写真が無事かアンスティーは明らかに神経質になっていた。たいていのフラッシュ撮影の写真のように、被写体が白い楕円形の中に浮かび上がっている。黒い険悪な目つきやだらしなく開いた口、ところどころに影があり、不快な印象だった。親しい友人たちは見慣れているのかもしれないが、フリントにとっては、振戦譫妄《しんせんせんもう》の発作を起こさせるほどの狂気の肖像写真に思えた。彼はアンスティーにそれをほのめかし、デルリオの外見について質問しようとしたが、まずはユーイングの言う謎のよそ者に似ているかどうか確認した。

「デルリオは顔に傷のようなものはありましたか？」フリントが尋ねる。

「あったかもしれません、とっさに力任せに彼をつかんでいたら」それが答えだった。「でも傷はありませんでした、ぼくが見かけた時には。もちろんその後に誰かから傷つけられたかもしれません。そうしてくれていたらいいのに」

フリントは悲しげに首を横に振った。例の傷は人物確認の手段にはひどく有用なはずだった。そしていま、いずれにしてもデルリオについて何も確認できていないことがわかる。フリントは再び試みた。

「彼は長身でしたか？」

「ああ、高いほうでしょう。ぼくほどではありませんが」

「目は？」

「うーん、明るい色ですね」

「何色です？」

「さあ、覚えていませんよ。目の色って？」

「ブルー、グリーン、グレー、ブラウン、充血しているか否か？」フリントが例を挙げる。

「充血はしていなかった。それは確かです」アンスティーは勝ち誇ったように言った。「それにきっとブルーでもなかったと思う。たぶんブラウン、もしかするとグリーンだったかもしれない。いや、確かグレーです」

フリントはため息をついて書き留めた。髭なし、黒い髪、充血していない明るい色の目、なんとも言えない歩き方をする男が新たな容疑者なのか。

「太っているか痩せているかは？」

「やや痩せていました。それにウマのように馬力があり、サルのようにしなやかです。彼なら『失われた環《わ》（類人猿と人類との中間にあったと推定されながら、その化石が発見されていない仮想動物）』のように山登りができるでしょう」

それがアンスティーが敵の外見について提供できる唯一の役立つ情報だった。フリントは殺人罪の「容疑にかける」人数を考えるのをやめた。五人の男性どれもがアンスティーの説明と合致する。それに、残りの説明からは、デルリオと、ユーイングの言う「よそ者」が同一人物なのかまったくわからない。違うと証明するものもないが、だからといってあまり役に立たない。

「彼は老練だと言っていましたね？」フリントはさらに訊いた。「どのくらいの年齢に見えるんですか？」

「ああ、四十近くかな、確か」アンスティーがあっさりと言う。フリントはむしろ慌てて話題を変えた。

「サンドンで会った時は彼の顔を見ていないんですね？　見間違いじゃない、と言い切れますか？」

アンスティーは太鼓判を押し、目撃について疑われてむしろ傷ついていたようだ。ミスター・デルリオを知ってはいたのだろうが、デルリオが当時からまったく変わっていないとは信じられないし、六年ぶりに見たのは確かだとしても、見間違えではないと言い切れないのではないか？

「でも近隣の人々から、デルリオについて話は聞かないんですよ」

「ほら、彼はもうデルリオと名乗っていないのかも。ひょっとすると、町で一番尊敬されている市民かもしれません。検視官にもそう言ったけど、とりとめないことを話していると思われたようです」

「でも近隣に訊いて回るのも難しいですから」フリントはため息をついた。「あまり説明できないような状況の場合は。取り組みやすいとは思えません」

「お役に立てず本当にすみません」アンスティーが詫びた。「本当にひどいものです。奴がどんな髪形だったかちゃんと知っているはずなのに、訊かれると応えられない。こんなぼくでも何かの役に立ちますか？　その、あなたには他にもやることがあると言ってましたよね――歩き回って調査するという。ぼくはいまのところ手が空いていて、あなたはとても忙しいようだけれど」彼はフリントの書棚の本を畏敬の念で見ていた。「言われればどこにでも行きますよ。例えば次はどこに行くんですか？」

「そうですね、土曜日にはミス・テーラーとサンドンに行くつもりです。グリーンに関して何かわかればと思ってね、話したでしょう、ワイ家の元使用人ですよ。それにエクスターのアリバイを検証するつもりです――念のためにね」

「ぼくも同行させてくれませんか」アンスティーが頼む。「どうなっているのか本当に知りたいんです。それに、あのブタがそこに住んでいたら、また会えるかもしれない。今度はドジを踏まないと約束しますよ、何があっても！」

フリントは疑わしいものだと思った。「グリーンは手強い相手に違いありません。わたしたちは慎重に会わないと――わかるでしょう」

だがアンスティーは、アリソンと知り合いになれると考えて、さらにやる気が出たようだった。アンスティーは言った。「ぼくのミドルネームは気配り《タクト》です。なんでしたらグリーンという奴にはぼくからは尋ねないようにしましょう。立ち会わせてもらえればいい。彼が手強ければ、あなたが質問する間にミス・テーラーを気遣う人間も必要でしょう。彼女が聞かないほうがいい内容かもしれない。ぜひ連れていってくれませんか」

フリントは、この陽気な若者をなだめるのが非常に難しいとわかり、渋々譲歩し、土曜の朝パディントン駅でアンスティーと待ち合わせして、サンドン行きの十時の列車に乗ることにした。

11　「ああ、なんて几帳面な！――」

調査のための出張に同行者がいると告げた時、アリソン・テーラーはあまり喜ばなかったので、フリントは情にほだされて厄介な状況に引き込まれてしまったかと一時危ぶんだ。だがやってきたアンスティーが散歩に連れていってもらえる大型犬のように興奮していたので、厳格なピアノ教師であってもアンスティーと距離を置くのは初めから不可能だった。アンスティーの率直な称賛、オリヴィエに対する心からの同情、とりわけ出張の成果に楽観的な彼の陽気さにつられ、急速に互いの距離は縮まり、スラウ駅に到着する頃には長年の知り合いのようにおしゃべりしていた。

「一九二〇年五月のシアネスの地元紙を部下に調査してもらうよう、アンダーウッドに頼んでおきました」フリントがアンスティーに言う。「デルリオの人となりがわかる何かが記事にあるかもしれません」

「ないとは言い切れません」アンスティーが同意する。「でも、あるとも思えません。その場のほぼ全員が金を巻き上げられたように、彼の仕事はぬかりないんです。警察は彼について訊き込みをしていました。でも足取りはたいして辿れませんでした。彼は実に巧みに騙していましたから、少なくとも初犯ではないはずです。今日の予定はどうなっているんです？　ミスター・グリーンの家にすぐに行くんですか？　住所はあなたが知っていると思うけど」

「家の名前（英国ではしばしば個々の家に名前がつけられている）は知っていますが、どこかはわからないんです。アンダーウッドは知りませんでした。そうですね――サンドンには十二時十分に着きます。ちょうどパブが開く頃です。ぼくたちの探している人物からすると、パブのような場所にいるかもしれません。手近なパブに立ち寄ってみましょう、見つけられるかもしれない。とにかく、まずは彼の家に行きましょう。向こうの時刻表を郵送してもらっています。ラカム・セントマーティン行きのバスが一時五十分にあるので、サンドンで食べ物を調達してバスに乗るか、時間がなければ、ラカムのホテルで昼食をとりましょう。エクスターのアリバイについての訊き込みは、住宅地よりもホテルから始めたほうがいいでしょう。必要なら、その後でヴィーシー大佐に会いに行けると思います」

「了解――ああ！」アンスティーが言う。「でも――そのバスはミスター・エクスターにとって好都合だった可能性は考えましたか？　徒歩より速く移動したいと彼が思ったら？」

「残念ながら、時間が早すぎます。エクスターは二時過ぎに出かけたんです。それに彼が男性に会った場所は、バスルートから何マイルも外れています」フリントは手書きの大ざっぱな地図でその地点を示した。「ぼくも考えてみましたが望み薄です。ぼくたちが別々に動く時のために、これを」フリントはポケットから写真を五、六枚取り出した。「アンダーウッドの優秀なる部下ミスター・ジョンソンが加工していると言った、あの写真のミスター・エクスターの部分を彼に引き伸ばしてもらい、焼き増ししてもらいました。加工しているかもしれませんが、ミスター・エクスターがよく撮れている写真です。ぼくは面識があるからわかります。それに彼のアリバイを検証するなら、はっきり写っている写真を持っていたほうが便利です」

「ああ、なんて几帳面な！――」アンスティーが感心して言った。「それに、どのようにミスター・

グリーンに訊き込みするか、すべて計画済みなんでしょう?」

「いいえ、まいったな。そうしたかったんですがね。何かいい方法はありますか?」そしてしばらく三人で相談し、列車がサンドン駅に停まるまで、状況に合う合わないも含め、さまざまな方法を語り合った。

「駅を出てすぐ右手にかなり大きなパブがあります」アンスティーが言う。「クロームハウスはスウィンドン通りに沿って一・三マイルほど先です。まずはあの店で訊いてみましょうか?」

彼らはさっそく出鼻をくじかれた。そのホテルのバーには甲高い声の女性バーテンダーしかいなかった。目的の人物を見つけるまで何軒のパブで訊けばいいのかフリントは考えていた。飲み物を頼んでバーテンダーのご機嫌を伺おうとしたが、ジョージ・グリーンの所在を知りたいだけだと感づかれてしまった。

「いままでもこれからも来やしないわね!」女性バーテンダーは怒ったように言い返した。「ここはまともな店なんだよ。話がそれだけなら、さっさと出ていってよ」

「彼が居られそうな場所を教えてくれませんか?」フリントは食い下がる。

「警察署くらいだね」バーテンダーは吐き捨てるように言い、バーの奥に消えていったので、残された三人は互いの顔を見合わせた。

「パブは望み薄ね」バーを出るとアリソンが言った。「次はここで訊いてみましょう」

その後、二、三の訊き込みをしていると、ジョージ・グリーンの訊き込みをする風変わりな輩だと思われていることに気づいて、次第に気まずくなった。フリントたちはグリーンのコテージがスウィンドン通りを一マイルほど行ったところにあるとわかり、歩きだした。「まあ、とにかく正しい方向に向かっているわけです」楽天的なアンスティーが言う。

「ここがぼくの車が着いたところです――もちろん、公用車ではなく、自家用車です」彼はしばらくして付け加えた。「デルリオを見た直後に、ここから四分の一マイル行ったところで車が立ち往生したんです。ちょうどその辺りにコテージがありました」

「そうなの?」アリソンが鋭く言う。数分で彼らはコテージに到着し、フリントは小道を歩いてドアをノックした。アリソンも後に続いた。その時、後ろにいたアンスティーが突然言った。「すみません、一分ください。どうぞ先に行って」そう言って姿を消した。

二度目のノックでやっとドアが開いたが、それはグリーンではなく、考えられる限りの薄いブルーの瞳のやつれた女性で、どうやら彼の妻のようだった。

「ミスター・グリーンはいらっしゃいますか?」フリントが尋ねる。

「いいえ」覇気のない口調だ。

「じきに戻りますか?」

「なんとも言えません」

「彼がどこにいるかご存じですか?」

「なんとも言えません」

「どこか、その、心当たりの場所はありますか?」

「なんとも言えません」

「彼がそのうち戻るようなら、待たせてもらってもよろしいですか?」

「なんとも言えません」そしてこの不毛な会話の果てに女性がドアを閉めようとした時、「奥さん!」

「ああ、なんて几帳面な!――」

という高い声がしたので、女性は手を止めて外を見た。

「この子はあなたのお子さん？」アンスティーはとても小さくてひどく汚れている子供を肩車して、道を歩いてきた。陽気な口調とは裏腹にアンスティーはむしろ疲れているように見える。

「ジャック！」子供の母親がかすかに精気をとり戻して言う。「いったい何をしていたの？」女性は息子を受けとめようとしたが、子供はアンスティーの肩にしっかりつかまっていたので、ミセス・グリーンも自然と脇によけ、アンスティーは肩車をしたまま家の中に入った。フリントとアリソンはやや当惑気味に続いた。

「溝にはまったのかい、ぼうや？　怪我はしていないようですよ、奥さん。イバラの枝に足を取られてぬかるみにはまっただけです。洋服ブラシのようなものはありませんか、服の汚れを落としたいので」アンスティーがスラックスに目を落とすと、イバラや枯れ葉がくっついていた。幼いジャックは椅子に下ろされたとたんに、火がついたように泣きだした。

「ああ、痛かったか？　すまなかった。どこが痛いんだ、ぼうや！」アンスティーは子供の肩を見た。「ここが痛いんだな。ここを溝にぶつけたのか？」

「違うよ」ジャックが涙交じりに言う。「父さんにやられた」

「そうか」アンスティーは納得するように口笛を吹き、部屋を見渡した。室内は清潔だが、コテージの居間にしては驚くほど家具や装飾品が少ない。「そうなんですか？」

「ええ」ミセス・グリーンが抑揚なく言った。彼女はブラシを探す手を止め、アンスティーの視線の先を追った。「わずかな金を借りるための物すら残っていません」

「お気の毒に」アンスティーがジャックに腕を回したまま言った。

「もう慣れています」——依然として抑揚のない声だ。「ジャックのためによくないと思いますが、彼は何も持ってなくて。結婚した時にわたしがいくらか持ってきました」

「結婚してどのくらいになるんです？」

「この十一月で五年になります。前はこんなじゃなかったんです——サー・ハリーにクビにされるまでは。夫はいまではすっかり荒れていますが、それまではなんとか厄介事を避ける術を知っていました」

「クビになった理由は？」

「態度が悪かったからです。でもジョージはサー・ハリーの秘密を知ってしまったからだと言っていました。そんな感じなので、職探しもせず、ぶらぶらしては一攫千金の夢物語ばかり話しているんです。彼が奢る限り、周りの連中は話してくれとあおっているようです」

「そこに行けば彼はいますか？ 〈ベイカーズ・アームズ〉かな？ 彼と話がしたいんです」

「〈ザ・ドラゴン〉です。この道路沿いにあります。いまとなってはあの店くらいしかジョージは入れてもらえないんです」ミセス・グリーンは心もとなく答え、アンスティーの顔を見据えた。「でもどのみち、お金を見せなければ彼は協力しませんよ」

「払ったところで、あなたには渡さないんでしょう？」

「一ペニーも。〈ザ・ドラゴン〉にはだいぶツケがありますから」

「じゃあ、きみも分け前をもらえないんだな、ぼうや」アンスティーは子供に言った。「ひどい話だな。あなたの蓄えは自分のために取っておくべきだ。じゃあ失礼して」彼は札入れを取り出し、ポンド札を二枚ジャックに渡した。「これをお母さんにあげて。一枚はきみの分、もう一枚はお母さんの分だよ」

「おじさんにお礼を言いなさい、ジャッキー」とだけミセス・グリーンは言った。そしてブラシを握り、お礼をするかのようにアンスティーの服にブラシをかけた。

「彼が何を知っているかわかりませんが、あなたに心当たりはありませんか?」アンスティーが尋ねる。

「いいえ、ありません。すべてジョージのでまかせかもしれません、夫はずる賢いので。でもあなたが話を訊いて納得してくれたら、夫はまた仕事を始めるかもしれません」

「ベストを尽くしますよ」アンスティーは約束した。「もう出かけたほうがよさそうです。じゃあな、ジャック。さようなら、ミセス・グリーン。最善を尽くしますよ。だから元気を出して。何事にも区切りがありますから。それでは」

「さようなら、ご親切に感謝します」ミセス・グリーンはブラシを下に置き、ドアを開けた。ふたりの会話の間ずっと静かにしていたフリントとアリソンは、アンスティーに続いて外に出た。

「次は〈ザ・ドラゴン〉だ」アンスティーが陽気に言う。「可哀相に。あんまりですよね」

「あなたは天の助けだったわね、ミスター・アンスティー」アリソンが言う。「奥さんの心をよく開いたわね?　わたしたちはお手上げだったのに」

「前にも同じようなことがありましてね」アンスティーが言う。「乗組員の素行が悪くなると、だいたい女房が文句を言いに来るんで、亭主が酒飲みの家がどんな風なのか、ぼくは知ってるんです。こうなるとグリーンへの訊き込みは苦労しそうですね?　ここがその店じゃないかな。ほら」アンスティーはフリントを見た。「グリーンがいるかどうか、ぼくが見てきたほうがいいでしょう?　ミス・

テーラーを中に入れるわけにはいきませんからね」

フリントが頷く。〈ザ・ドラゴン〉は、その外観と中の様子からするに、ミスター・グリーンに群がる近所の連中がいられる唯一のパブらしかった。フリントはアリソンと共に外のベンチに座った。数分して戻ってきたアンスティーはいくつかの飲み物と、ひどくさえない表情の血色の悪い髭づらの男と一緒で、男は明らかにへべれけだった。「さあ、どうぞ。グリーン、こちらはミスター・フリントとミス・テーラー」アンスティーは言い、フリントの横に座った。「作戦中止です、残念ながら。このブタ野郎はまともに話せないくらい飲んでいます。でも試しに訊いてみましょうか」

アンスティーの言うとおりだった。ミスター・グリーンでただ一つ明確なのは、彼には伝えなければならない大量の情報があるということだ。五十、百、五百、金額をいくら提示してもグリーンは受け入れないだろう。それでも明らかになればロンドン警視庁は耳を傾け、裁判所も態度を変えるはずだ。ミスター・グリーンとの数分の会話で、いまは確かな情報が期待できないとフリントたちは充分わかった。それでも辛抱して話を聞き、わずかな糸口を期待したが、アリソンは早まってつぶやいてしまった。「奥さんが気の毒だわ！」それをグリーンは聞き逃さなかった。

グリーンはすぐさまアリソンめがけて汚い言葉を浴びせかけた。「おまえなんか××ったれだ、おまえはあの××から来たのか。さあ、とっとと引き返して、あいつに××ったれと言え、おまえも××ったれだ！」

「やめるんだ、このブタ野郎！」アンスティーがグリーンの襟元をつかむ。グリーンはよろめきながらアンスティーのほうを向いた。彼は怒りで酔いが醒めたようで、言葉にならない悪意に満ちた表情を浮かべている。

「いいかげんにしろ」グリーンは言った。「おれがあんた方を知らないと思ってるんだろうが、知ってるんだよ。そいつはド・ベルローが惚れていた女だ――いまは新しい青年に乗り換えたんだろう、お嬢さんよ！　いや、心配するな、おれは親切にするよ。うちの可哀相なかみさんに同情してくれたからな、情報をあげよう、請け合うよ。あんたが知らない情報をタダで。サー・ハリーの門からド・ベルローが出てきたのをおれが目撃したのを覚えているか？　おれが警察にそう言ったから奴は刑を逃れた、だろう？　でも、彼がまた戻ったのを見たとは言わなかった。ド・ベルローはすぐに庭に引き返してきて、家に入ったきり出てこなかったよ、おれが見ている間は。タダにしてはいい情報だろう、お嬢さん？　書き留めてじっくり考えることだ、その間おれは家に帰って、おれの××ったれの顔を殴ってやるよ」それがグリーンの捨て台詞だった。アンスティーに突き飛ばされるがままにグリーンは去っていった。残された三人はうつろな視線を交わした。

「なんて嫌な男！」血の気が引いたアリソンがうめく。酔っぱらいに絡まれた過去の経験など可愛いものだった。「ミスター・フリント、彼が本当のことを言っていたとは思わないでしょう――オリヴィエについて、どう思う？」

「彼の言葉を一言たりとも信じてはいけません」フリントは応えた。「彼は酔っぱらって何を言っているかわかってないんですから」フリントは自信を持って言ったが、内心では危ぶんでいた。本人なりの流儀で、どこか説得力のある「情報の一部」をグリーンは提供したのだ。「何か知っていると確信は持てるけど、調べるには、しらふの時に訊かなければ。おそらく、かなりの高額で買収しなければならないでしょう。それにしても、なんて嫌な奴なんだ！　申し訳ありませんでした、ミス・テーラー」

「どうってことないわ」アリソンが言う。「情報が手に入るのならば」

「これからどうしましょうか？　ラカムに向かいますか？　それとも昼食にしますか？」とアンスティーが言う。

フリントは考えた。「二手に分かれるのはどうでしょう？　この店の主に話を聞きたいし、クロームハウスも見たほうがいいと思います。せっかくぼくたちはここにいるんですから、何か糸口が見つかるかもしれません。でもそうするとラカム行きのバスに間に合わなくなる。よかったらミス・テーラー、アンスティーとでラカムに行って、エクスターが五月十三日に現れたか調べてきてくれませんか。もし収穫がなかったらヴィーシー大佐のところに行けばいい。ラカムからの帰りのバスは四時三十分です。ぼくはここにいますから、前もって決めていたように、夕方にはクラブで会えるでしょう。幸運を祈りますよ、ミス・テーラー。いままでのところ仕事をしているのはアンスティーだけですからね」

「ごますりはやめてください」とアンスティーは言ったが、期待に胸膨らませているのは明らかだった。フリントはふたりがラカム行きのバス停に向かうのを見送った。

できることならフリントは、ひらめいた案を確認したかった。グリーン自身が殺人犯である可能性も否定できない。彼の相当な不満と悪意に満ちた性質を考えると、犯人の可能性もある。そこでアリソンの騎士役から解放されたフリントは〈ザ・ドラゴン〉に戻り、店主から情報を訊き出そうと試みた。店主は、先ほどの店よりずっと陽気で話好きだったが、ほとんど収穫がなかった。殺人事件当日の午後、店主はよそ者には気づかなかったという。ジョージ・グリーンに関して水を向けると、すぐに話に乗ってきた。どこのバーでも客の表情から見て取れたのは、ワイ家の元使用人は村一番の嫌われ者で、絞首刑から他人を救うために偽証するような人物ではない、というものだった。客たちはまた、サー・ハリーは確かに老いぼれ悪党だが、グリーンのほうが最悪だと断言した。

「もっとも最悪なのは」店主がうんざりして言った。「奴を警察との揉め事から出してやったのが、おれだってことさ。さもなければ、奴はサー・ハリー殺人のかどで捕まったかもしれなかったんだから。そうすれば警察もおれたちも丸く収まったはずなのに」

「どんな風にです？」フリントが尋ねる。

店主は説明した。あの五月の午後にたまたま高窓から外を見ると、うんざりなことに、クロームハウスの庭に続く脇道からジョージ・グリーンが出てくるのが見えた。店主は、グリーンが――「真っ昼間にだよ」――タバコを買いに来るかもしれない、と思っていたら案の定、道路に沿ってのろのろと歩いて店に着いた。店主が掛け時計を見ると、グリーンが角を曲がったのは三時二十五分で、その十分後に店に着き、五時までくだを巻いてから家に帰った。「だから彼にすっかり時間を取られちまった、その間に、サー・ハリーは殺されたんだ！」店主は締めくくった。「もちろん、警官が訊き込みにきた時おれは話したよ。グリーンがこの場所に一時間半いたのを、忘れたふりをしても仕方ないからな。おれが忘れたとしてもかみさんは覚えているだろう。午後の間、彼の声を聞かされて、ひどく機嫌が悪かったから」

「クロームハウスからあなたの見た曲がり角まで、彼ならどのくらいかかるのでしょう？」フリントは尋ねた。

「ちょうど十分だろうね、彼の歩くペースなら。裏門はちょうど反対側にあって、かなり距離があるから」

だがおそらくグリーンは裏門には近づかなかった。庭の柵を乗り越えて曲がり角までできるだけ速く走ったのだろう。そうすればグリーンにも殺人を犯す時間ができる。自信たっぷりの医師の診断は間違っていて、サー・ハリーはオリヴィエが去った直後に殺されたのだ。となるとかなり手際のいい犯行だ、とフリントは思った。そして「覆面の男」が彼の仕事が成立した直後に消えたのも関連があると考えた。だが、少なくともグリーンは一緒に退散する必要はなかったはずだ。彼は容疑者として申し分ない！

こうなるとフリントがすべきはクロームハウスを調べることだ。家主に確かめたところ、家はサー・ハリーの死後、閉鎖されていた。フリントは家に行き、最初の曲がり角を回って、アンスティーがデルリオを見失ったという脇道を通った。そこは寂しい道で、一方には木々が生い茂り、もう一方はクロームハウスの塀となっている。塀がとても高くて強固で、上部には頑丈そうな「シュヴォー・ド・フリーゼ（木枠に取り付けた有刺鉄線や釘から成る移動可能な障害物でできた防御構造）」があるので、フリントは悩ましかった。ミスター・グリーンには見えにくかったはずだ。だが違う角度よりはいくらか見やすいだろう。

塀の終わりでフリントが曲がると、まだ道は続いていて、草の茂る小道につながり、その奥は小さな木立になっていた。小道があるのはフリントも地図で知っていた。もう一つの脇道と交差していて、スウィンドン通りに再び合流する。小道に沿って百ヤードほど進むと、高く大きな門に着いた。その先にはまた小さな門がある。オリヴィエが入った門に違いなかった。もちろん施錠されているが、乗り越えるのはそう難しくない。フリントはよじ登って中に入った。

フリントはいつも以上にゆっくりと――敷地内は家主が言っていたようにがらんとしていた――家の生垣を通り、建物まで歩いた。地図からすると、サー・ハリーが撃たれた書斎だろうか。建物の右手には敷石で舗装された道と、端から端まで二十フィートほどの小さく仕切られた庭があり、舗装された道はおそらく書斎から家にぶつかる辺りで終わっている。外部から来た者は皆——たとえばグリーンも——この脇道から入ったのだろう。

庭の南側は茂みに向かってやや急な坂になっていて、こちらから侵入するのは難しいだろう、とフリントは思った。外からよじ登って入るのはひどく難しいことは確かだ。窓には鎧戸がついていて、のぞき穴があり、しばらくして目が暗闇に慣れると室内の様子がよくわかった。

サー・ハリーの死後、手つかずなように見える。かすかな光でも、至る所にほこりが溜まっているのがわかる。次第に家具の配置がわかってきた。サー・ハリーが座っていた両袖机、写真では種々雑多な書類だらけだったが、いまは片づいている。他の家具は写真とほとんど同じ場所にあり、隅には十八世紀のフランス製の大理石の彫刻がある。覆面の男が隠れていたに違いないカーテンのおぼろげな輪郭が見えた。

フリントはしばらくの間部屋を見ていて、テーブルが中央から少しずれていることに気づいた。飾りのない部屋の窓かドアから強盗が入ってきても、銃を構える前に確認できる——サー・ハリーが動かしたはずだ。そしてフリントの視線の先に見える陽の光でできた丸い跡に、彼は釘付けになった。それは鎧戸の穴によるものだ。漠然としていた推理が裏付けられた。中庭側にも同様に窓がついている。フリントは今度は中庭を調べにいった。

南側にも同じように鎧戸のついた窓が連なっていた。フリントはそれらを途方に暮れながら見つめていた。この様子からすると、銃の音が誰にも聞こえなかったのはとても奇妙だ——特にマデレン・ワイには。彼女の部屋は中庭の向かい側にある。おそらく二重窓なのだろう。手を伸ばして触ってみた。いや、普通の板ガラスだ。

フリントは振り返って中庭の反対側の建物を見た。二階建てで、間口は広くなく、主たる棟は道路に向かって伸びている。彼からは各々の階の三つの窓しか見えない。フリントは各部屋の内部を調査したい衝動に駆られた。そんな彼の心の中を見透かしたように、屋根つき渡り廊下の窓の一つがわずかに開いていた。フリントは忍び足で中庭を横切り、窓枠を注意して上げ、侵入した。

廊下を挟んで住居部分と書斎がある。フリントはぜひとも書斎を探索したかったが、廊下の突き当たりにはガラス戸に錠とかんぬきがかけられていた。しろうと探偵には錠のかかったドアを開けるための器具がない、と瞬時に気づいた。右に曲がり、あの運命の午後に偵察者もいたであろう、マデレンの部屋の下に行けないか期待した。だがダメだった。一階はビリヤード室になっていて、ビリヤード台があった。

グリーンはきっとそうしたであろうと思いながら、フリントは二階に上がった。階上の部屋は家具がほとんど持ち出されていたが、マデレン・ワイの寝室と居間だったとはっきりわかる程度の家具は残されていた。フリントは窓際に寄り、外を眺めた。書斎はすぐ近くだ。マデレン・ワイが部屋にいたのならどう考えても、難聴なのか熟睡していたのか、非常に不注意でもない限り、父親が銃殺された音が聞こえないはずはない。フリントは彼女と話す機会を持ちたかった。叔母と彼女が落ち込んでいたので実現には至らなかったけれど！

フリントは次に行こうと歩き始めたが、慌てて後ずさりした。驚いたのなんの、眼下の中庭に男性と女性がいて、デッキチェアとテーブルを運んでいる。すると家は借り手がいないわけではなかったのだ。彼らは管理人らしく、お気楽にも中庭でお茶をするようだ。おかげでフリントは退路を断たれた。断りもなく家に入り、尊敬を集めているはずの大学講師が不法侵入で連行される絵が頭に浮かぶ。夢中になりすぎて自分の立場を忘れていた。

なんとかして、姿を見られずにここから出なければならない。フリントはできるだけ静かに階段を下りると、中庭とは反対側に出られるドアを見つけた。鍵はかかっていたが、鍵が差さったままだ。錠を開けて家庭菜園のほうに歩いていった。〈不法侵入者になるのは簡単だ〉と彼は思ったが、警戒してできるだけすばやく菜園を駆け抜けた。

フリントは道路に出ようと塀をよじ登っていて、グリーンも同じことをしたかもしれない、と思った。だがいざ塀を前にして、あきらめた。塀は彼の頭より高く、立派な造りで新しく、塀の上の忍び返しやガラスがあざけるように彼を見下ろしている。コートを犠牲にすれば塀を乗り越えられるだろうが、その甲斐があるとは思えなかった。もっと大丈夫そうな場所を探したが見つからなかった。管理人がティータイム用のサンドウィッチにレタスを使うのを思いつく前に、屋敷から去ったほうがいいとわかった。慎重を期して、入った場所からようやく出たフリントは、サンドンで食料を調達してパディントン行きの列車に乗り、訊き込み初日の非常に貧弱な結果について考えていた。

12 「食事をするほうがましじゃないか？」

その日の夕方の〈セント・マーティンズ・クラブ〉でのディナーは陽気な晩餐とは言いがたかった。約束の時間にフリントのもとに現れたのはアンダーウッドとオリヴィエだけで、アンダーウッドですら、いつもより元気がない。

「ああフリント、何か手がかりは見つかったかい。ぼくは行き詰まってしまったよ」とアンダーウッドが言い、オリヴィエは不気味な笑みを湛えてうつむいていた。

「残念だが収穫はない」フリントは落胆して言った。「ぼくはつくづく探偵に向いていないと思うよ。何をしても手がかりがつかめない」フリントはジョージ・グリーンにまつわる件を手短に話したが、とりあえずグリーンから聞いたオリヴィエに関する不穏な情報は伏せた。「グリーンは何か知っているとぼくは確信しているが、それが何で、どう事件に関わっているのか見当がつかない。それに、酔っぱらってるグリーンの話はどうしても信用できない。彼がしらふの時に訊き込みをする必要があるよ、できれば」そう締めくくった。

「すると、きみから金を巻き上げる気が起きないほど彼は酔っぱらってたことは、はっきりしているわけだ」アンダーウッドは陰気に言った。「話せば金になると思わせておいたんだろう」

「別にそそのかしたわけじゃない」フリントは自己防衛した。「事実、金については一言も言わなかった。向こうが一方的にせびってきたんだ」

「とにかくそのうち気づくよ、きみがそう思わせておけば――」

「どんどんやってください」オリヴィエが言う。「きみたちがしたのはそれだけ？　確かエクスターのアリバイを検証するはずじゃなかったですか」

「ミス・テーラーとアンスティーはラカムに向かったはずです。少なくとも出かけていきました。ぼくは留まって、クロームハウスで何か手がかりが見つけようと思ったんです」

「で、どうでした？」

「一つ見つけたけど、役に立つかどうかわかりません」フリントは書斎の窓の謎について話した。

「窓が全部閉まっていても――」

「閉まっていなかった」オリヴィエが言う。「カーテンは引かれていたが、窓が一つ開いていました。部屋に入った時カーテンがゆれたのを見たんです」

「すると、もっと理解できないな。ミス・ワイが難聴か熟睡でもしていない限り、銃の音を聞いたに違いない。さもなければ、部屋を空けていたのか。彼女がどこにいたか覚えているかい、アンダーウッド？　ぼくは記録していないんだ」

「確か調書では部屋にいたと言っていた。でも、もう一度見てみるよ。難聴かどうか尋ねた者はいないと思う。だがそういうことを言う人がいるかもしれない。他には？」

「特にないよ、すまない。ミス・テーラーが何かつかんでいない限りは。きみはどうだい？」

「ああ、ぼくも空振りばかりだったよ。まずは順番に話していこう。

第一に、できる限りの新聞に新たに広告を出した。遺言を作成、もしくは署名して証人になった弁護士を探し出して解明の糸口にしようとしたんだが、当然ながら、まったく反応なしだ。前に話したように、きみに尋ねられた時ぼくは何も期待してなかった。裁判で公表していたからね。それに作成されたのは、忘れるほど昔じゃない。そこで導き出された結論は、弁護士事務所は詐欺集団で、サー・ハリーが妻を裏切るのを助けた、もしくはすべて嘘で、遺言書など存在しない」

「ぼくは持っていたと言ってるでしょう！　それに母さんは手紙に遺言書について書いている。どちらが嘘つきと言うんです？」オリヴィエがむきになって口を挟む。

「頭を冷やしてくれ。ぼくは悪口を言うつもりはない。きみが持っていたのは遺言書じゃない、その写しだ。それに失礼を承知で言うのだが、きみは専門家じゃないし、騙されていたのかもしれない。それにきみの母親は尊敬されるべきイングランド淑女で、法律詐欺集団に慣れていない。あの業界が偽の書類できみの母親を言葉巧みに騙すのは、いとも簡単だったはずだ。だがそれが詐欺にしろ、サー・ハリーが処分した本物の遺言書であるにしろ、相手方がぼくたちにすべてを話すわけはないだろうし、証人に関しても、危険が及ばないよう注意を払ったのか、何に署名しているかわからないような人物を選んだんだろう。頼みの綱は切れてる。

第二だ。ジョンソンは多大な時間を費やして一九二〇年五月以降のシアネスの地元紙を確認してくれた。その結果、おおかたの目撃者はアンスティーと同じで、話はうまいが、人物を表現する力量がないとわかった。実際、実に面白いんだ、時間がある時に読んで聞かせてやろう。われわれが知るミスター・デルリオとは対照的に、地元では財産があり、ゴルフ大会や赤ちゃんコンクールなどで称賛を浴びていた。そして抜け目がない。デルリオは見ようによっては、なにもかもきちんとしている。ここで、アンスティーから聞いた描写に少し付け加えるよ。価値があるだろうから」アンダーウッドはポケットから切り抜きを出した。

「ミスター・エリス・デルリオは三十から四十代で、五フィート十インチ、血色が悪く、黒い髪を短く刈り込み、額は禿げかかっている。明るいブラウンの瞳に黒い眉、髭は剃っていて、不揃いで変色した歯、あごは割れている。やや吊り目で、ちょうど右の耳の下に目立つほくろがある。左利きで筋肉質の体格、早口、そんなところだ。ところで、彼は何者なんだ？　きみたちで話し合って聞かせてくれ」

フリントはしばらく考えたが応えは出なかった。デルリオの人相がワイの事件関連の誰にも似ていなかっただけでなく、何の印象も湧いてこない。さまざまな特徴から一つの顔を導き出せなかった。彼がそう言うと、アンダーウッドも同意した。

「まとめると悪い人相ではない。だが新たな男性が見つからない限り、まったく役に立たない」

「とにかく、アンスティーが正しいときみは証明してくれた」フリントが言った。「デルリオを確認してもらうためにシアネスから応援を頼もうか？」

「デルリオを確認！　何のために？　きみ、確認するにもまだ彼をつかまえていないじゃないか、それにきみがいままさに指摘したように、この特徴だけでは確認できそうにない。無理だよ、シアネスに行ってもまた当てが外れる。

第三だ。きみの言うミスター・アルバート・ユーイングに関してだ。彼のアリバイは充分有効だ。ぼくはパーカー警部補に電話して、事実を確認した。ユーイングの供述と一致していた。だからミスター・ユーイングがどれほど悪党であろうと、彼を殺人犯だと疑うのは難しい」

「ああ、ぼくはユーイングと会った時にとうにあきらめていたよ」フリントが言う。「彼はやけに自信たっぷりだった」

「そうか、きみはまだユーイングを犯人だと思っているんだね」アンダーウッドが続ける。「彼の話の残りもすべて嘘かもしれないし、紛れもない真実かもしれない。なんでもありだよ、フリント。言わせてもらえば、あまりにも選択肢がありすぎる。好きなのを選ばないと。

四番目。昨日の朝、ぼくはマーチソン・アンド・マーチソン弁護士事務所まで出向いて、捜査や故サー・ハリーについて話してきた。彼らは見事だった、自画自賛に終始したんだ。ミスター・ド・ベルローは詐欺師ではないとぼくたちが言ったところで、悲惨な結果にしかならないのさ。だが遺言書がいけない。たぶん彼らは、オリヴィエが作り話をしていると考えているんだ。とにかく、彼らはもう一つの遺言書については聞いていない。もし聞いていたら話題にしているはずだ。遺言書以外の点についてはレディー・ワイのために尽くしている。『そしてサー・ハリーのためには?』とぼくが訊いたらマーチソンは少したじろいだので、謎を解明できるかと思ったんだが、とたんに牡蠣のように口が堅くなった。だが手短に言うとサー・ハリーは、ロジャーズ・アンド・デッドマンにも業務を依頼していたことがわかった。ぼくが思うに、その案件は年配のマーチソンが扱うには怪しすぎたのだろう。そこでロジャーズ・アンド・デッドマンへ行った。そこで収穫があったと思うかい? ちっとも! それに彼らが何か知っているとも思えない。デッドマンは狡猾な奴だが、彼が嘘を言っていないのは確かだと思う。彼はその仕事について何も知らない、と誓っていた。それに、サー・ハリーの仕事は彼の事務所にとっては危険すぎる気がする。彼らはかなり怪しい事案も扱っているが、弁護士資格が剝奪されないよう細心の注意を払っているからね。今回のような案件は、彼らの安全を脅かすだろう。もっとも、ぼくたちの安全も脅かされているが」

彼が話し終えた時、ドアが開き、遅刻したふたりが入ってきた。とてもほこりっぽく、汚れている。アリソンはひどく不機嫌で、アンスティーはご主人様の指示を間違えたイヌのように意気消沈していた。

「やあ、調子はどうだい？」アンダーウッドが陽気に尋ねる。

「ひどいものよ！　飲み物をちょうだい、シドニー。クタクタで死にそう」アリソンはオリヴィエの横にある椅子にへたり込んだ。

「ぼくたちの幸運はきみ次第ですよ」アンスティーが悲しげに言う。「ぼくたちだけにしないでくればよかったのに。何一つうまくいきませんでしたし、列車に間に合うよう走らなければならなくて、昼食を食べそこねました。ミス・テーラーをひどい目に遭わせてしまった。ぼくが馬鹿な真似をして物笑いになるのを見ることになったんですから。ねえ、ハイボールか何かぼくに作らせてもらえませんか、材料はどこにあります？」

「ありがとう。〈ザ・ライオン〉から追い出された時から考えていたんでしょう」少し元気を取り戻してアリソンは言った。

「なんだって？　〈ザ・ライオン〉から追い出された？」一同が笑う。

「別に気にしていません。飲み物を作り終えたら教えますよ」

「ほら」アンスティーが戻ってくると、アリソンは飲み物のおかげで元気になってきた。彼は説明を始めた。「うっかり忘れてたんですが、訊き込みを始めようとした時、きみは言っていたよね、エクスターがあの日店の近くにいたと証言したのは〈ザ・ライオン〉の経営者だったって。彼は非常に繊細な男なのか、さもなければ警察に頭が上がらないのか。とにかく、彼が具合が悪そうな脚で立ち上がった瞬間に、ぼくは『嘘つき』と言ったんです、何度も。彼はひとしきり文句を言った後で、このまま飲まずにお引き取りくださいと言いました。そのおかげである結論に達しました。あのアリバイは教会の門のように完璧です。人員を半分減らしたのも口止めのためだろう、それもエクスターが金持ちで、アリバイのためなら必ず大金を払うとわかっていたからだ、と経営者に言ったら、ひどく動揺していました。すみません、でも問題解決には最適だと思ったもんですから」

「問題解決になんかならないわ」アリソンが噛みつく。「彼が犯人だってことはわたしはわかっ、わかってるの」

「それなら彼は実行犯に無線で指示したんですね」アンスティーはいつもの親しみをいくぶん抑えて言った。彼の感傷的な理由がようやく明らかになった。彼はアリソンの意見にとにかく反対なのだ。

「ヴィーシー大佐は訪ねなかったんですね？」フリントが尋ねる。

「もちろん訪ねたわ。あの立派で勇敢な紳士は二週間不在だったの。魅力的な娘さんたちもね。でも飼いイヌのウルフハウンドは家にいたわ。玄関から訪問しようと考えている人には、毒入りの肉の塊を持ってくよう忠告したいくらい！　時間を省こうと庭を横切ったら、その可愛らしい生き物がわたしのスラックスを噛み切ろうとしたのよ。だからわたしたちはもう帰ろうって決めたの。それで列車に乗るために走ったわけ。楽しい午後だったわ」

「まあ、それでも収獲があったほうだと考えれば慰めになるでしょう」そしてフリントはこれまでの調査を短くまとめたものを皆に配った。「何か知ってそうな唯一の人物はグリーンですが、あまり信用できません」

「そんなはずないわ！」アリソンが叫ぶ。「彼が腹を立てた時に何て言ったか知ってるの、オリヴィエ？　あなたは門から出た後にまた庭に戻って、その後あなたが出てきたのを見ていない、と言ったのよ！　彼が証言するのを控えたから、あなたが刑罰を免れたとほのめかしていたわ！」

フリントはオリヴィエに目を向けた。

「ああ、確かに」一瞬の間の後にオリヴィエが言った。「ぼくの行動は実際にそうだったんだが、いまのいままですっかり忘れていた。ちょうど家を出た時に木をよじ登る茶色のリスの尾を見たんだ。茶色のリスは珍しくて見逃してはもったいないから、ぼくは戻って見にいったんだ。庭には三分もいなかった、だからグリーンはその間ずっとぼくを見ていたはずだ、彼が労を惜しまなければ。でも一ヤードほどしか戻っていないよ。なんだい、それがどうしたっていうんだ？」困惑した四つの顔が彼に向けられる。

「グリーンがどんな理由にせよオリヴィエの証拠を秘密にしていたのはありがたい」とアンダーウッドが言った。「釈明しておけばよかったのに、オリヴィエ。グリーンが事実を話してくれるかもしれない」

「そうだな。書斎で至近距離から撃ってサー・ハリーを殺し、銃をテーブルに戻したと、ぼくが最初に証言していたら、どんなに多くのトラブルが避けられただろう？　ぼくが有罪となる証拠を訊くために、酔っぱらいのグリーンに会わずに済んだのに。この一日、そうは考えなかったけど」オリヴィエがふてぶてしく言う。「さあ、話を聞きましょう。これからどうするつもりなんです？」

「わかりません。実に面目ない。食事をするほうがましじゃないですか？」アンスティーが惨めに言う。

「だから最初にぼくもそう言ったんです。でも何か解明できてから食べようという話になって」

「オリヴィエ、やめて！」アリソンが言う。続いてテーブルの向こうで少しごたごたが生じた。

「われわれがすべきことは四つあります」最後のほうのやりとりは無視してフリントは言った。「グリーンが実際に何を知っているのか明らかにしなければなりません。しかし、ぼくは適任ではない。アンダーウッド、きみがやってくれないか？　彼が何を言っても気にせずに、いまとなっては彼がド・ベルローを傷つける可能性はないだろう？　ところで、ド・ベルロー、きみは数分で中に戻ったのに、出てきたきみをグリーンが見ていないのはどうしてだろう？」

「さっぱりわかりません」オリヴィエが言う。「でも、ぼくだって出てきた時グリーンを見かけていない。考えることなく、ただ通りをまっすぐ歩いていった。彼は立ち去ったと思います。それが何か？」

「グリーンこそが殺人犯だという新たな推理が浮上してしまった。彼はあの場面をやけに正確に見ていた。残念ながら、きみが去った後急いで家の中に入っても、彼には時間はなかったはずです。でも、自白でもしない限り、彼は犯人から除外するのが妥当だろう。どう思う、アンダーウッド？」

「やってみるよ」アンダーウッドが請け合う。「もしグリーンをロンドンでつかまえられれば。事務所でなら彼をうまく挑発できると思うし、きみが会った時ほど酔っぱらって来ることはないだろう。大変かもしれないが、せいぜい一日で済む。よし、ぼくを仲間に入れてくれ」

「それじゃ、ぼくはますますなんとかしてミスター・エクスターをつかまえたいけど、いまのところ方法が思いつかない。叔母にまた当たることにするよ。叔母は言うことがころころ変わるからね。それと、ウルフハウンドを飼っている興味深い紳士が戻り次第、誰かに会いにいってもらって調査を完了してほしい。待たないといけないけど。ところで、誰か話を訊ける人物はいないかな？　エクスターが途中で通り過ぎた家はどうなんだい？」

「ヴィーシー大佐の家と〈ザ・ライオン〉の間に家はないようです」アンスティーが言った。「それに午後の間じゅう誰も見なかった。バス会社は慈善行為で車を走らせてるに違いありません。乗客は誰もいませんでした」

「そうだ、ド・ベルローを知っている牧師がサマセットシャーにいたよね、彼の名前を覚えているかい？」

「ドミニク・サマーズ牧師だ」アンダーウッドが言う。「リトル・サマースレイ教区の」

「思い出しました。素敵な庭のある所です」オリヴィエが言う。

「彼が家族ぐるみの古くからの知りあいなら、有益な情報をいくつか提供してくれるかもしれません。ぜひとも会いに行きましょう、できるだけ早く。よければド・ベルローにも同行してもらいたいのですが」

「頼まれれば行きますよ、誰かがぼくの運賃を出してくれればね」とオリヴィエが言った。「夜には支局会議があるんだけど」

「支局会議って？」

「加入している団体のです。ぼくは一般労働者《ジェネラル・レイバラー》の組合員なんだ。ほら、下積み期間がなかったから、熟練労働者には相手にされない。支局会議に参加するのが組合員の務めなんです」

「オリヴィエったら、いい加減にして。まるで重要なことみたいに。一度くらい出なくてもいいじゃない！」

オリヴィエがアリソンをにらむ。「またクビになってほしいのか？」彼は言った。「あそこは本当の組合なんだ。どうしようもない連中が行く所だよ」

「丸一日の仕事になりそうですよ」フリントは言い、あごを引いて笑いを必死にこらえた。「じゃあ、次の日曜日はどうです?」

「いいですよ」

「それで、グリーンをつかまえられそうですか?」

「ぼくはどうしたらいいですか? ぼくの仕事は?」アンスティーが哀れに尋ねる。

「ああ、きみはデルリオを探してください」アンダーウッドが冷たく言う。

「わかりました! 彼をつかまえますよ。見ててください」

13　「サー・ハリーのポケットを毎晩探っていたのか――」

「デルリオを見つけたよ！　ピカデリーで見ました！　でもまた、うまくまかれてしまった！　ああ、まことに申し訳ない！」

大学の研究室にアンスティーが駆け込んできた時、フリントはひどく困惑して目を上げた。英語力が覚束ないながらも授業を受けている日本人学生に、説明の難しい失業周期について辛抱強く指導している、ちょうどその時だった。その午後、フリントは疲れて不機嫌だった。ワイ事件への興味を抱きすぎて本業がおろそかになっていた。ジョージ・グリーンの調書を取る助手を務めるため、アンダーウッドから事務所に六時に来るよう頼まれていたが、フリントは時間どおりに仕事を終えるのに苦労していた。マイペースなこの東洋人は非常に難解な課題に手こずっている。そこへアンスティーという邪魔まで入ってきたのだ！　彼に待ってもらう場所はない。フリントは個別指導中に見学者はいてほしくなかった。

「申し訳ありません」アンスティーは繰り返した。「職員の人が上がっていいと言ってくれて、別の人がここまで案内してくれたものですから、先客がいるとは夢にも思わなかった。失礼します」彼はきびすを返したが、アンスティーより先に日本人がドア口に足を揃えて立ち、歯を見せて笑いながらお辞儀をした。

「お約束がある。はい、お約束がある、わかります。わたしは行かねばなりません。いつか別の時にあなたは失業についてわたしに説明します。はい。わたし明日、来ます。金曜。土曜――」

「いや、いいんだ！」フリントは叫んでいた。個別指導は何事にも勝る。「掛けたまえ、アヨサワくん。ミスター・アンスティーには少し待っていてもらう。廊下に居てくれますか、アンスティー？　そんなに長くはなりませんから」

その後の二十分で、ミスター・アヨサワの思考回路と弁舌は一時的ではあるが滑らかになった。その間、フリントの耳にはアンスティーが板張りの廊下を休みなく行き来する足音が聞こえていた。何人の同僚がアンスティーの足音に悪態をついているだろう、とフリントは思った。報われない仕事がようやく終わり、熱心な学生が去るのを見送って安堵したフリントは、廊下で待つアンスティーに笑顔で入るよう促した。アンスティーはひどく申し訳なさそうに足をよろつかせて入ってきた。

「デルリオはどうやってきみをまいたんですか？」フリントは尋ねた。

「いとも簡単でしたよ」アンスティーが言った。「本当のところ彼がどうやってぼくをまいたのか、いまだにわかりません。ピカデリーを歩いていたら、彼がすぐそこのクラブから出てくるのが見えたんです。慌てて後を追ったら、彼は道を横断して〈リッツホテル〉の前の三十三番のバスに駆け込みました。ぼくは車を縫うようにして、短距離ランナーばりにバスを追いかけて飛び乗りました。彼は二階にいましたが、混んでいたのでぼくは一階にいました。そこは少し不快でしたよ、ドア付近しか空間がなくて。でも彼が下りなかったのは見張っていたからわかります。そのうち余裕ができたので二階に上がろうとしましたが、荷物を持った年配女性の一団がいたので時間がかかりました。ようやく二階に上がったら、信じられますか？　彼は消えていたんです。ぼくは二階の乗客のひとりひとりの顔を、彼らが不安がるほど見ましたし、車掌にデルリオの写真を見せて、この写真の男が下りたか訊きました。でも車掌は少し短気で、他人の叔父を見つけるために給料をもらっているんじゃない、と言いましたよ。そんなに厄介なことかな？　デルリオは下りなかった、誓ってもいい。でも、ぼくが二階に行ったら彼はいなかったんです！」

「バスを間違えたんでしょう」フリントはやや退屈して、わかりきったことを言った。

「いや、そんなはずはない。彼が走って乗り込んだのを見て、ぼくは車を二台ほどかわして同じバスに乗ったんです。すぐに二階に上がろうとしましたが、車掌に一階に引き戻された。でもいったいどうやって彼は下車したんだろう？　さりげなくロンドンバスの二階から飛び降りるのは不可能だし。でもぼくが上がった時、彼がいなかったのも確かです。あいつは姿を消した、間違いなく！　でも、とにかく所属するクラブはわかったので、階段に座って一週間も見張っていれば、彼を捕まえられるはずですよ！」

「そんなことをしたらたぶんきみが捕まりますよ」フリントが冷静に言った。「アンスティー。悪いけど、ぼくはもう行かないと。六時にアンダーウッドの事務所で人と会う約束なんです」

「一緒に行きます」アンスティーが言う。「アンダーウッドの話では、彼の叔父さんがぼくの持っていたデルリオの写真に興味を示したそうなので、渡しにいこうとした時にデルリオを目撃したんです。興味を持ってもらえたら顚末についてアンダーウッドの叔父さんとゆっくり話をしたいと思っています」

　このような失敗続きの仲間は追い払いたいものだ、とフリントはちょっと思った。結局、解決策があるはずのないバスの謎の話を、フェッター・レーンまでの道々、否応なしに聞かされることになった。

　フリントとアンスティーが到着した時、グリーンはすでに事務所の外にいた。以前会った時より確かに身ぎれいで酒も飲んでいなかったが、フリントは彼を見て、魅力に乏しいと思った。できものだらけの顔、下品で信用がおけない目つきで、ふたりの青年をおもねるように横目で見ている。取り入ろうとしたようだが、明らかに逆効果だった。そしてグリーンは酔ってはいなかったが、ひどく胸の悪くなる安物のウイスキーで景気づけをしていて、その匂いが事務所内に漂っていた。

「彼を呼び出したんだね」フリントは言い、アンダーウッドの事務所の椅子にいくぶん元気なく腰かけた。アンスティーは貴重な情報を報告するためにひとまず出ていった。

「ああ、長いこと待たせるのもいいんじゃないかと思って。でも、いったいどうしたんだい？　げんなりしているじゃないか」

「ああ、アンスティーにはうんざりだ、まあ彼のせいとばかりは言えないんだが。デルリオの話になると、アンスティーは少し非常識になるようだ」そしてフリントはアンスティーの話を繰り返し聞かせた。「ひどく馬鹿げた話だろう。彼はあの男に取りつかれていて、通行人がすべてデルリオに見えるのさ」

「どうだか」アンダーウッドが考えながら言う。「われらがデルリオは、おそらく外見をいままで何度も変えたはずだ。そしてアンスティーが探しているのは、シアネスで出会ったデルリオの顔だ。だが顔を変えるのは歩き方を変えるより簡単だし、おそらくアンスティーは遠くから見た彼の歩き方を覚えているだけで、近くにいたり座っていたりしたら見分けがつかないんじゃないか」

「ああ、もっともだ。でも、彼が罪のない通行人に声をかけた挙句に刑務所送りになっても、ぼくたちには何の助けにもならない」

「もっともだ。彼はもっとわかりやすい手がかりを得たほうがいい。やあ、アンスティー、われらがミスター・グリーンへの尋問を手伝いに来てくれたのか？」

「そうしたいところですが、残念ながら時間がないんです。ミス・テーラーと会う約束なので、その前に一仕事しなくては。あなたの叔父さんが写真を見てくれるんでしょう？　写真を預けておいたほうがいいと聞きましたけど」アンスティーは当惑気味に言った。

「ああ、彼はコイヌール（一八四九年以来英国王室が所蔵するインド産出のダイヤモンド）のように写真を守ってくれるよ。だがね、アンスティー、クラブの辺りをうろついて捕まらないでくれよ」

「捕まりませんよ。教会の執事のように慎み深くしています。じゃあまた。残りたいのはやまやまですが」そしてアンスティーは急いで去っていった。

「お手上げかい？」アンダーウッドは友人に眉を上げてみせた。

「いや、それほどでは。一般的な善意の範疇だ」

「少しは気まずかったんじゃないか？　でも彼はまともな青年だと思うよ。さて、グリーンに入ってもらおうか？　放っておくわけにはいかないからな」

「いいかい、グリーン」アンダーウッドが切り出す。「単刀直入に言おう。ずばり提案がある。きみは情報があると言っているね。われわれにとって価値があるかもしれないし、ないかもしれない、それは聞いてみなければわからない。その情報に喜んで金を出そう。ここにいるミスター・フリントやぼくからの質問に答えてくれたら五ポンドと交通費を支払おう。どうだい？」

「五ポンドだと！」グリーンは怒って叫んだ。「裁判所行けば百ポンドの価値があるっていうのに！

おれは二十以下は一ペニーも受け取らないし、もし裏切ったら、法廷であのことを皆に話してやる！」

「話をなしにしたっていいんだよ、グリーン」アンダーウッドが冷ややかに言う。「これはいかがわしい話ではないし、きみと交渉するつもりはない。それにきみのことなど誰も恐れていない。もしこの申し出が気に入らなければ、帰ればいい。ぼくは警察に行って問い合わせするよ。きみに公平なチャンスを与えているんだ、ぼくらの質問に答えてくれれば五ポンドと交通費が手に入る、そうでなければ無料で留置所行きだ。きみ次第だ、でも急いでくれ、ぼくは忙しいんだ」アンダーウッドはポケットから五ポンドを出し、グリーンの前のテーブルに置いた。

「あんたが嘘をついていないと、どうして言えるんだ?」グリーンがうなる。

「さあ、よく考えるんだな。そして間違えたら、パーカー警部補がどう言うかも考えておくことだ。ぼくなら警察と距離を置く。だが、もちろんきみ次第だ。さあ急いで。ぼくらは一晩も待っていられない。イエスかノーか?」長い沈黙があった。

「ああ、わかったよ」グリーンは紙幣に手を出し、アンダーウッドがその上に手を置いた。

「いつ、きみがこの金を入手したのか」アンダーウッドが陽気に言う。「われわれの知るところではないよ。さて、きみはオリヴィエがワイ家の庭に戻るのを目にした。彼がそこで何をしていたか見たかい?」

「いいや。彼が何をしようと知ったこっちゃない」

「きみは何をしていたんだ?」

「ゆっくり立ち去ったよ」

「サー・ハリーのポケットを毎晩探っていたのか——」

「どっちの方に？」

「門の方に。それから〈ザ・ドラゴン〉に行ってタバコを買ったんだ、パーカー警部補に話したとおりだ。おれが行ったことは〈ザ・ドラゴン〉のビル・マルトハウスが知っている」

「で、ミスター・ド・ベルローが庭に戻るのをパーカー警部補に言わなかったのはなぜだ？」

「いったい何を知りたいんだ？　おれが言っても、あんたは信じないんだろう」

「それはこっちの話だ。質問に答えてもらうために金を払うんだ。嘘をついてもわかるぞ。続けて」

「ド・ベルローについて、おれが口を挟む必要はないだろう？　老いぼれハリーにその権利があれば、ずっと前に死んでいる。実行した人物が誰であれ、幸運だったんだし、すでになんでも知っている詮索好きなパーカーに、これ以上話す必要はないだろう」

「純粋な博愛主義かい？　そもそもどうしてきみはそこにいたんだ？」アンダーウッドがグリーンに尋ねる。

「ハリーに会いたかったんだ」

「だが結局会わなかった。どうして気が変わったんだ？」

「彼の顔を見たからさ」グリーンは親指を上げてオリヴィエを示した。「老いぼれハリーが何人もの来客を望んでいるとは思えなかった、だろう？」

「ハリーに会いたかった理由は？」

「また雇ってもらおうと思って」

「ええと。きみは横柄な態度でクビになったんだろう？　また雇ってもらおうなんてどうしたんだい？」

「ハリーの気が変わっているかもしれないと思って」

「なぜだい？　さあ、グリーン。きみはまだ五ポンドを手に入れていないよ」

「見せたいものがあったんだ」グリーンがゆっくりと言う。

「ほお？　なんだい？」

「書類さ」

「持ってきているかい？」

答える代わりにグリーンは服の中から汚れた包みを出し、掲げた。

「ううむ！　ハリーがこれに重要性を認めるとは思えないな？　確かにきみらしくない。どうやって手に入れたんだ？」

「目を見開いていたのさ」

「その書類は価値があるようには見えないよ」アンダーウッドがフリントに言う。「ご老人がしまい込んでいたものに違いない」

「あんたが知りたいのはそれだけか」中傷に怒ってグリーンが言う。「それじゃ鍵はどうなんだ？　ハリーがブタみたいに酔っぱらってポケットの中身をぶちまけたら？　ブタのように酔っぱらったハリーをベッドに連れていったことは数えきれないし、何をしまい込んでいて、何を出していたかなんて決してわかるわけないんだ！」

「サー・ハリーのポケットを毎晩探っていたのか、え？　たいした使用人だ。さあ、それを渡してもらおう。馬鹿だな、返してもらえるとでも思っていたのか？　やれやれ！　ここにコンディ消毒液があるといいんだが」

アンダーウッドはこれみよがしにハンカチで鼻をおさえながら包みを開いた。中は種々雑多な書類の山で、やけに汚れているのは、手に入れてからミスター・グリーンが肌身離さず持っていたからだろう。さまざまな種類があり、メモや備忘録、手紙、そしてR・Dと刻印の入った小切手もある。ひとまとめにして考えると、確たる証拠はないが、サー・ハリーの裏稼業は無知な若者に鉱業株を渡しただけではないと推測される。例えば、ザ・シティ保険会社と定型を超えた契約があったことがわかる、一連のメモや新聞の切り抜きがある。数年前に重役が詐欺行為で刑務所行きになった事件に関するもので、書類の山の中の手紙は、有罪とは見なされなくても、地方の名士が持っていたいとは思わない内容だ。だが興味深く、かつ芳しくない内容にもかかわらず、アンダーウッドの肩越しに書類を見ていたフリントには重要だと感じられなかった。グリーンは面接を渋るくらい書類を重要だとみなしていたのに、犯罪の証拠と言えるものはないし、グリーンの腹立たしい言葉を裏づけるようなものもない。そして問題の文書を手にしても事件に何の関係もないことに落胆していたが、それも最後から二つ目の手紙に辿りつくまでだった。アンダーウッドは長く口笛を吹き、友人に差し出した。

「親愛なるH」名前も日付もない、しわくちゃの汚い便箋をフリントは声に出して読んだ。「デルリオは今度終わりだ。彼の形見としてきみに彼のものを送る。儲けは悪くないが、動きが遅い。具体的な話はまただ。差し当たりいままでの住所に頼む。A・J」

フリントは驚きつつ読み上げ、感想を言おうとしたところへアンダーウッドが鋭く割り込んだ。「ぼくらに役立つものはないようだ」彼は言った。フリントはいつものように、興奮を抑えた。「ジョンソンに屋敷を調べてもらおう」アンダーウッドが続ける。「そして何がわかるのか確認しよう。少し調べてもなんら問題はない。だがこれが五ポンドでは高すぎる」

「はあ、何だって？　それはおれのものだ！」

「さもしい奴だ。ほしいならどうぞ。きみ、またおいしい思いができるなんて思わないでくれ。きみは五ポンド儲けられて幸運なんだ。老いぼれワイが生きているうちにきみが話をもちかけていたら、散々な目に遭ったはずだ。一ペニーの価値もなかっただろう。さあミスター・フリントの質問に答えてくれ、そうすれば、もう帰っていい」傍らでアンダーウッドが囁く。「思いついたら何でもいま聞いておけよ。二度と捕まらないだろうから」

「デルリオが何者か知っていますか？」フリントが尋ねる。

「あの手紙以外で聞いたことはない」

「A・Jが誰だか知っていますか？」

「いいや。だが老いぼれハリーは彼からの手紙を一、二通もらっていた。おれがいた時分には、その頭文字の人物とは会ったことがない」

「どのくらいいたんです？」

「五年だ」

「サー・ハリーの弁護士は誰だか知っていますか？」

「マーチソン・アンド・マーチソン、リンカーンズ・インの一区画だ。もう一つはファーニヴァル通りにあるロジャーズ・アンド・デッドマン」

「そしてレディー・ワイの弁護士は？」

「知らないね、同じだと思うけど」

「きみは決して、その――彼らが話していた遺言書を見たことがないんですね」


「サー・ハリーのポケットを毎晩探っていたのか――」

「見てたらよかったんだがな」

「両事務所とも遺言を作成していないことを、きみはすでに知っているんですね。他に関わった弁護士について聞いたことはありませんか？」

「弁護士だという奴が来たことは一、二度あったさ。確かレスターから来ていた」

「その男の名前は？」

「忘れた」

フリントは違う話を投げかけた。「きみがいた間、ミスター・エクスターはずっとクロームハウスにいたんですか？」

「いや、彼が来るようになったのは三年前だ」

「どこからです？」

「南アフリカ、本人がそう言っていた」

「彼の仕事を知っていますか？」

「まったく知らないね」

「知らないんですか――これでも？」フリントはテーブルの上の書類の山にうなずいてみせた。

「とんでもない。奴はひどく抜け目ないし、使用人を雇おうともしない。酒も飲まない。再三、おれはエクスターに仕えようとしたが、靴の一つも磨かせなかった！」グリーンは嫌悪感を露わにして言った。

「彼はサー・ハリーとうまくやっていましたか？」

「充分うまくやっていたよ。まったく揉めなかったとは言わない。彼がサー・ハリーをたしなめていたのを見たが、説き伏せる術は心得ていたよ」

「きみは彼を嫌っていたんでしょう?」

「ああ。紳士じゃなかったからな」さも紳士らしくグリーンが言った。フリントは椅子に座り、これ以上ミスター・グリーンに質問しても楽しくもなければ収穫もないと暗にほのめかした。

「さあ、きみの五ポンドだ」アンダーウッドは言い、テーブルの札を押した。「これでおしまいだ。それに、聞く耳があるなら、村では口を慎んでおいてくれないか。きみが知っていることはこれっぽっちも価値がない。それにきみが厄介事を起こしたら、パーカー警部補が黙っちゃいない。さあ、お引き取り願おう」

グリーンは無言で五ポンド紙幣をつかみ、前屈みでオフィスから出ていった。

アンダーウッドは急いで窓辺に行き、窓を開けた。「やれやれ！　なんて卑劣な輩だ！　道徳的にも物理的にも鼻持ちならない！　さて、きみはどう思った?」

「一つはっきりしたと思う」フリントが言う。「サー・ハリーがデルリオと関係していたことが証明された」

「A・Jとデルリオが関係しているんだろう、何らかの形で。A・Jの『終わりだ』がどんな意味であるにせよ」

「死んだという意味ではないだろう、でないとアンスティーがデルリオを見かけるのは不可能だからな。これでアンスティーの話が本当だったとはっきりする。彼は確かにサンドンであの日デルリオに会ったんだよ」

「だがほくろはなかった。実にうまいやり方だ。デルリオの人相からほくろを取ったっていい。他にいろいろあっても驚きはしない」

「それでもなお、アンスティーは彼に気づいた。だがA・Jは何者だろう?」

「デルリオでなければわかるものか。デルリオは現在デルリオではない、とだけははっきりした、彼が誰であれ」

「ほくろみたいに傷跡も取れるものかな」フリントは考えが声に出してしまった。「つまり、ユーイングの言う人物もデルリオじゃないのか」

「もしそれが彼なら、A・Jの見当がつかなくなる」アンダーウッドが言う。「複雑な事情、別名の別名。楽しい事案だ」

「だがデルリオがサー・ハリーと親しかったら、グリーンが嗅ぎつけたはずだろう」

「デルリオはおそらく偽名を使っていたんだ。まったく、五年もあんな男を雇っていたなんて。サー・ハリーが撃っていてもおかしくない。デルリオとサー・ハリーは親しかったのだろうか? 彼に関する記事をジョンソンに調査してもらおう」アンダーウッドは腕時計を見た。「ああ、七時半だ。彼は帰ってしまっていた。さあクラブに行って、グリーンを忘れるとしよう」

「グリーンが弁護士の名前を忘れたと言ったのは、嘘だと思うかい?」フリントが尋ねる。

「おそらく。あんな男にはささいな話もできないからな。きみはドミニク牧師に会って弁護士の名前を聞いてみてくれないか。ところで、牧師に手紙は書いたのかい?」

「ああ。日曜に会うのを楽しみにしているそうだ」事務所を出ながらフリントは言った。

14 「ひどく軽率だと思いましたよ――」

フリントはまたもパディントン駅で朝の列車に乗ろうとしていた。だが今回はオリヴィエ・ド・ベルローと個室に一緒に乗り、見送りにきたアリソンはホームに立っている。オリヴィエが最高のブルーのスーツと明るいブラウンのブーツを断念して、ツイード・コートとフランネルのスラックスという田舎町を散策する人によくあるいでたちをしていたので、フリントは安堵した。リトル・サマースレイでは知的な芸術家である必要はない、と確かに彼は思った。列車が走り出し、オリヴィエはアリソンと最後と言葉を交わそうと身を乗り出した。

「八時過ぎにはいるから」アリソンが言う。「すぐに来て。そして夕食にしましょう。まあアンスティーよ、彼ったら！」

「いや、すみません！　余裕を持って来るつもりだったのに」アンスティーが息を切らせながら、ホームにいるポーターの間を縫うようにやってきて、やっとのことでステップに飛び乗った。「いってらっしゃい、いい日曜日を。それに、ド・ベルロー、心配ご無用です。アンダーウッドの話だと、いまデルリオを捕まえられれば、全容がつかめるはずです。ぼくもそう思います！　わかりましたよ、アリソン！　出発時間ですね。それじゃ！」最後のほうは頭のてっぺんから声を出すと、彼はステップからホームに下りた。

「幸運な奴め」オリヴィエは忌々しく言い、隅の席に落ち着いた。フリントはすばやく彼を見た――個室でふたりきりだ――アンダーウッドがほのめかしたように、オリヴィエも同じ可能性を考え、嫉妬に苦しんでいるのだろうか。だがフリントの表情を見て、彼は頭を揺らして笑って答えた。

「心配無用ですよ」彼は言った。「アンスティーが何をしようと収穫はないだろう。ぼくがむっとしたのは、彼がぼくの代わりを務めるからなんです。今日彼は彼女をリッチモンドに連れていきます。ぼくが連れていきたいんだけど、ぼくには時間はあっても金がない」

「損な立場ですね」フリントが同情する。

「そうなんです。ほら、あなたが来た時、ぼくはちょうど引っ越そうとしていたでしょう。何もかもうんざりしてしまっていて。前にはそれで成功したから、再びうまくいくと思っていました。アリソンは反対したけど、とにかくぼくはじっとしていられなかった」

「あなたは完璧な英国商人になろうとしていたんですね」

オリヴィエは笑った。フリントとふたりきりで、腹立たしいアンダーウッドも不在で気楽なのか、実に感じがいい。無条件で彼を信じる人がようやく見つかったからだとフリントは思った。「ぼくはあれを写しだとは思っていない、なんとかして決着をつけたい」オリヴィエは言った。

「すまない。きみには辛いでしょう。ぼくたちも早く捜査するようにするよ」

「あなたのせいじゃない。不満を言うつもりはなかったんだ。調子はどうです？　何か見つかりましたか？」

「特にないな。ジョンソンはジョンソンで楽しんでいるけど。サー・ハリーのポケットから出てきた書類を調べているが、いまのところ、手がかりになるものはない。ところで、アンダーウッドに尋ねようと思っていたんだが、おそらくきみも知っているだろう。きみの銃に犯人の指紋はついていましたか？　指紋を見つけるために何かされたかい？」

「警察がぼくの指紋を取っていったけど、特に連絡はありません」オリヴィエが言う。「何も見つからなかったとぼくは信じています。もちろんぼくの指紋はついているはずだけど。でも捜査に役立たないものしかなかったと聞きました。殺人犯は指紋がついていたらこすって消そうとしたでしょう」

「犯人はなぜ覆面をしていたんだ」フリントがつぶやく。「よくよく考えると、犯人がデルリオなら、近所に住んでいるのだから、きみに見つからないようにしたはずです。それでも大なり小なりきみは、彼の特徴がわかった――たとえば、彼の尖ったあごなどを」

「いや、見なかったんです」オリヴィエが言う。「よくある黒い覆面じゃなかったので。ガイフォークスデー（火薬陰謀事件の記念日。陰謀実行の予定日であった十一月五日）に子供がつける、お面のようでした」

「それはまた変わっていますね！　犯人は絶対に見つかりたくなかったんだ。彼を以前見かけたかどうかはわからないんですね？」

「もちろん、見たことはあるかもしれない。でも心当たりはありません。もしまた出会ったら――もし腕を捕まえられたらわかるのに！　少しでも出会うチャンスがあればいいんですけど」

「きみの妹さんは犯人を知っていて、犯人はいつか妹さんに見られるのを恐れていたかもしれない。事件後に妹さんとは会いましたか？」

「いや。妹は審問にも裁判にも来なかったから」

「病気なんだそうですね」

「主治医はそう言っています。でも医師は何が原因なのか言わなかった――ただ『神経質な状態』というだけで。妹が何で神経質になったのか誰にもわからない。妹がぼくを理解してくれていたと思っていました。でも妹は恐怖のせいでぼくと面と向かって会ってくれない。もちろん、ぼくは何も知らないし、妹が子供の時のように逃げ出すわけにもいかない。だが何年も前からのことで、提案するのも嫌なようだから処置なしです。あなたにこの前話したあの手紙を受け取ってから、妹は人が変わってしまった」

「これから会いにいく牧師が妹さんに何があったのか知っているかもしれません。ところで、牧師はどんな人物ですか？　グリーンのようでなければいいんですが」フリントは最後の面談を思い出して嫌悪感を抱いた。

「ああ、とても品のあるご老人ですよ。上品この上ない。牧師さまは母がまだブリズベーンで女学生だった頃からの知り合いで、再会したのは彼の息子とぼくが同じ学校に通っていた時でした。レジー・サマーズはぼくの親友でした。ぼくたちは一緒にカブスカウトに入り、それからラグビー校（イングランド中部の町ラグビーにある有名なパブリックスクール。一五六七年設立）に進んだ。よく彼の家に遊びに行ったものです。レジーが戦死したのは牧師さまにとっては不運でした。奥さまは数年前に他界しているし、レジーの兄は弟と比べ物にならない、意地の悪い単細胞の気取り屋なんだ。牧師さまはレジーを本当にかわいがっていた」

「きみは戦争に行ってないんでしたね？」

「はい」オリヴィエは少し笑って言った。「メキシコには戦況があまり届かなかったので。J・P・モルガンやアメリカ人のようには世界平和のために躍起になれなかった。その後どうなるかわかっていたら参加したと思います。どのみち、ぼくは退役軍人と言えないがために仕事を失ってしまった」

列車が目的地に到着するまで、ふたりはとりとめのない会話をした。

リトル・サマースレイは小さな駅だったので、出迎えはすぐにわかった。聖職者の帽子と襟をつけた白髪の老紳士を見たフリントは、見た目ほど年寄りではないな、と思った。フリントたちがホームへ下りると老紳士は駆け寄り、両手でオリヴィエと握手した。

「オリヴィエ、大変だったね。話を聞いて辛かったよ」彼はオリヴィエが自分の息子であるかのように話しかけた。それも無理はない、とフリントは思った。早世した息子への抑えていた想いがオリヴィエに向けられているのだとすぐにわかる。フリントは家族の再会に立ちあっているような気がして、ミスター・サマーズが日頃の礼儀を思い出し、心優しく詫びを入れながら自己紹介してくるまで、目をそらしていた。

草刈り機を引く役目に大忙しであろう牧師館の馬は、彼らを迅速に運んでくれた。牧師館は不規則に広がった大きくて古い建物で、田舎の風景になじんでいた。「手入れが行き届かなくて」ドミニク牧師がフリントに言う。「改築する金銭的余裕のある人がいないのが、むしろ慰めです」ここは何も言わないほうがいいだろう、とフリントは思った。そして終わり間近の秋バラで覆い尽くされている、低い赤レンガの建物に馬車が着いた。

彼らは昼食をとった。明らかに敷地内で収穫された材料で作られた簡素な料理だ。給仕してくれたのはしろうとの赤ら顔の若い女性で、皿を運ぶ時に息が上がっていた。おそらく調理している間に暑くなったのだろう。副牧師を務めている牧師の上の息子が、雑に肉を切り分ける。副牧師ジェフリー・サマーズは父親似で、フリントが一番苦手な聖職者ならではの薄い上唇をしていた。オリヴィエが列車内で薄情な兄と言っていたのには納得だった。副牧師は話している最中も父親の努力に執拗に水を差していた。オリヴィエが意に介さず陽気に振る舞っていたのが、フリントにはありがたかった。

オリヴィエは副牧師を鼻であしらわずに、牧師から優しく話を引き出すが、話題は専門外だ。フリントはオリヴィエの様子を見て、事件を解決する不安が消えていく気がした。最初に会った時は、この天真爛漫なオリヴィエが永遠に陰気な厭世家になるかもしれないと思っていた。フリントの協力が一時的な慰めとなってはいるが、もし調査がうまくいかなければ彼は再び落ち込むだろう。いま彼は、ミスター・サマーズと海外派遣に関する話をしている。牧師はとても興味がある様子で、現在行われている女性牧師の派遣の増加傾向に批判的だ。「わたしはどうかと思うんだ」彼は言った。「元来優しい気質の女性が海外に派遣されて、厳しい布教活動が成功するものかね」

「それほど優しくない人もいるのではありませんか？」オリヴィエが言う。「でもぼくが異教徒なら、彼女たちに伝道されるのは嫌ですが」

「そうでしょう」ドミニク師が同意する。「そのとおりだ。優しさを忘れた女性には困ったものだ、男性よりよっぽど刃向かったりする存在だから。だがなオリヴィエ、きみがわたしに話を向けるからすっかり忘れてしまったが、きみたちはわたしのぼやきを聞くために来たのではあるまい。書斎へ行こうか？　今日の午後の子供礼拝は幸いジェフリーが執り行なってくれるので、夕べの祈りまで時間があるんだ」

「子供たちには気の毒だな」仕事のある副牧師を部屋に残して移動しながら、オリヴィエがフリントにつぶやいた。

書斎に着くまで長い時間がかかった。オリヴィエに牧師館を思い出させようとして、ドミニク師がレジー・サマーズの部屋に寄ったからだ。部屋にはレジーの成長の段階がわかる写真が掛けられていた。髪の毛のない赤ん坊から准大尉の軍服姿の青年まで。学校時代のグループ写真には、フランネルの服を着た十三歳のオリヴィエが隣に写っている。彼がこれらの写真の一枚でも持っていたら、オリヴィエの身元に関する疑惑は拭われたのに、とフリントは思った。

「オリヴィエは息子の親友でした」老人がフリントに説明する。「オリヴィエが急に家を出たのは、わたしたち父子にはかなりつらく、悲しい出来事でした」

「突然出ていかなければ、ぼくは永遠に逃げ出せなかった。それに逃げていなければ、とうに義父殺害のかどで裁判にかけられていたでしょう」オリヴィエが応え、そして尋ねた。「母とずっと連絡をとっていらしたのですか?」

「できる範囲で」年配の牧師が答えた。「だが不充分だったと反省していますよ。あなたのお母様からときどき手紙をもらいました。彼女はきみをずいぶん信頼していたんだよ、オリヴィエ。だがお母様はここには来ませんでした。あなたのお義父さまがいい顔をしなかったからね」

「でしょうね」オリヴィエが鼻を鳴らす。「義父は母のやることなすこと片っ端から邪魔していたが、義父の資金の大半は母の持参金でした。信じられますか、フリント。義父は母やぼくの行動が気に入らないと、ラグビー校を退学させてオフィスで働かせる、といつも脅していたけど、学費は全額母が払っていたんです。だからぼくは逃げてけりをつけた。すみません、ミスター・サマーズ、話の腰を折って」

「何を話していたかな?」牧師が言う。「ああ、そうだ。失礼ながら、きみの義父様はお母様の楽しみに対してやや意地が悪かったですね。どんな行事があっても彼女は理由をつけて欠席されていました。彼女に頼まれて一度お宅にお邪魔しましたが、二度と訪れることはありませんでした。わたしはむしろ、自分が務めを怠けたと気がかりでした。どうにか彼女を助けられたものを。だがわたしは場

「ひどく軽率だと思いましたよ——」

違いだったようです――あなたの義父様の敷地内では確かに場違いでした」フリントは納得できた。

「ヴィーシー大佐とお会いになりましたか？」フリントが尋ねる。

「その時には会いませんでした。彼はその頃は隣に住んでいませんでしたから。でもレディー・ワイから話を聞いていたので、彼の行動はひどく軽率だと思いましたよ。だってやもめ暮らしだったのですから。実際手紙に書いて彼にそう伝えましたが、鼻にも引っかけませんでした。彼は常に意地っ張りで衝動的でした」

「どう軽率だったのです？」

「その、レディー・ワイのそばに住もうとすることがですよ。あからさまじゃないですか。でも――おやおや」牧師は若者たちの当惑した顔を優しく見た。「うっかり、きみたちが知らないことをわたしは忘れていた。きみはお母様が以前ロバート・ヴィーシーと婚約していたのは知らないだろう？」

「知りません」オリヴィエはそっけなく言った。「ぼくの父と出会う前でしょう」

「さあ、実際のところ前か後か知らんがね。彼らは同じ町に住んでいただろう、月日が経つとすっかり記憶があいまいになってしまう。さて、わたしの記憶はどうだろうか、そう、一八九〇年だ――それとも一八九一年だったかな？　はっきりしないな。いや、九一年はあの若きモンタギューが馬術大会で優勝して大騒ぎになって――六種目中五種目で、彗星のごとく現れたんだ。九二年に違いない。きみのお母様はロバート・ヴィーシーと婚約した。確かに彼は当時も眉目秀麗で魅力的な男性だった。もちろん、その後彼がどうなっていたのか知らないが。彼はブリズベーンのうら若き乙女たちを選り取り見取りだったのかもしれない。そしてきみのお母様は魅力的な女性だった――聡明で華やかだった。当時の彼女を知らないなんて非常に残念だよ、オリヴィエ」

「あいにくぼくが生まれたのは九八年なので」じれったさに椅子の上で身じろぎしながらオリヴィエが言う。「当時の母は知りません。ヴィーシーはどうだったんですか？」

「ああ、そうだった。ロバート・ヴィーシーはきみのお母様と婚約したが、彼はひどく短気で、気持ちを抑える術をまったく学んでいなかった。だからある日ふたりは喧嘩になった——何が原因だったのかは知らない。おそらく些細なことだったろう。そういったひどい喧嘩の原因はたいしたものではない。きみのお母様は婚約を解消した。そしてロバートは二度と彼女に会わないと誓い、地方にある羊牧場に逃げた。彼が本当に彼女と別れるつもりだったとはわたしは思わない。半年後に姿を見せ、幸運に恵まれて大金を得た、と彼は言っていた。だがその時すでにきみのお母様はフランシス・ド・ベルローと結婚していた。彼は素行の悪いロバートよりはるかに誠実で好青年だった、たとえそんなに金持ちでなくても。わかるだろう」ミスター・サマーズはつけ加えた。「それがロバートにはかえって辛かった。というのも、彼はフランシスの収入が定まらないのが気に入らなかったんだ。金があればおおいに使い、仕事を転々としていた。それでもなんとかやっていたのだと思う。もちろん誰も口出ししなかったが、きみのお母様はもっと落ち着いた生活を望んでいただろう。でもロバートが金持ちになって戻ってきた時には、もう手遅れだった。彼は辛いが受け止めた。いつか彼がフランシス・ド・ベルローに喧嘩をしかけるのではないかと周囲が心配していたのを覚えている。もちろんフランシスはそんな馬鹿な振る舞いはしなかったが、ひどく厄介だったに違いない。そしてロバートは突然結婚した、月並みな女性と。だがそれはきみのお母様のことは気にしていない、と人々にわかってもらうための意趣返しだったとわたしは思う。案の定彼らの結婚はうまくいかなかった。ロバートの奥さんは可哀相なことに早くに亡くなった。ロバートの仕業ではないことを祈るよ。彼はずいぶん節操がなかったからね」

「クロームハウスには行くな、とあなたに言われた時、ロバートはなんて言ってたんです？」オリヴィエが尋ねる。牧師の顔が急に赤みを帯びる。

「彼はひどく馬鹿げた手紙を書いてきた」彼は言った。「いい大人があのようにくだらない手紙に署名するとは思わなかった。二十五歳だったからあんなことを思いついたのだろう。六十ならば自分を抑える術も心得ているだろうに。最悪にもロバートはすでに手紙を――いまでも胸が締めつけられる思いだが――ヘレナ（もちろんきみのお母様だ）に書いたと言った。そして、それはとうてい分別あるものではなかった」

「それで彼はクロームハウスに押しかけたんですか？」

「押しかけたのだと思う。そうとも、レディー・ワイが手紙で知らせてくれたのを覚えている。本当に、わたしはロバートに話すべきではなかった。彼女の死後、彼は一年以上もあそこに住んでいた。きみの義父さんとも会ったに違いないんだが――ああ、ロバートは分別を学んだはずなのに。わたしは厄介事が起きないか非常に恐れていたが、考えすぎだったようだ。人が頭に血が上った状態で書いたものは信用すべきではないな」

　フリントとオリヴィエは、この話はじっくり調べなければ、と顔を見合わせた。気性の荒い大佐が手紙に何を書いたのかフリントは尋ね、（デリケートな話題だと牧師が思っているらしいので）表向きの関係がどうであれ、レディー・ワイは神の前ではわたしの妻なのだ、と大佐がほのめかしていたとわかった。まともだとはとうてい思えない。フリントたちはサー・ハリーの仕事についても尋ねたが、清廉な牧師は知る由もなかった。レディー・ワイやマデレンについても話すとマデレンがオリヴィエにした扱いを聞いて、ミスター・サマーズは衝撃を受けた。

「それはマデレンらしくないよ、オリヴィエ。彼女は間違った情報を知らされたんだろう。彼女はきみに従順だったはずだ。子供の時から丈夫ではなかったが、日々の務めに出られないのを病気のせいにしたことはなかった。きみは家を訪ねて彼女に会うべきだ。絶対に」

「玄関で引き返してしまったんです」オリヴィエがつぶやく。彼は話題を変えるようフリントに目配せした。

「ここのご近所の方は魅力的なんですね」フリントがつぶやいた。ミスター・サマーズはそのとおりだと言ったが、実際にはそうでもないようだ。「多くの非国教徒《ディセンターズ》がいましてね」あたかも非国教徒がアブラムシの一種でもあるかのように牧師は言う。非国教徒がミスター・サマーズの立場を脅かすように思えたらしかった。牧師のライバルたちは宗教的な儀式とお茶会を結びつけているらしく、その悪習に特に憤慨していた。「非国教徒は教会が苦労して築いた場所に土足で入ってくる」とミスター・サマーズは叫んだ。「お菓子で釣って、少年たちを日曜学校からさらっていく！　それに非国教徒は問題ある礼拝の仕方をする。わたしの意見は正しいでしょう、ミスター・フリント？」

「存じませんので、なんとも」フリントはできる限り誠実に応えた。

「ああ、なるほど。ロンドンでは目につかないんですね」ドミニク牧師が言う。

「さあ、フリント」オリヴィエが置き時計を見た。「そろそろ失礼しませんか？」だがかえってドミニク師のもてなしの本能がかきたてられた。牧師は時計が進んでいると言い、フリントたちが帰る前にぜひお茶を、少なくともレモネードを飲んでいけと勧めた。そしてせっせと世話をやいてくれたので、列車に乗り遅れそうになった。

「ところで」フリントは最後の最後で質問を思い出した。「レディー・ワイから新しい弁護士についてお聞きになりましたか。彼女の夫の事務所とは無関係で、例のもう一つの遺言書を作ったかもしれない弁護士について」

「そう言われると、彼女が口にしたような。待ってください、彼女からの手紙はすべて取ってある」彼は年老いておぼつかない手で手紙を取りつつ言葉を挟んだ。「いや、これは違う。ああ、これは非常に悲しい手紙だ。いや、これはロバートについてだ。これはきみが家を出た後のものだよ、オリヴィエ、彼女はとても苦しんだんだ」と。とうとうフリントたちの我慢が限界になった頃、彼は勝ち誇ったように手紙をかざした。「あった!『とても親切な若者ミスター・ダーガンが先週末滞在しました。彼は地方の弁護士で、個人弁護士として雇うつもりです。わたしはハリーの配下の者を信用していません。彼らはハリーの言いなりですもの』これがその弁護士事務所だと思わんかね?」

「そうだと思います」フリントは思った。「どこの弁護士か書いてありませんか?」

「この手紙にはない。だがその後の手紙に書いてあるかもしれない。いや、列車に乗り遅れてはまずい。後で目を通して、見つかったら手紙で知らせましょう。きみの住所は聞いていたかな、オリヴィエ? じゃあ、さようなら。ジェフリーは見送れないのを残念がるだろう。彼の分まで別れの挨拶を言おう。この暗雲もやがてなくなるはずだ。それにわたしたちはいつでもきみやきみの婚約者を歓迎すると、どうか覚えていてくれ。さようならフリント。オリヴィエを連れてきてくれて本当にありがとう」

「さようなら」フリントたちは挨拶もそこそこに、列車めざして駆け出し、かろうじて間に合った。

15 「父はお客様が好きなのよ、たまには来てね」

「さて！」伸びをして顔を撫でながらオリヴィエが言う。「ぎりぎり間に合った。ぼくらの出張は無駄ではなかったようですね」

「もちろん」フリントが言う。「あのヴィーシーの話は実に興味深いですね。どうやら大佐は、サー・ハリーを一番恨んでいる人物のようだ」

「グリーンを除いて——それにぼくも」オリヴィエが言う。

「ああ、だがきみとグリーンは除外されるし、今日の話はなんだか期待できそうです」

「本当に妙な話だ。これからどうするんです？」

「予定としては」フリントが言う。「スウィンドンで途中下車して、気性の荒そうなヴィーシーの家に今夜か明朝行こうと思います。彼が不在でも、何らかの情報を入手できるかもしれない。それに、いればなおのこと。どうもぼくらは急いだほうがよさそうです。きみはひとりで帰ってくれるね？もしヴィーシーが殺人に関わっていたとしたら、きみがいないほうが話しやすいと思います」

「確かにそうですね。あなたは降りてください、ぼくは街に戻ってきみの計画をみんなに伝えます」

「ミスター・ダーガンについてもアンダーウッドに話しておいてくれませんか。調査の助けになるはずだ——もちろん偽名だろうけど」

「実際には、彼の本名はデルリオかもしれません。そしていつも覆面で出歩いている可能性もある」オリヴィエがくすくす笑う。「ぼくたち、なかなかやるじゃないか？　半日で新たな容疑者をふたりも見つけました。グリーンの埋め合わせになりますね。あなたもジェフリー・サマーズは気に入らないんでしょう？　教会のために彼が殺人を決断した可能性もある。ところで何してるんです？」

「メモを書いているだけですよ」フリントが言う。「きみの義理の弟のエクスターがあの日の午後〈ザ・ライオン〉のそばで目撃された件について綿密に調査したい。ヴィーシー大佐と話す口実にはエクスターを使うつもりです。彼のアリバイについて聞くふりをしてヴィーシーに会う。エクスターが関与していないのは明らかだから、ついでに何か手がかりが得られればありがたい。一つずつきちんと片づけていけば、信頼できる成果が得られるでしょう」フリントはオリヴィエに大まかな手書き地図を渡した。

「よくできていますね」オリヴィエが言う。「でもきみはこれを確かめる作業があるんでしょう？　エクスターのホーンズ・レーンでの足跡はなかなかつかめないだろうし、彼を見かけたという人物は誰なんです？」

「アンダーウッドに名前を教えてもらいます。ともあれ、細心の注意を払う必要はない。ヴィーシーについては、彼が何に関わったのか、確認して、その後でどう調査すればいいのか考えますよ」

「わかりました」オリヴィエが言う。「ほらスウィンドンに着きましたよ、フリント。気性の荒い大佐との面会に向けて気のきいた話の切り出し方を考えているんでしょうね。準備なしで的はずれな質問をするように思うけど」

「さっき言ったことしか考えていませんよ」フリントは帽子とステッキを持ちながら打ち明けた。

「その瞬間の直感を信じてやるまでです。ぼくのために祈っておいてください」

「そうしましょう。それと毒入り肉を買っておいたほうがいいですよ。ウルフハウンドをお忘れなく」その言葉にフリントは笑みを見せた。「三人の魅力的な娘たちも！」オリヴィエが大声で激励した。

「三頭のウルフハウンドがほしいくらいです」フリントは応じた。

フリントの行動は、その言葉を立証するかのようだった。月曜の午前十一時にヴィーシー大佐の屋敷に入ると、まず声をかけてきたのはウルフハウンドで、どうも大佐を怪しいと思っている人物か、単なる近所の人か判断するのが難しいようだった。スウィンドンの肉屋の店先でかなり迷ったフリントは、毒入りにしろそうでないにしろ、贈賄や買収の品として肉の塊を買うのをやめ、自分の声でなだめるつもりだった。フリントはイヌ好きですぐに打ち解ける。だがヴィーシー大佐の家の番犬は、フリントがいままで会ったイヌの範疇をかなり超えており、なかなか門の中に入れなかった。華麗なダリアの花を踏まないよう脇へ避けた時、すさまじく吠える声と近づく音が背後から聞こえて、警戒する間もなく、イヌが飛び出してきた。フリントは喉を噛まれそうになるのをかろうじて防いだ。

こんな至近距離ではどうしようもなかった。すばやい動きでフリントはイヌの次の跳躍をかわし、イヌの首根っこをつかもうとしたが、彼と同じくらい力があって撃退できる望みは薄かった。実際には揉みあううちにイヌに手を噛まれ、何度も地面に倒されそうになった。飼い主がなかなか現れないので、門までイヌを誘《いざな》い、なんとか門から締め出そうと一縷の望みを託してフリントは敷地の端までゆっくり後ずさっていた。すると、どこからか恐怖におののく女性の叫び声がした。「お父様！ケリーの鎖が外れて、誰かを襲っているわ！」

すぐに咆哮がして、ケリーが声を振り絞って反応しているのがフリントにはわかった。そして別の怒声が聞こえた。「ケリー！　こっちへ来い！」イヌが力を抜いて体を離したので、フリントが声の方向を見ると、大きな陸軍服務銃の銃口が目の前にあった。

「さあ、きみ！」銃と声の所有者は、怒鳴り声をかすかに和らげて続けた。「説明してくれないか？うちの庭に入ってイヌと何をしているのかね？」

フリントにも、部外者なりの自尊心はある。二つの問いかけに答えようとしたが、いつになく階級意識への敵対感情がわき起こった。

「説明すべきなのはあなただと思いますがね！」怒りのあまり礼儀も忘れてフリントは言った。「こんな危険な動物を放し飼いにしているのは法律違反だ。危うく殺されるところだった。これは警察沙汰ですよ！」

「いいえ、放してません！　本当よ！」先ほどの声の主の女性が割り込んできた。「つないでいた鎖を引きちぎってしまったのよ。ほら！」確かにケリーの首輪には短い鎖がぶら下がっている。「まったく、いままでちぎったことなどなかったのに！」そして差し迫った低い声で続けた。「お父様！　銃を下げて！　わかるでしょう、あちらの方は何も――？」

どうやら大佐は衝動的な行動に出ていたと気づいてすぐさま銃を下げ、言葉遣いを変えた。「やあ、きみ」大佐は言った。「まことにすまない。ケリーが鎖を引きちぎったとは知らず、イヌ泥棒かと思ったんだ。前に二度ほど被害に遭っていたので頭に血が上ってしまった。最初は高価なマスチフ犬を盗まれ、次は未遂だったが。この辺りには大勢、イヌ泥棒やウマ泥棒がいる。正直、これがキリスト教徒の国かと嘆かわしいよ！」

「お父様！」大佐の娘がフリントのハンカチに気づいて再び割り込む。「この人、怪我してるわ！ケリーが嚙んだのよ」

「大変だ！」大佐が言う。「すまない、実に申し訳ない。見せてくれ」大佐が近づいてきてフリントの手をとる。「中に入って、薬をつけて包帯をしなくては。そのほうがいい。あっという間に済むから！　ケリーは清潔なイヌだが念のためだ。さあ、入ってくれ。治療の後に飲み物はいかがかな。ノーと言われても勧めますよ。ネリーにすぐに手当をさせよう。娘はプロ並みに上手だからね。こちらが娘のネリー、こちらは——ミスター——ええと——？」

「フリントです」話の流れに当惑しながら名乗った。いつもだったら立ち去るところだ。だが、ここにはヴィーシー大佐に会うために来たのだから、ケリーと数分格闘したおかげで飲み物にありつけるのはとても魅力的だった。彼は大佐の手に引かれるままに——もう一方の手でケリーの首輪を引いている——屋敷に入り、いままでの苦労がとてもちっぽけなもののような、そんな気がした。彼女がどんなに愛想よくしていても、ミス・ネリー・ヴィーシーの顔に見とれる者はめったにいるまい。フリントはいまだかつて、こんなごつい顔の若い女性とは会ったことがなかった。ドミニク牧師の話では、確かロバート・ヴィーシーが結婚したのは月並みな娘だったのを思い出して、フリントは合点がいった。父親の因果が子に報いているようだ。

「ブレーク！」家に入るなりヴィーシー大佐が怒鳴る。ブレーク馬丁が現れた。「ケリーが鎖を引きちぎった。向こうに連れていってしっかり鎖でつないでおくんだ。また逃げたら、ただじゃおかないからな」

「かしこまりました」ブレークが応えた。

「あんな怠け者は初めてだ」大佐が言う。「鎖さえしっかりしていれば。奴はろくに世話もしないが、ケリーがいなくなったらクビにされるのはよくわかっているはずだ。使用人たちが、たいした働きもせずにずうずうしいのにも困ったものだ。わたしの生まれ故郷では、使用人は雇い主に最善を尽くして食いぶちを稼いでいたのに、ここではとんだ無駄食いだ。ソーダはどこだ？　おおい、ローズ！　娘のローズです、ミスター・フリント。ソーダはどこなんだ、ローズ？」ミス・ネリー・ヴィーシーとよく似ているが、少し年上で見栄えのする女性が食器棚でソーダを探している。大佐は続けた。「それに、彼らは結託してひどい田舎から通ってくる。うちの使用人はわたしの古い服やゴルフボールを盗んで、どこかの浮浪者に横流ししたり、スウィンドンの安物を扱う盗品売買所の売り物にしていた。その挙句、餌やりをさぼったり、ケリーが脚を痛めていると友達に伝えて、仲間にうちのニワトリを盗ませるんだ。鎖がわざと擦りきれていたのではないかと疑うのもなんだが、誰かのしかけにあなたはかかったのかもしれない。どこもかしこも貧民窟と化している。もう我慢できない。詐欺をしたり、金庫を盗んだり銀行強盗したりして生計を立てている男がいるんだ。理解できないのは、そのペテン師が、総じて一年に十ポンドも稼がない点だ。わたしの故郷ではあれこれあって――」

独り言が続き、若いほうのミス・ヴィーシーが傷ついた手の治療をしていた。フリントは気を落ち着けて、レディー・ワイが三十歳の時の恋愛のヒーローであった大佐に、愛想よくしておいた。初対面の時は、フリントはあわてていたので大佐の外見にまで気が回らなかったが、こうして見ているうちに、フリントはすっかり大佐から目が離せなくなった。ヴィーシー大佐の顔右側には耳からあごまで長い傷跡が走っている。フリントは頭がまともに回るまで大佐にずっと話してもらっておこうと思った。彼は悪者だろうか？　ユーイングの言う謎のよそ者がヴィーシー大佐だとするのは間違いなのか？

　フリントは大佐の他の特徴も注意深く観察した。大佐は直情的で無分別だが、若い頃の名残なのだろう。美しい庭と同様に寛げる屋敷を持っているのだから、事業に成功したのは間違いない。だが彼は幸運である割には風貌がいささか疲れている。髪の毛はほとんどないし、残っている毛も勢いがない。立派な口髭はぼろぼろだ。

　これではユーイングの説明に当てはまらない、と認めざるをえなかったが、頬の傷は良い兆候でとても満足した。ほかは期待できなかった。大佐の血色の良さは、風雨にさらされたことによるもので、肌の色はむらなく赤れんが色で、触れると耳障りな音を立てそうだ。耳は小さいが、ふさの様で、かつてまっすぐだった鼻は事故のために歪み、どちらかというと感じの悪い赤みが目立つ。ウイスキーのせいだ、とフリントは思った。豊かな眉、その下のじっと見つめるいくぶん冷徹なブルーの瞳で、肖像は締めくくられる。いまはその瞳は陽気だが、いつ怒りに変わっても驚きはしまい。彼らは目を合わせなかった。視線の先は、屋敷の主の会話の矛先のように、あちこちに飛んでいった。フリントはなんとかヴィーシー大佐の視線を三十秒でもとらえようと努力したが、無駄だった。大佐はじっとしていない。

「というわけだ！」大佐が力強く言った時、手当てが終わった。「さあ、何にお困りか聞かせてくれたまえ。いまは戦時中ではない、ミスター・フリント。かつての同志がやり残したことをするためにここに来たのではないのだろう。そうではないようだ。勝負には弱いようだからな。ああ、来たか、アン。娘のアンです、ミスター・フリント」活発なようだが、姉たちよりさらに平凡なヴィーシー家の姉妹の末っ子が来て握手した。それからの会話の間、喫煙室のテーブルを挟んで大佐とフリントの反対側に一列になって座るアンと姉たちは、間違いなく父親譲りのまっすぐで長い鼻をフリントに向けていた。フリントは愚かにも運命の三女神《パルカイ》を思い出した。それともグライアイ（ゴルゴンの番人である三人姉妹。三人で一眼一歯しかなかった）だったか？　いや、一つの歯なのはパルカイのほうだ、とフリントは思い出した。この三人は少なくとも三、四十代に見えた。

「ガーデニングに興味があるのかね、ミスター・フリント？」大佐が尋ねる。「ここに庭を作ろうと思っているのだが、手入れしてくれるいい庭師がいなくて」

「ちょうどあなたのお庭に関心を抱いたところで」どこか悲しげにフリントが言う。「ケリーに止められたので。門の脇にすばらしいダリアがありますね」

「ねえお父様、おかしくなくて？」末っ子のアンが得意げに言う。「ミスター・エクスターが来た時もちょうどケリーが同じ所にいて、わたしは出ていってケリーをなだめたのよ。でもミスター・エクスターは嚙まれなかった。ミスター・フリントはお気の毒ね」

「そうね」ローズ・ヴィーシーがくすくす笑う。「嚙まれていたら、さぞやぶざまだったでしょうね？」

「最初に来た時もひどく吠えていたもの。嚙まれたら、きっとかんかんになったでしょうね」

「ミスター・エクスターはこの庭の手入れをしているんですか？」切り出せたことを神に静かに感謝しながら、フリントはできるだけさりげなく尋ねた。

「庭師ではない」大佐は若い頃の性格に戻ったように、短く答えた。だが長女が不足分を補った。

「ああ、違うの、ミスター・フリント。そうじゃないのよ。うちの庭がとても見事だから、ミスター・エクスターはいつも興味を抱いていたの。でも、ほら、来るわけにもいかないでしょう、父がサー・ハリーと喧嘩した後だったから。サー・ハリーって、あの殺されたお年寄りのことよ。彼は奥さんに辛く当たっていたわ。父さんはサー・ハリーと友人関係を続けられなくなったの、そうよね、お父様？」

「老いぼれ悪党め」大佐がぎこちなくつぶやく。「だからといって、彼が死んだことを見知らぬ人に言う必要はないだろう？」彼は長女をにらんだ。

「あら、そんなんじゃないわ、お父様。ミスター・エクスターが寄りつかない理由を話したまでよ。おかしいでしょう、ミスター・フリント、最初にミスター・エクスターが来た日が、サー・ハリーが殺された日だったなんて？　もちろんみんなが覚えているわ、だってあまりにも偶然で、その翌日には、彼が本当にここにいたか警察が調べにきたもの。当然わたしたちは知らなかったから——サー・ハリーが殺されたことをよ。てっきりお父様が喜ぶとばかり思っていたけど、違っていたわ」

「喜ぶ！　人の死をどうして喜ぶんだ！　口を慎みなさい、ローズ！」大佐が言う。

「でもお父様、彼は撃たれて当然だといつも言ってたじゃない。覚えているでしょう。それに奥さんにした仕打ちを思えば、彼は撃たれるべきだとわたしも思うわ！」

「口を慎めないのか？　ワイ家の話はもう言いつくした。さあ庭を見にいきましょう、ミスター・フリント」大佐はあらためて礼儀正しく、庭へと案内した。細かいことに目をつぶれば、庭は実にすばらしく、大佐はしろうと庭師ではない、とすぐにわかった。新たな情報でいっぱいになったフリントの頭の中が整理される。ガーデニングに関する知識が皆無だったので、大佐が避けた話題に戻る方法を探し始めた。

　ミス・ネリー・ヴィーシーが隣にいると気づいたフリントは、話しかけて会話の主導権を握った。

ほどなく彼女はミスター・エクスターの訪問について無邪気に話し始めた。たわいもない話が続き、ミス・ネリーは父親のように話が長かったが、ミスター・エクスターは庭への純粋な興味のためにヴィーシー家へ訪れたわけではないとわかった。彼は大佐が作った小さな滝の写真に撮りにきたのだ。彼が《カントリーライフ》（英国の週刊誌。地方の建築物・自然史、庭作り、スポーツなどを扱っている）に載っているような風景写真を撮っている、とミス・ネリーは信じていた。そして彼と大佐は滝の写真について大いに語りあった。ということは大佐も写真に興味があるのか？ そう、確かに興味があるらしい。大佐はイングランドの中でも腕のいいアマチュア写真家だったが、出費がかさむのでやめたようだ。何度か金賞を取り、海外でも受賞歴がある。大佐の写真家としての功績についてしばらくの間ミス・ネリーは穏やかに話し続け、その情報の一部にフリントは息が止まりそうになった。それは大佐の特性を示すものだった。彼の特技は写真の合成技術なのだ――「ほら、体に違う頭をくっつけるような物よ」最近の力作は、内閣のメンバーを天使にみたてた大きなヴァレンタインカードだった。「それがどれほど生き生きしていたことか、ミスター・フリント、まるで天使みたいなのよ。あの人たちに羽が生えているって想像できないでしょう」このタイミングで大佐が振り返ったのでフリントは息を呑んだ。「なんだって？」大佐が言った。

「ミスター・フリントにお父様の写真について話していたの」ミス・ネリーが言う。「そしてやめてしまったのが、とても残念なのって。ミスター・エクスターが来る度に何か月も彼を撮っていたのに、出来がよくなかったのが信じられない」

「ミスター・エクスターの写真をですか？」フリントが尋ねる。

「ええ、でも出来が悪かったので父は破いてしまいました。ほら、父はとても気難しいのよ」

「飲み物のお代りはいかがかな」大佐が顔をしかめながら割り込んだ。

「いいえ、もう結構です」大佐の誘いがやや弱くなったと感じながらフリントは言った。「もう本当に行かないと」

大佐の心安さがすぐさま戻るのをフリントは望んでいたが、そのとおりになった。たくさんの食べ物と飲み物を前に、この地域で食糧を調達する難しさを力説する。午前中に昼食並みのもてなしを断るのは実に難しかった。「いつでもこの道をお通りください、ミスター・フリント」大佐が促す。「またお会いするのを楽しみにしています。ケリーも嚙んだりしませんよ、もう顔見知りですから。それにこの近所で新しい人に出会うのはとても嬉しい。社交辞令じゃなくて本気でお誘いしているんです、おわかりですね!」

「どうもありがとうございます」フリントは言って立ち去った。大佐の様子が急に変わったのにはいくぶん当惑した。ミス・アン・ヴィーシーが門まで送ってくれた。

「不愉快だったでしょうね」フリントはそれとなく言った。「警察に尋問されるのは。警察はうるさくありませんでしたか?」

「ええ、そうね」アン・ヴィーシーがくすくす笑う。「大きな男の人がふたり来て、片方がノート片手にわたしたちの証言を書き留めたんだけど、書くのがひどく遅くて、しょっちゅう鉛筆の先を舐めてたの。消えない鉛筆《コピーペンシル》だったから、口の周りが紫になってしまって。あの時は、何時にミスター・エクスターが来たのか、それを誓えるか、警察に何度も訊かれたわ。ちょうどわたしたちは父を探していたから、警察にとっては好都合だったのよね。いつもなら時間なんてまったく気にしないもの。でも父は言ったわ、三時半に戻るって。だからわたしたちはレジー・ストラザーズの家に行ったの。そしてミスター・エクスターを見た時、彼に時間を聞いたら、四時五分前だった」

「ミスター・エクスターが来た時きみたちのお父さんは不在だったんですね？」

「ええ、二、三分後に帰ってきたわ。父は疲れているんだわとわたしたちは思ったの。いつもなら時間を守るから」

「それでお父様は？」

「正直なところよくわからないんです。父に訊けなかったから。ほら、ミスター・エクスターがいたし、わたしたちおしゃべりに夢中で――もう少しでストラザーズ家に行くのを忘れるところだったわ。じゃあ、ごきげんよう、ミスター・フリント。ぜひまた来てくださいね。父はお客様が好きなのよ、たまには来てね」

「さようなら」フリントは言い、新たな情報に手応えを感じて足がかすかにふらついた。

16 「彼女から話を聞き出すのは非常に難しい――」

フリントは殺人事件の日の午後、ミスター・エクスターに会ったと言った男性に話を聞くためにサンドン村に行こうと思い立った。だが男性の名前がわからず、午前中に聞いた情報を熟慮しないまま、次の訊き込みする気にはなれなかった。そこでアンダーウッドと相談しようと思い、ロンドン行きの列車に乗ると決めた。

列車の中で週末に感じた事柄を整理し、ヴィーシー大佐の話し好きな三人娘を信用せずにすまなかった、と心で詫びた。彼女たち以上に頼りになる助手は見つかるまい。

彼女たちから何を聞いたのか？　まず、ヴィーシー大佐はサー・ハリーと不仲だった。これはサマセットシャーの老牧師から聞いた話と一致するが、確認する必要がある。仲たがいの根は深く、両家は殺人事件当日の午後にエクスターが訪問した以外、交流がなかった。ミス・ローズ・ヴィーシーも言っていたように驚くべき偶然だ。だがさらに重要なのは、ヴィーシー大佐自身がまさに当日の午後に車で外出し、いつもと違って何の説明もなく、三十分後に戻ってきたことだ。サー・ハリーが殺された時間とやけに近い。車なら、サー・ハリーを撃ってすぐに去るのに充分な時間がある。その場合、「覆面の男」の嫌疑は晴れることになる、とフリントは認識した。サー・ハリーが彼の敵である、妻のかつての恋人と共謀するとはとうてい思えない。ヴィーシー大佐がデルリオであるとも考えにくい。

変装の効果についてはあまりわからないが、大佐が「血色の悪い風貌」になれるかどうかは、非常に疑わしいと感じた。それに彼はあごが割れていない。それでもおそらく変装の効果はあったのだ。フリントの預かり知らぬところで。

大佐がデルリオでないなら、ユーイングがクロームハウスの庭で急いで去るのを見たというよそ者が大佐なのか？　説明とは合わないが、顔の傷はフリントには非常に重要に思えた。確かに近所に長い傷跡のある人物がふたりもいたりはしないだろう。もちろん、ヴィーシー大佐には完璧と思われるアリバイがある。フリントは門で得た情報の最後の断片をさらに調べるつもりだ。だが家に戻って、五月のあの日の午後の大佐の行動の説明を冷静に求めるつもりはない。必要ならば情報は後で調べられる。

それはともかく、一番重要なのは、大いに驚かされた大佐の趣味だ。大佐は写真を撮るだけでなく、合成写真家で、いとも簡単に加工写真を作成できるとわかった。写真の複製がフリントのポケットの中にある。さらに実際に大佐はあの殺人事件の日の午後、庭でミスター・エクスターを撮影し、ネガを処分している。何らかの形で事件に関わっていなければ処分する必要などないではないか？　加工写真が作成されても出回らなければ、彼が訴えられることはない。それにしても加工写真が殺人事件のずいぶん後になって出回ったのはどうしてだろう？　フリントが想像するに、大佐がサー・ハリーを撃ったと仮定した場合、オリヴィエが絞首刑になれば、大佐自身は長期間法律に保護されることになるからだと思えた。しばらくしてオリヴィエが無罪となったので、大佐はエクスターに嫌疑を負わせようとしたのか。おそらく大佐は彼の供述を覆そうとしたのだ。そう思いついて当惑したに違いない。犯行当時エクスターは大佐の家の門辺りにいた。さらに困ったことに、彼の証拠の矛盾をヴィーシーの娘たちが補足している。証言を翻した目撃者が誰なのか、フリントにはわからない。だが新たな写真が出回っているのは本当にいい案なのだろうか？　出回っている？　この点では、写真がどのようにしてフリントの手元に来たかを思い起こしてがく然とした。ヴィーシー大佐はミスター・エクスターの家に行って、借りていた図書館の本にこっそり写真を差し入れたのか？　そしてすぐにそう告げた？　それはあまりにもありえない。

〈落ち着け！〉フリントは自分に言い聞かせた。〈これは熟慮する必要がある〉

　さあ、どこから手を付けよう？　第一にヴィーシー大佐には疑いようもない殺人の動機があった。

事実、オリヴィエ以外で唯一の動機だ。だが待てよ。なぜいまサー・ハリーを殺すんだ？　もしヴィーシー大佐とレディー・ワイが恋仲で、夫人がひどい扱いを受けていたのなら、彼女が存命のうちにサー・ハリーを殺すのが理想的ではないか。だがサー・ハリー殺害は彼女の死後――それもずいぶん後だ！　ひどく無益な犯罪に思える。もちろん、敵討ちにはなっただろう。それでも、どうにも時機を逸している。それにあの日の午後のオリヴィエの到着とどうタイミングを計ったのだろう。驚くべき偶然の一致か？

　それに大佐自身の態度も気になる。非常に疑わしい。サー・ハリーのやることなすことが気に入らなかったのは実にはっきりしている、だがその示し方には策略が欠けているように思える。それに、だいたいにおいて彼の話も信頼できない。能弁すぎるし、あまりに説明しすぎる。彼は幸運が巡ってきた、ただの牧羊業者なのかもしれない。それに彼はいくぶん無能な起業家のように話す。もしくは予想屋か。要するに信用のおけない人物だ。殺人事件当日に車で出かけたのも怪しい。

　だがフリントは考えた末に、調べあげた内容は、オリヴィエの裁判の弁護士には思いがけない幸運を証明するだろうが、ヴィーシー大佐を犯人とする、証拠にはならないと気づいた。そこから何かを導き出すには、新たな事実を見つけるより、推理を巡らす必要がある。フリントは列車を降りるとすぐさまアンダーウッドの事務所に向かった。だがアンダーウッドは不在で、フリントは困り果てた。ジョンソンにもアンダーウッドの居場所はわからないという。おそらくテニスか、とフリントは焦れた。

「きっとあなたに会えず申し訳なく思うでしょう」ジョンソンが口を開いた。あなたと話したがっていましたから。ダーガンについて手がかりが出てきたんで」

「本当かい？　どこで？」

「レイチェスターです。昨夜列車で戻ってきた時、ミスター・ド・ベルローは事件当日を思い出して、レディー・ワイからの手紙にダーガンについて書いてあった、と言い出しました。残念ながらその手紙は盗られてしまったので、裏づけはありませんが、オリヴィエは確信しています。彼から夕食時にその件を聞いたミスター・アンダーウッドは、レイチェスターから来た弁護士とグリーンが会ったことがある、と申しました。さらに、レディー・ワイから送られた遺言書のどこか、カバーレターにレイチェスターという文字があった、とミスター・ド・ベルローは思い出しました。その情報は確認できるはずなので、レイチェスターの評判がよくない弁護士事務所について、慎重な訊き込みをした結果、ある事務所――オルコック・アンド・バッドリー――が引っかかりました。そしてよりくわしい情報を得るためにレイチェスターに人をやったのです」

「それがダーガンとどんな関わりがあるんだい？」

「驚くなかれ――」ジョンソンが言う。「悪徳弁護士はクロームハウスを訪れる際に別名を名乗っていたのです。少なくとも、わたしたちができるのはここまでです。もしこれ以上調査したいとお思いなら、ミスター・アンダーウッドは喜んで相談に応じると思いますよ」

「その時はそうするよ」フリントは約束して事務所を去った。今日の午後はどうしようか考え、仕事に戻るには気がそぞろになっていると感じた。と、急にある考えが浮かんだ。もはや誰も関心を寄せないものの、新たな容疑者とみられるヴィーシー大佐は、叔母の気持ちを変えさせ、マデレンと連絡を取らせる説得力となるだろうか？　フリントは急いでグレート・カンバーランド・プレイスに向かった。ちょうどお茶の時間で、ふらりと立ち寄るにはもっとも妥当な時間だ。

フリントが当惑したことに、叔母は見知らぬ婦人とお茶を飲んでいて、いつもと違って快活に出迎えてくれた。叔母の声が申し訳なさそうなのがフリントにはわかった。「ジェームズなの？　可愛い甥っ子じゃないの！　二度と会いにきてくれないと思っていたわ！」と言ったので、フリントは、どうして叔母が罪の意識を抱いたのか（おそらく大学職員との会話だろう）、頭をひねった。

フリントはさほど待たなかった。叔母ミセス・アレンはひとしきり話すと、ずる休みをしている子供のような印象の先客に向かって言った。「わたしの甥をご存じかしら？　こちらはミスター・フリント、この方はミセス・エクスターよ」

来るべきものが来た！　フリントは驚きのあまり咳こみそうになるのをなんとかこらえ、椅子にへたり込んだ。謎が玄関に横たわっている間は叔母の好奇心は抑えられないことを、フリントは思い出した。手紙への彼女の返事は疑いようもなく充分に正直なものだった。叔母は彼や彼の友人を助けるつもりはない。余計な口出しをすることを嘆くのだ。だが、ミセス・エクスターから話を聞き出す厄介な仕事がフリントには残されている。フリントは注意して夫人に目をやった。

窓辺の腰掛に座る夫人に少し離れてフリントは座った。彼女は驚くほど悲嘆に暮れていて、見るのも憚られた。彼の目に映るのは長身でほっそりした若い女性、二十歳はとうに超えているようだ。体調不良なのか、ミセス・エクスターは不自然なほど顔色が悪い。唇にも血の気がなく、瞳は沈みがちで、ひどい寝不足のようなくまができている。それでも彼女の顔は、フリントが想像していた愚鈍さはなかった。すっきりと整った顔立ちで、黒い帽子から見える眉は垂れて太く、口元がへの字なのは、弱さと同時に疲労からくるものだろう。話す時に夫人は、唇をオリヴィエのようにしっかり引き結んだ。短い会話でフリントが気づいたのは、故意にかどうかわからないが、服装に注意を払っていないことだ。髪は帽子の下でくるりとまとめ、スカートは長く床すれすれで、高い襟は耳たぶにつきそうだ。いくぶん魅力的だったのは、曲線の滑らかさだ——こんなに具合が悪そうでなければ！　こんな状態では彼女から話を聞き出すのは非常に難しい。

「わたしは今朝、あなたのかつての隣人に会いました——ヴィーシー大佐に」その名前に彼女がどんな反応を示すか想像しながら、フリントは切り出したが、見たところ反応はなかった。マデレン・エクスターは礼儀正しく、かすかに円熟した優美さをたたえていた。だが、ヴィーシー大佐とは仲の良い知り合いではないことははっきりした。ヴィーシー大佐宅のイヌと奮闘した話で興味を引こうと話し始めたが、空振りだった。叔母のミセス・アレンがその話をやめるよう促し、フリント自身も話題の選び方が良いとはとうてい思えなかったので、そこでやめた。しばらくの間、たどたどしく無難な話題が続いた。週末に何をしていたか、という叔母の無邪気な質問でフリントに再びチャンスが訪れた。

「とても魅力的な牧師と会いました」彼は言った。「彼の名はサマーズと言い、サマセットシャーの小さな村に住んでいます。オリヴィエ・ド・ベルローに連れていってもらったんです。彼は牧師の息子さんと親しかったのですが、息子さんは戦死なさいました」フリントは窓に映ったマデレンの顔を見ないようにしていたが、フリントの言葉にマデレンがこわばったのが気配でわかった。「失礼ですが」マデレンは言い、その後少し間をおいた。「どなたに連れていってもらったとおっしゃいまして？」

フリントは彼女を見た。彼女の白い頰にかすかな色味が差してきた。ティーカップの持ち手をしっかりつかんだまま彼を見つめている。その瞳には驚き、恐れ、苦悩、もしくはその三つが交ざっていた。

「オリヴィエ・ド・ベルローです」フリントはできるだけさりげなく答えた。「最近彼と知り合いました」マデレン・エクスターはうなずき、ミセス・アレンはひどく憤慨しながら口を挟んだ。「サマセットシャーはとても魅力的だけど、わたしはデヴォンシャーのほうが好きよ。わたしは人生の大半をデヴォンシャーで過ごしたから、峡谷に建つ魅力的な田舎家は決して忘れられないわ。黄色と白に塗られていて、美しいこげ茶の屋根なのよ。デヴォンシャーはご存じかしら、ミセス・エクスター？」

いいえ存じません、とマデレンは言った。それから二、三のたわいない会話の後、彼女は立ち上がって帰ろうとした。ショックを受けたばかりなのに冷静に別れの挨拶をしたのでフリントは驚いた。彼女が差し出した手はまだかすかに震えている。だがどうしてこんなにショックを受けているのだろうか？　オリヴィエの名を出したからか？　だが彼が生きているのは彼女も知っているはずだ。単にオリヴィエが負けを認めなかったからだろうか、彼の金を得た事実をフリントが詮索するとでも思ったのか？　フリントの無礼な振る舞いにミセス・アレンが怒っている間も、彼は考え続けていた。

「ジェームズったら！　どうしてそんなことができるの？　なんて人なの！　ここはわたしの家よ！　話題にすべきでない、と誰でもわかっていることをお客様に話すなんて！　わたしの表情に気づかなかったの？　あの可哀相な人がどんなに具合が悪いのか、見ればわかるでしょうに！　恥ずかしいわ、ジェームズ、無慈悲な警官みたいに振る舞うなんて。紳士の振る舞いを身につけるまで二度とうちには来ないでちょうだい！」

「でも叔母さん」良心の咎めを押し隠してフリントは言った。「そんなこと言わないで。可哀相な人と叔母さんは言うけど、本心かどうかは別にして、彼女はぼくの友人の分のお金を受け取っているんだ。それに、叔母さんの言うように彼女が可哀相なら、ぼくがオリヴィエの名を口にした時、どうして彼女は驚いたんだ？　彼のお金を受け取る権利がないとわかっていたからじゃないのかな？」

「そんなことはありません！」ミセス・アレンが言い返す。「どんな女性だって蒸し返されたら腹を立てるはずよ、それもわが家の客間で！　それにあなたの友達がでっちあげていないとどうして確信が持てるの？」

「写真を見たからさ。それを見れば彼が詐欺師じゃないとわかる」フリントは言い、リトル・サマースレイに行った時の様子を手短に話した。

「彼がそうじゃないとしても、お金が彼のものだというわけではないわね」ミセス・アレンは尋常でない激しさで言い返す。「遺言書だってでっちあげかもしれないし。とにかく可哀相なミセス・エクスターをいじめるために来るなんて、どういう料簡なの。彼女が父親を殺したとでも思っているの？」

「いや、でも誰かが殺したんだし、それが誰なのか見つけたいんだ。それに誰もミセス・エクスターに質問していないようだから」

「これ以上わたしの家では一切お断りよ！　どうしても理解できないわ、ジェームズ。どうして警察ではなくあなたが調査するの、あなたらしくもない。病気や悩み事がある子供に、もっと思いやりを持つべきよ！」

「彼女は確かに具合が悪そうだった」フリントは言った。「その理由を知っていますか、叔母さん？　最近の彼女の様子を見ていたんでしょう？」

いとも簡単にミセス・アレンは知っていることをすべて話してくれたが、それはたいして役には立たなかった。フリントの手紙に返事を書いた直後のことらしく、叔母が言うには「そういう立場の子供は誰か頼る人が必要なの」だそうで、叔母は善は急げで、多少の面倒を乗り越えてブライアンストン・スクエア十五番のエクスター家に出かけた。それから叔母はマデレン・エクスターと何度となく会ったが、彼女が打ち解ける様子はない。「もちろん、彼女は恥ずかしがり屋だけど、ふつうのことよ。それに彼女は年齢の割には形式ばった礼儀を備えているのよ、気の毒に。もちろん、ひどいショックを受けたはずよ、実の兄が殺人犯になったら——実際には違うけど」フリントのことなどおかまいなしにミセス・アレンは言った。

「彼女に何があったのか、知ってるのかい？」

ミセス・アレンは知らなかったのだ。ミセス・エクスターがひどく苦しんでいるのはわかっていて、頭痛がするなら医者に診てもらえ、と彼女に促した。だがミセス・エクスターはやんわりと提案を断った。彼女の夫が浅はかで彼女の外出を渋るのだろう、とミセス・アレンは考えた。あの歳の女性にしては不自然だ。夫ははるかに年上だから断固たる態度を取るのだろう。ミセス・エクスターは当然、夫の言いつけに従った。叔母が思うに（そしてここでミセス・アレンの声は囁きとなった）、ミセス・エクスターが何かしらの薬を服用していないとも限らない。飲んでいないとは――言い切れない。彼女はとても奇妙で、しばしば動揺している。だが、もちろん、誰も文句を言うわけではない。彼女は実際にはどんなことも匂わせていない、何も知らないのだ。

「じゃあ――ぼくが訊いてみようか――」フリントがつぶやく。

「彼女はあなたを受け入れてくれないかもしれないわよ、今日あんな態度をとったから」ミセス・アレンが言う。「まあ、あなたが彼女をいじめるとは思わないけど」

今日の午後までなら、フリントは同意しなかっただろう。いまはなんとも言えない。彼は怒りに駆られて行動してきた。鈍感で馬鹿な娘が、仮病で兄を翻弄していると思っていたのだ。だが実際のマデレン・エクスターは違った。どう見ても仮病ではない。鈍感でもなく、オリヴィエに関して無感覚でもない。事件の全容をまったく知らないのか？

その夜フリントはアンダーウッドに訊いてみた。

「とうていありえないな」アンダーウッドが言う。「彼女が目が不自由なのか、耳が聞こえないのか、精神が不安定でもない限り。ちなみに、彼女はサー・ハリーから相続した株式を売っているんだ。それはどう思う？」

「わからないよ。きみはどう思う？　どうして知ったんだ？」

「たまたま知ったんだよ。くわしくはわからない。わかっているのは彼女が売り急いでいたことくらいだ。赤字を出したようだ。彼女は金が必要なのかもしれない、だろう？　その場合、きみがオリヴィエについて話したことは心配の種になったかもしれない」

「うむ」フリントはいくぶん納得できなかったが「そんな感じには見えなかった」とだけ答えた。まだ見つけていない何かが、彼女をあんなふうにさせているのか。

17　「大佐はティーショットをひどくスライスして――」

「おや！」翌朝、フリントが事務所に行くとアンダーウッドが声をかけた。「朝早くからどういう風の吹き回しだい？　午前中はいつも未熟者たちを指導しているとばかり思ってた」

「インフルエンザだよ、ありがたいことに」フリントが言う。「今日と明日の受講生が皆、病欠でね。ぼくはちょうど衰退して人員が激減した連隊について講義しているから、きみから何かアドバイスを得たいと思って。この調査には手を焼き始めているよ。頭から離れなくて仕事が手につかない」

「それこそ正しい態度だ」アンダーウッドがほめる。「同胞の命が危機に瀕している――東洋の学生たちに貿易統計を説明するよりずっと重要だ」

「同胞の命のことじゃないよ。サー・ハリー以外の命は危機に瀕していないし、彼は死んだ。まるで解けないクロスワードパズルみたいだ――この事件の場合、解決策がなくてたくさんの人が巻き込まれている。ド・ベルローとミス・テーラーを悪人と思えればいいのに。考えに入れなければいいんだけど、いまはそうできるかわからないよ」フリントが落ち込んで言う。「でもここに来たのは愚痴を言うためじゃない。何かいいアドバイスをもらえないかと思って」

「悪いが期待に添えないよ。明日になればどうにかなるかもしれない。レイチェスターへミスター・オルコックとミスター・バッドリーに会いにいくつもりなんだ。ジョンソンから彼らの話は聞いているだろう？　電話で照会したら、オルコックはレイチェスターではかなり胡散臭い人物として知られているんだ。バッドリーという人間は存在しないようだ。まずオルコックに会ってみるよ。もし彼がぼくたちの探している人物なら、うちの事務所を避けるはずだ。だからレイチェスターに行って彼と会ってこようと思う。きみもぶらぶらしているのなら一緒に来ないか？　道中は長いし、行きながら事件についてじっくり話せる。きみはランニングでもしたほうがよさそうだ――インフルエンザにかかっていないのならね？」

「インフルエンザにはかかってないよ、この厄介なワイ事件のせいさ」フリントが弱々しく言う。「わかった、行こう、でもきっと役には立たないよ。どうすればいいかがわかればいいんだが！」

「ヴィーシー大佐にダーガンを知っているかどうか訊かなかったのかい？」

「ああ、訊かなかった。実にいろいろあったんでね。ねえ、アンダーウッド、彼が殺《や》った可能性はあると思うかい？」

「大いにある、と思うが、月曜にきみはたくさん報告がある、と言ってただろう。事件の日の午後、何をしていたか彼から聞き出したのかい？」

「いや、どう切り出したらいいかわからず、困ったんだ。殺人犯の嫌疑をかけています、とは言えないだろう、それにアリバイを聞きたい、と訊けるか？　もし彼が犯人なら、すぐに追い払われる――そして無罪ならぼくを撃つだろう」

「おい、だいぶおじけづいているな。きみが提案したように、エクスターに話をふってみたらどうだ？　オリヴィエのために調査しているのでアリバイが正しいか確認したい、と説明して。それなら現実味があるし、やましいことがあるなら捜査への協力をためらうだろう。それに拳銃といえば、あの型の銃を持っている人物は得意げに見せる傾向があって、実際に撃つことはめったにないそうだ。きみもよく知ってのとおり。ともかく急いだほうがいい」

「急がなくちゃとは思う。拳銃が問題なんじゃない、そこは期待薄だと思うんだ」フリントは言った。「ほかにすることもない。とりあえず行って訊いてみるよ、でもエクスターから何か得られるとは思えないな」

「いや、得られるよ、馬鹿を言うな。ところで、ミセス・エクスターにも訊いてみたらどうだ？　どうもきみは手ぬるい。その方面ではどうにも手腕を発揮できないようだな。彼女に株を売り払った理由を訊いたらどうだ」

「まいったな！」フリントはあきらめ気味に言った。

落ち込んだ様子のまま、フリントはブライアンストン・スクエアに向かった。到着すると、まん丸顔の執事に、ミセス・エクスターの不在を告げられた。「思ったとおりだ」フリントは苦々しげに言い、パディントン方面へ歩き出した時、彼の名を呼ぶ声がした。目を向けると、黒いウーズレーのリムジンが縁石に寄っていた。マデレン・エクスターが窓から身を乗り出して、ドアを開けて手招きする。フリントが近づくと、運転手の帽子とコートを着たアルバート・ユーイングが運転席にいるのに気づいた。だがユーイングは素知らぬ顔をしていたので、フリントも気づかぬふりをした。

フリントはドアのそばに立ったまま、リムジンの中と外でぎこちない会話を交わした。マデレン・エクスターは、どうやら二日前よりさらに具合が悪そうで、運転手や通行人に聞かれるのを恐れるかのように、早口の低い囁き声で話した。だが彼女がいくら動揺していても、礼儀正しさからくる気高さや圧倒的な自信に、以前にもましてフリントは感動した。この人は気の弱い子供などではない。

「確かオリヴィエ・ド・ベルローという方についておっしゃっていましたね、ミスター・フリント」彼女が言う。「その——その男性が父殺害容疑で裁かれたんですか？」

「はい」

「あなたは——その人物がわたしの兄だと思っていらっしゃるの？」

「彼はあなたのお兄様ですよ、ミセス・エクスター」

「でも、兄のはずは——どうしてあなたにわかるんです？」

フリントはできるだけ手短に説明した。リトル・サマースレイへの訪問や、そこで見たオリヴィエの写真で話を締めくくった。「ええ、ミスター・サマーズは存じています」マデレンは言い、しばらく間が空いた後に言った。「ありがとう、ミスター・フリント」

それは話の終わりのように聞こえたが、フリントはこのまま引き下がりたくはなかった。「オリヴィエと会ってみませんか、ミセス・エクスター？　あなたの手紙は彼にとって非常にショックだったんですよ」

「わたしの手紙？」

「もう会いたくない、レディー・ワイの遺産は本物のオリヴィエ・ド・ベルローに託された、というあなたからの手紙です。まさか忘れたんですか？」

「まあ——ええ、覚えているわ」マデレンは手紙のことをようやく思い出したようだ。「だって——兄は亡くなったと信じていたの。あの人は詐欺師に違いないと思ったから」

「いいえ違います。実際にお会いになれば——」

「どうしましょう。考えておくわ」マデレンの話し方がぼんやりとしたと思ったら、急にわれに返ったように違う口調になった。「本当にどうもありがとう、ミスター・フリント。もう行かないと。その件はよく考えてみます」

「五分いただけませんか、ミセス・エクスター？　少し訊きたいことが――」フリントは強く言った。

「無理よ！　お願いミスター・フリント、もう勘弁して！」彼女が仕切りガラスを軽く叩くと、懇願したにもかかわらず、フリントはひとり舗道に残された。「ごめんなさい。またご連絡するわ」というのが車が動き出した時の別れ際の言葉だった。フリントは車を見送り、百ヤードほど先に見紛うことなきミスター・ウィリアム・エクスターが十五番地の自宅玄関に入る姿を目にした。そのすぐ後に車が止まり、夫人は下りた。フリントはきびすを返してパディントン方向に向かって歩いたが、ミスター・エクスターの妻の顔や様子が頭から離れなかった。

ヴィーシー大佐は家にいて、フリントが恐れていたよりは、質問するのが難しくなかった。大佐は例の長広舌で、イギリスで雇った労働者の不正――ここでは苗床を霜にさらした庭師――を訴えていたので、その後でフリントはなんとか会話の中に目的の話題を滑りこませた。率直に言って、大佐は感じのいい、話のわかる人物だ、とフリントは気づいた。サー・ハリー・ワイ銃撃のかどで絞首刑になりかけて、ひどく困惑している青年の疑惑が晴れるのを、消極的ながらも応援している。だが青年の潔白を手助けする段になると、大佐は顔をしかめていら立ち、どうしたらいいかわからない、と言った。サー・ハリーに関しては、何も言えない。クロームハウスに近寄ったこともない。何も知らない。

フリントはエクスターの名を出した。ミスター・エクスターとの共謀の嫌疑が完全に晴れたわけではない。大佐は何を考えているのか？　何も考えていないのか。エクスターがサー・ハリーとどうかかわっていたのか見当もつかないし、ひょっとしたら、大佐はただ事件を鵜呑みにしているのかもしれない。もしそうなら、大佐はそのわりに沈黙を保っている。

「あの日の午後、エクスターはどこにいたのだろう、とぼくは考えているんです」フリントは言った。「彼があなたの家に来る前のことですよ。あなたは彼を見かけたかもしれません。どの道からあなたは家に帰ったんです?」大佐はこの最後の質問には応えられると思ったらしく、急に話しだした。

「わたしは、その——記憶にないな」大佐はフリントをじっと見つめた。「ああ、谷沿いに戻った。誰かに会ったかな」

「サンドン通りですね。どこかに立ち寄りましたか?　ミスター・エクスターに会ったはずですが」

「立ち寄った?　いや、なぜわたしが?」

「すみません」フリントは詫びた。「ミス・アンからあなたの戻りが遅かったと聞いて、どこかに立ち寄られたのかと思ったものですから」

「アンは何と言ったんです?」大佐が鋭く言う。「陰でこそこそうちの家族と話しているのかい、きみ?　この手であの男の息の根を止めた、とわたしに言わせたいのか?　いったいどういうつもりなんだ?　えっ?」

「それは誤解です」この魚はいとも簡単に食いつくな、と思いながらフリントは言い返した。「あの日の午後どこにいらしたのかと伺ったのは、道中でミスター・エクスターにお会いになっていないかと思ったからです。あの日の午後クロームハウスには近づいていない、と彼は供述していました。わたしはあなたの行動を疑っているのではありません。もちろん、あなたが居場所を知られたくないなら、わたしは証拠から推理いたしますが。煩わせてしまってすみません」

「知られたくないなどと言った覚えはない！」大佐が吠えた。「わたしがけしからんと言っているのは、きみが裏で嗅ぎまわって何か探ろうとしているからだ。この国では、どいつもこいつも礼儀正しく単刀直入にものを尋ねようとせん。鍵穴から盗み聞きして言い逃れし、娘の心に毒を盛ろうとする！　わたしの居場所が知りたいんだな。ゴルフをしていたよ」

「おひとりで？」

「いや」

「どなたとご一緒に？」

「ウィテカーという男と」

「その人は何者です？」

「サンドンにある教会の牧師だ」

「サンドンのゴルフ場ですか？」

「ああ」

「どこにあるんでしょう？」

「ここから一マイル余り先のサンドンの郊外だ」

「どちら側ですか？」

「スウィンドン通りを左だ。教会の横の脇道を入る」

「すると帰宅途中にクロームハウスの前を通りますね？」

「かもしれんな」

「通られたんですか？」

「ああ、通った。それがどうした？」

「誰かに会いましたか？」

「いや、会わなかった！」

「クロームハウスに寄らなかったんですね？」

「言っただろう、入ったことなどない！」

「ミスター・エクスターも見なかった」

「そうだ」

「なぜ、そんなに遅くなったんです？」

「さあ。ウィテカーと話していたんだ。いいか、ミスター・フリント、気づいてないかもしれんが、実に不愉快なやり方だ。わたしがあの男を殺したと思うなら、なぜさっさとそう言わんのだ？」

「そんなことを言った覚えはありませんが」

「言わんでもわかる。きみの思惑は極めて明白だ。あの日の午後、わたしの車がクロームハウスの前を通り過ぎたのをどこかで嗅ぎつけて、きみのところの若造を絞首刑から助けようとしているのだろう！」

「誓ってわたしは――」

「誓ってもらってたまるか！」大佐が言う。「きみがここに来た理由は完全に理解している」彼の攻撃にフリントはひるみ、攻撃的な相手に気づかれないよう望んだ。「いいか、うちの中を嗅ぎまわられたり、使用人に何か吹きこんで厄介事を起こされては困る。そこまで言うなら、最後まで教えてやろう。わたしの車で一緒にこれからウィテカーに会いにいって、あの日の午後、わたしとずっと一緒にいたと彼の口から聞くといい、そうすればきみは満足だろう！　さあ。いや、断っても無駄だ。きみは警察ではない、きみがどう思おうとも、国じゅうを飛び回って好き勝手に他人の人格を壊すことはできない。わたしがどこにいたか証明する機会を与えてくれないのなら、侮辱罪で刑務所に入れるぞ！」

大佐のアリバイ（それがアリバイだとすればの話だが）は、大佐の助けなしで調査したいとフリントは心から望んでいた。だが実際にはフリントは大佐に従った。すぐさま決着をつけたいという熱意に従ったのだ。そして、刑務所に入れられはしないだろうが、大佐はすぐにでも警察に通報できるし、付近に近寄るな、と命じられるのも厄介だった。だから大佐の主張を受け入れ、気づいたら大佐の車でサンドンに急いで向かっていた。思惑どおりになった大佐は多少なりとも心が和らいだらしく、移動中ずっと途切れることなくしゃべり続けた。

「あなたはレディー・ワイの友人でしたね？」しばらくしてフリントが割り込んだ。

「なんだってそれを知っているんだ？」

フリントは情報源について説明した。

「きみって奴は！　わたしをでっち上げ話に陥れたいのかい、フリント。いまのところきみはいい仕事をしている。こういう所だとたちまち騒動が持ち上がる。さあ着いた。ウィテカーがいるといいが。もっともきみは彼がいないほうがいいんだろう？」

「事がはっきりすれば満足です」大佐とレディー・ワイの関係が実際はどうだったか思案しながらフリントは言った。

ウィテカー牧師は家にいた。陽気な気質の小柄で温厚な牧師だが、記憶はいくぶんはっきりしない。

ヴィーシー大佐はフリントを、警察の手先で、サー・ハリー・ワイの殺人事件の罪を負わせるために来た、と乱暴に紹介したので牧師はうろたえた。小柄なミスター・ウィテカーは容疑をかけられると考えただけで身震いして、責任の重さに頭が混乱してしまい、五月十三日の午後に何をしていたか思い出せないようだった。

「覚えていないのかい?」大佐が大声で食い下がる。「七番ティーで忌々しいウサギが飛び出してきて、わたしは右にスライスして茂みに打ち込んだじゃないか?」

「ああ、そうだ、確かに」ウィテカーが言う。「もちろん、覚えていますとも」彼はフリントに神経質そうに微笑んだ。「そのとおりです、ミスター・フリント。大佐はティーショットをひどくスライスして、それはひどいものでした。そうです」

「それは何日でしたか、ミスター・ウィテカー?」フリントが尋ねる。

「ええと、そうですね、確かサー・ハリーが殺された日です、さっき言いましたね、ヴィーシー?あれは五月十三日だったか?　それとも十四日だったかな?」

「はっきりしないんですか?」

ミスター・ウィテカーは大佐ににらまれて、結局、確かだと応えた。「それは十三日――そう、五月十三日です、はい」

「ラウンドにずいぶん時間がかかったんですね?」フリントが尋ねる。「通常より、という意味ですが」

「どうでしょう、わたしにはなんともわかりません。ずいぶんかかったと言いますと?」

「彼が言いたいのは」ヴィーシー大佐が不愉快そうに口を挟む。「わたしが予定より三十分遅く帰宅したということさ。十七番グリーンで腕時計を見て、わたしがどこにいるのかと娘たちが心配してるだろう、と言ったのを覚えていないか？　家族で〈ザ・ストラザーズ〉に行く予定だった」

「〈ザ・ストラザーズ〉、ああ、そうだ。確かに」ミスター・ウィテカーは言った。「それにちゃんと行ったんでしょう？　とても楽しかったと聞いています」

「それがいつだったか覚えていますか？　何日か、という意味ですが？」

「さあ、同じ日だったかな？　わたしはヴィーシー大佐とプレーして、彼が遅れそうだ、と言ったんだ。だから同じ日に決まってます」

「ヴィーシー大佐と別れたのは何時ですか？」

この質問は難しかったようだが、ついにミスター・ウィテカーは言った。「四時十五分前くらいだったはずです」牧師は急がないと次の約束に遅れそうになり、お茶の時間がほとんどとれなかったのを思い出した。「うちの家政婦も証言できますよ」小柄な牧師は言った。明らかに逮捕の恐怖に震えている。「ただ、あいにく家政婦は、妹さんの看病で今日はお休みなんです。妹さんの家はここから二十マイル先で」

「ご心配には及びません」フリントは牧師を安心させずにはいられなかった。「ありがとうございました、ミスター・ウィテカー」

「さて、これで満足かい？」大佐がフリントに言った。「家に戻って一杯どうかね？　それとも駅まで送ろうか？」

「ご親切にどうも」フリントは言い、質問をはぐらかした。「でもお時間をいただくのは申し訳ない。帰りの列車に乗る前に村で二、三すませておくことがありますから」

ヴィーシー大佐は不審そうにフリントを見た。明らかに大佐は、この目障りなよそ者が近所から問題なく出ていくのを見届けたいらしい。だが、少しためらった後に、大佐は何も言わないと決めたらしく、別れの印にうなずいて車で走り去った。大佐のそっけない態度もこの状況ではもっともだとフリントは思った。

ひとりになったフリントは、乗車時間まで一時間半あったので、ヴィーシー大佐の人物像についてさらなる情報を集めようと思った。

〈ベイカーズ・アームズ〉というバーの常連客に言わせれば、大佐はとにかく短気らしい。金離れがいいのは確かだが、人を見るとすぐつっかかってくる。それに大佐の飼っているあの凶暴なイヌ、暗くなって大佐の家に行ったら、命の保証の有無はイヌ次第だ。大佐が近所とうまくやっているかだって？　そうだな、あんたはどう思う？　近所がいれば、の話だな。大佐の家の周り二十マイルはどこもかしこも荒地、荒地、荒地さ。

「あんたの友達なのか、えっ？」訊き込みの対象者は興味津々の眼差しで見つめるので、大佐との利害関係は否定するに限るとフリントは思った。駅に戻り列車に乗ったフリントはマデレン・エクスターの顔を思いだして、心が乱れた。

18　「正直な話どうなんだ、ミスター・コールドウェル？――」

「するとヴィーシー大佐が真犯人だときみは考え始めているんだね」アンダーウッドが言う。フリントたちはミスター・オルコックの調査で北部へ車を走らせていて、同乗するジョンソンは蝶ネクタイ姿で上品に微笑んでいる。

「そこまでは言わない。言えるのは、彼の様子もアリバイもとても胡散臭いということだ。彼はヘビのように話題をするりとかわすし、文字どおり、言うべきことを人に授ける（サムエル記十四章三節）。もちろん、他意はないのかもしれない。数か月前の特定の一日に何をしていたかなんて、覚えていろと言われなければ、記憶するのはとても難しいだろう。だからといって、ミスター・ヴィテカーが嘘をついているというわけじゃない。だが心理学者なら、これは暗示の典型的な例だと言うだろう。ヴィーシー大佐が容疑者、それはいい、ぼくが気になるのは、大佐に殺意があったのなら、なぜもっと前にサー・ハリーを撃たなかったのか、ということだ。こんなに待ったのはなぜなんだ？」

「なぜだろうな、ぼくたちの知らない何か理由があるんだろう」アンダーウッドが珍しくはっきりと言った。「とにかく、真犯人が大佐なら、年配のデルリオやA・Jを充分打ち負かせるということか？」

「ああ。それに少し考えれば、事件当日近くにいたデルリオがサー・ハリーを撃った理由が、われわれにはわかる。知る限り、デルリオもヴィーシーも敵ではなく、同類だ。そして盗みについても判明するかもしれないが、あのふたりがしたという証拠はない。もしヴィーシーがサー・ハリーを殺したのなら、おそらくデルリオが覆面の男と言っていいだろう。つまり、書類の中から新たな事柄が見つからない限りは」フリントは言った。

「そう悪くないよ、ここまでうまくやったほうさ。きみがいくばくかの知性を使えば、日曜版のゴシップ欄のような暮らしをするのに充分だ。だがＡ・Ｊやデルリオについては、きみが知っている情報しかない。デルリオと言えば、アンスティーが持っていた彼の写真にぼくの叔父がひどく興奮したって伝えたかな？　叔父のひらめきにみんなが納得するかはわからない。それにしても祖父の時代にはあんな厄介なフラッシュで写真が撮られていたのかな。とにかく叔父は写真を持ってロンドン警視庁《スコットランドヤード》に駆け込んで、ひどく騒ぎ立てたんだ」

「叔父さんはこの人物が誰だか知ってるのか？」

「話してくれないんだ。確かに警察でも、ある人物が浮上している。サー・ハリーの遺品を集め、アンスティーからさらに話を聞き出すべく、署員を派遣している」

「確かアンスティーはデルリオを調べているはずだったね？」

「さあ。日曜日以来、何も聞いていないから。まったく、なんてことだ！」

「ああ、確かに。レイチェスターに着いたら何をする？」

「事務所で話を聞こう。ぼくが——正確にはジョンソンが電報で面会の約束をとりつけているし、口火を切るための話題も用意している。様子を探って、彼が真犯人か確かめよう、もしそうなら、彼から真相を聞き出せるか試してみよう」

「われわれ全員でやるのかい?」

「いや、きみとぼくとで。ジョンソンは玄関で待機して事務職員から話を聞き出す手はずだ。これはジョンソンの案なんだ。彼はどうすれば見つけられるか、その術を知っているからな——それがどういうものかぼくには正確にはわからないが。とにかく、オルコックが手の内を見せるまで手加減しないと決めている。だから所長のオルコックに相当なおべっかを使っても驚かないでくれ、それに驚いてしかめっ面して裏切るのもなしだ」

ミスター・オルコックが真犯人にせよ、どのみち彼は人間としての魅力に欠けた人物だ。脂ぎってひとりよがりで感情的、たとえレディー・ワイのような愚かな女性でも、わざわざ厄介事を頼まなかったはずだ。フリントは彼を生理的に好きになれなかった。アンダーウッドがウインクやしかめ面など表情を駆使して概要を長々と説明した後に、ミセス・ワイの複雑な婚姻関係について話し、オルコックの助手に話を訊きたい、とあからさまに言ったが、オルコックは最低限の話しかしなかった。フリントはアンダーウッドの発想に感心したものの、話が自分のことにも及び始めると、仕方ないと思いつつもいい気持ちはしなかった。いつものことだが、アンダーウッドの語り口がこんなに気取っていなければいいのに、と感じた。でもフリントが困惑すればするほど、アンダーウッドの嘘がまことしやかに聞こえるのだろう、これはこれでいい、とフリントは自分を慰めた。

不快な対話が何時間も繰り広げられたように思えた後、ノックの音がして、メモを手に職員が入ってきた。「連れの方がお帰りになるそうです」職員はアンダーウッドに言った。「このメモを渡すよう頼まれました」

「ありがとう、すまない」アンダーウッドは言い、メモを開いた。「なるほど」アンダーウッドは職員がドアを閉めるのを待った。「まことに残念ですが、早急に話す必要があります。とにかく、解決にあたって必要なのは、あと一つです。あなたがレディー・ワイのために作成した遺言書はどこにあるのですか？」

「何と言いました？」オルコックの声はかすかに冷淡な驚きを含んでいたが、テーブルの右側に座っているフリントは、彼が両手をきつく握っていることに気づいた。彼はアンダーウッドに先を続けるよう促した。

「よろしいですか」アンダーウッドが答える。「ここで遺言書が作成されたことは疑いようもない。あなたはその経緯を話してくれるはずです。さあ！」

「何を言っているのかさっぱりわからない」デスクの男が答える。「これ以上おかしなことを言うなら、ここから出ていってもらう！」男は呼び鈴に手を伸ばした。

「おい、それに触るな」アンダーウッドが言う。「はったりだと思っているのか。そうじゃない。遺言書についてはすっかりわかっているんだ。お互い時間を省こう、ただちにあなたがこの通告に応じたら、の話だ。なあ、レディー・ワイのようなおしゃべりなおばあさんが黙っていると思うか？　なぜきみと優秀な同僚は彼女の書状を保管していなかったんだ？　言っておくが、ぼくは全容をつかんでいる。知りたいのは、遺言書に何をしたか、だ。いや、ダメだ」アンダーウッドが持っている紙をオルコックがひったくろうとした。「じっとしてろ」

「何の話だか見当がつかない」オルコックは言ったが、嘘をついているのはフリントの目にも明らかだった。「よければこのまま帰ってくれ、さもないと警察に電話するぞ。それに武器を持っていると警告しておくよ」彼が仰々しく開けた引き出しには、安っぽい小さな拳銃が入っていた。

「確かに。仕事に則っているのだろう。だがきみは電話を受ける前からぼくについて聞き及んでいただろう。ぼくは武装していないし、きみは言うことを聞いたほうが身のためだ。きみはレディー・ワイのために遺言書を作成した。われわれが知っている内容で。きみは彼女にダーガンと自己紹介したが、きみの友人の不注意からきみの本名を彼女は知った。そして友人に伝えた。住まいを探すのには少々骨が折れたが、たまたまある人が覚えていた。それでぼくたちはこうして来られたんだ。知りたいのは、遺言書がどこにあるのか、だ。正直な話どうなんだ、ミスター・コールドウェル?」

フリントは最後の言葉に驚いたが、ミスター・オルコックもといミスター・コールドウェルは驚かなかった。アンダーウッドの説明の間、彼は次第に正気をとり戻していたが、まったくの予想外だったようだ。それが何を意味するかフリントにはもちろん知る由もないが、コールドウェルは立ち上がった。彼の息は荒くなり、口を開けたままアンダーウッドを見つめながら座り直し、頬からゆっくり血の気が引いていった。

「警察は入れるなとぼくが助言した理由がわかったようだな」アンダーウッドが続ける。「さっきも言ったが、きみがおかしなことを考えても、一緒に来たうちの職員がきみの名前を知っているし、それ以上のことを知っている。ぼくがここから出られなくなったら彼は時間を無駄にはしないだろう。一緒に昼食をとる予定だから、ぼくが現れなければ、彼は何をすべきか知っている」

「何を言ってるんだ」オルコックが繰り返す。「ぼくのことを何と呼ぼうと、警察など怖くはない。彼らはぼくのことを知っているからな。彼らはきみの職員の言うことなど信じないだろう」

「そうかい?　じゃあ、レスターの宅配業者はどうだ?　彼らには写しが必要なんじゃないか?　彼らから愉快な話が聞けたそうなんだが、どう思う?　さあ、どうなんだ。ぼくがほしい物を宅配業者が見つけるまで、ぼくはやめないぞ」

「何なんだ？」

「言ったろう、きみが作成した遺言書はどこにある？」

「遺言書など作成したことはない」

「まったく、あんたって奴は。あんたが作成したのはみんなわかっているんだよ！　すべて終わった話だ。われわれはそれがいまどこにあるか知りたいんだ。警察へ電話させたいのか？」

「それはあんたにとってどんな価値があるんだ？」彼は当初の態度にまたも戻ってアンダーウッドを見上げた。

「半ペニーの価値もないさ、ぼくが宅配業者に出向く必要がなくなる以外はね——きみが嘘をついていなければ。それじゃ、きみにはどんな価値があるんだ？」

「本当にきみは行かないのか？　それとも——別の誰かが？」

「そう思いたければ」

「記録するのか？」

「馬鹿言うな、急げ。言っておくが、ジョンソンは宅配業者の事務所に一時半には着くぞ、ぼくが何も言わなければ」

「その——ワイが持っていたはずだ。彼が破棄したと期待しているが、尋ねたことはない。ぼくには関係ないからな。それで気が済むのか？」オルコックが言う。

「副本は？」アンダーウッドが手帳に走り書きしながら尋ねる。「作成しただろう？」

「ああ」

「確かだな？」

「そうだ」

「ランバートとクレリーだ。うちの職員だよ。もう退職している」

「証人は誰だ？」

「彼らの住まいは？」

「お望みならふたりの住所を教えるよ。だが出向いても何も得られないだろう。あれが何なのか彼らは知らない」

「とにかく彼らをつかまえよう。日付はいつなんだ？」

「一九四二年一月。日にちは覚えていない」

「わかった。ふたりの住所を調べている間、フリント、これに目を通しておいて、これが正しいか確認してくれ」アンダーウッドが言い、オルコックの回答を記した手帳を手渡した。「気をつけろ、ジョンソンがぼくたちを待っている。裏切りはなしだ」

オルコックは出ていき、何件かの住所が載った書類を手に、数分で戻ってきた。

「あと一つ質問だ」アンダーウッドが言う。「なぜもっと前に、ぼくたちが広告を出した時に、事実を教えてくれなかったんだ？　きみにはどうということもないのに」

オルコックはフリントには理解しがたい表情をしてアンダーウッドを見た。

「きみが知らないのなら、わかるはずもない」彼は言った。「きみが行って見つけてこいよ。そこまで面倒はみられない」

「ああ、もっともだ」アンダーウッドは興味深そうに彼を見つめた。「だがあんたも同類だと言わせてもらうよ」

「ぼくは違う」なおも血色の悪いオルコックは強く頭を振った。「それはきみ自身でやるべきことだ。それにぼくから言い出したらおかしいだろう。きみを用心する必要があった、どうしても。きみは何が待っているか知らないんだ」

「どうもおあいにくさま。ぼくはすでに知っている。だからロンドンに来て話してくれ」アンダーウッドが促す。

「いや、そのつもりはない。そのうちいつか話すかもしれない。つまり、きみがぼくを裏切らなければ」

「ぼくたちは決して裏切らないし、宅配業者も枕を高くして眠れるだろう。行こう、フリント、さもないとジョンソンを見失ってしまう。気が変わったら、いつでも教えてくれ」そしてアンダーウッドは自分の車に向かいながら、どうしても我慢できず、思い切り吹き出した。「もっと図太い神経を神から授かっていたら、ぼくはペテン師になれたのに」アンダーウッドは言った。「いままであんなに圧倒された奴を見たことがあるかい？」

「宅配業者にどう言うつもりだったんだい？」フリントが尋ねる
「知るもんか！　名前しか知らなかったんだ。さあ」彼はフリントに面会の始めに手に入れたメモを渡した。

「オルコックの本当の名はコールドウェルだ」話は続く。「何年か前、窃盗の疑いのあるケースでぼくはコヴェントリーで彼を見かけた。裁判にはならなかったが、非常に疑わしかったと思っている。この情報はきみの役にも立つかもしれないな」

「正直な話どうなんだ、ミスター・コールドウェル？——」

「すると、きみのはったりに気づいたら、話は進展しなかったのか？」

「そうだ。たいした影響はないだろうがね。ぼくが知りたかったのは、どこで彼が遺言書を作成したのかだった。そして彼が作ったとわかったので、その瞬間からお芝居を始めたのさ。きみも見たろう。あとはすべてでまかせだ。だが彼を怖がらせようとするのを止められなかった。結局、警察を引き入れずに、さらにいい情報を得られた。彼は明るみに出ることも怖れたんだよ」

「レディー・ワイが彼の本名を知っていたと、どうして気づいたんだい？　知らないとばかり思っていた」

「彼女は知らないよ、少なくともぼくの知る限り。ああ言ったほうが説得力があると思ったんだ」アンダーウッドは言った。「やあ、ジョンソン。さあ昼食と会話を楽しむ時間だ」

ジョンソンはアンダーウッドたちの面談の成果に品よく興味を示しつつ、真新しい情報を提供してくれた。「それは一九一三年でした」彼は言った。「コールドウェルは当時弁護士事務所に勤務していました。そこに金庫強盗が入り、従業員の半数が殺され、コールドウェルは共謀の罪に問われました。わたしは審問で彼を見て、やったに違いないと思っています。ですが強盗はつかまらず、彼を裁判にかける充分な証拠も見つかりませんでした。ぼくは今日、すぐに彼だとわかりました。めったに顔は忘れません。その後どうしていたのか気にかけていませんでしたが、彼は何かをしたと思えてなりません」

「どうしてあんなに謎めいているのだと思う？」フリントが尋ねる。

「ああ、それは簡単なことです。誰かもうひとりいるんです。暴露されるのを死ぬほど恐れている何者かが。われわれが彼と会って、すばらしい小柄なペテン師は知っていることをすべて話してくれましたが、もうひとりのペテン師は一ペニーの価値のあることすら打ち明けませんでした。痛い目に遭うぞ、とぼくたちに冷淡な警告までしたんです。だからその男が誰であれ、手ごわい相手に違いありません」

「ああ、誰のことだい？」フリントは容疑者のすべてを頭に入れようとした。

「じゃあ、家に戻るまで答えは待ってくれ。ジョンソンのコールドウェルの記録を見れば、何かわかるかもしれない。さあ、出発しよう。一日ではとうてい終わらないだろう」

その後、夕食時にロンドンに着き、ジョンソンをガーデン・サバーブの自宅に送り、それからアンダーウッドの事務所に向かった。その時、歩道を厳めしく歩くオリヴィエ・ド・ベルローを見つけて驚いた。

「やあ、オリヴィエ！」アンダーウッドが彼を呼び止める。「きみのためにいい仕事をしてきたよ。元気を出してくれ。何かあったのかい？　きみが父親を殺していないことはっきりしたんじゃなかったのかい？」

「アンスティーの居場所を知ってるかい？」オリヴィエがぶっきらぼうに話しかける。

「知らないな。部屋にいないのかい？」

「ああ、月曜からいない。身一つで姿を消した。夕食には戻ると言ってそれきり戻っていない。アリソンは昨夜彼と食事をする予定だったんだが、戻らなかったんだ。それで今朝になって彼の部屋の女主人がアリソンのところに来た。朝からきみをずっと探していたんだよ。彼はどこにいると思う？」

「おそらく慌てて家に帰ったんだろ。誰にも知られないように。心配なのかい？」

「彼は帰ったりしない。家から電報が届いているんだ」オリヴィエが言う。「女主人が出かけた後に届いた。どういうことだ、少し妙だろ。さあ、フリント、きみの代わりに調べてくれていたアリソンが待ってます。彼女のところで話を聞きませんか？」

19 「無事かどうかは後回しだ」

　フリントの部屋でその日の夕方に開かれた会合は、いままでのものとはかなり違っていた。簡潔に言えば、ヴィーシー大佐やオルコック・コールドウェルに関する調査結果の報告だったが、問題解決への道筋となる討論はほとんどなかった。アンスティーの失踪ですべて色褪せてしまったのだ。

　とりあえず驚いたり心配したりする要素はないようだった。アンスティーが最後に目撃されたのは月曜、そしていまは木曜の夕暮れだ。三日と半日は、健康で快活な若い船員の姿が見当たらない期間として深刻なほど長いとは思えない。アンダーウッドは、なかなか予定どおりに物事が進まず、車で着いた時にはいい食事にありつきたいと思っていたが、代わりにフリントの部屋でありあわせでなんとか我慢した。またしても、当てが外れそうだった。だがアリソンもアンスティーの大家の女性も、何も聞かされていなかった。

「どうにも馬鹿げている」アンダーウッドが不平を言う。「ある人を二日ほど見かけないからといって、迷子みたいに町の触れ役《タウン・クライヤー》（布告を町に触れまわる町役人）に告げてもらうのか！　アンスティーは一人前の男だ。それに、一週間ほどヨーロッパ大陸に行ってくるのを伝えそびれるのも、そこつ者ならよくあることだろう。」

「お言葉ですが」大家の女性が恭しく口を挟んだ。「ミスター・アンスティーは決してそのようなことはなさいませんでした。ミスター・アンスティーは本当に紳士で、必要以上に面倒をかけません。断りなしに外出なさらないでください、と頼んでからは。というのもわたしは、誰と何をしているか知らないと気が気でなくて。彼は、一晩だけでも外泊した時は翌日には報告してくれました。家族が死んだのでもない限り、お金に余裕がなければ電報は打たないでください、と頼みました。でも彼は決してペニーにこだわらず、もっとも、正確に言うならいまはシリングですが、夜遊びをして帰ってくる時に部屋を探さなくていいのは数シリングの価値がある、とミスター・アンスティーは冗談めかして言っていました。つまり、わたしがそう強いたわけではなく、何年もの間、そうなんです。ですが夜間開催のボートレースにはまって警察沙汰になった時は、助けを求めてくれればよかったのにと思いました。彼は借金をきちんと始末したから深刻なことにはならなかった、と話してくれました。けれどもやはり恐ろしいのは、真夜中に通りから階段を上がって玄関の戸を叩かれることです。ミスター・アンスティーがどう思っていたかわかりませんが、それには驚かされたものです。でも、酒に酔ってのことなら覚えているはずです、翌日すべての新聞に写真入りで載りますので。無断で三日もいなくなるような人ではありません。彼の家族もそうです、ご存じのとおり彼はとても母親想いの青年ですから。きっと何か悪いことが起きたんです。最近よく起きている事件で命を落としたのでは、と考えてしまって！」

「まさか」アンダーウッドが言う。「もし事件ならすでに発見されているはずだ。彼は船員だから書き置きなしで出かけるんじゃないか。ぼくは事件に巻き込まれた可能性などみじんもないと思うがね、どうだい、フリント？」

「事件だとは思わないなあ」フリントがゆっくり言う。そのためらいをアリソンがのがさず責める。

「でもまずい状態だとは認めるでしょう？　ねえ、大げさにするつもりはないけど、何か起きたのは確かだわ。ほら――馬鹿だと思わないでね――アンスティーと水曜の夜に夕食をとる約束をしていたの。彼は特別な夜にしてくれようとしていた。前に〈ケトナーズ〉（一八六〇年代にロンドンのソーホーのロミリー通りに開店したレストラン。ソーホーに初めてできた外国料理の店といわれ、オスカー・ワイルドが頻繁に通った）に行って、彼のお気に入りの場所でダンスをしようとしたけど、うまくいかなくて、アンスティーはずいぶん不満そうだった。だから次の機会を待っていたはずなの。それにアンスティーが自由の身なら、なぜ電話してこないの？　わたしの居場所はいつだって知ってるわ、わたしを迎えにくる時のために。彼が全然来ないのでわたしはひどくいらいらしてたんだけど、次第に何かあったに違いないと思うようになった。そうしたらミセス・ブーディが翌日来たのよ」

「手紙を見ていいと言われているものですから」大家のミセス・ブーディが補足する。「電報が来た時、気の毒なアンスティーの母親を不用意に怖がらせたくなかったんです」

「わたしが何を恐れているかわかるでしょう」アリソンが続ける。「日曜日にリッチモンドで、デルリオをつかまえる計画が整った、とひどく興奮していた――思うに、失敗して笑われるのを彼は恐れていたのね――でもきっとうまくいく、と彼はやけに自信満々だった。実際、水曜日の予定も、そのためだった。ディナーの最中に、すばらしい話を聞かせる、と彼は言っていた。あなたも日曜日の夕食の時の彼を見たでしょう、オリヴィエ。自信たっぷりだったじゃない？」

「確かにそうだった」オリヴィエが言う。「でも彼は新たな計画については一言も話さなかった。前にデルリオを見かけたクラブに行くつもりだ、と考えていたようだが。以前シドニーにひどく焚きつけられたから、ひとりで成果を上げるつもりだったのだろう。きみはアンスティーがデルリオを見つけたと思ってるんだろう？」

「それこそ恐れていることなの。だって、デルリオがアンスティーの言うとおりの人物で、サー・ハリーにも関係があるなら、アンスティーに首を突っ込まれるのがなによりも嫌なはずよ。それにデルリオなら、望めばアンスティーを厄介払いするのなんて簡単よ。最後にアンスティーを見たのは、デルリオを探しにいく時だった。それ以来、誰も彼を見ていない。だから気が気じゃないのよ」

「デルリオの件についてはアンスティーから少し聞いた」アンダーウッドが言う。「それで彼に馬鹿な真似はやめてデルリオを告発しろと言ったんだ。だってわれわれの調査について刑事裁判所に知られたくないだろう。まったく！　そんなことになったらどうすればいいんだ？」

「どういうこと？」

「アンスティーが警察と揉めて捕まって、偽名を使っていたら。その可能性がないとは言えない。誰かと揉めて、その痕跡を残していないかもしれない。アンスティーは窮地に陥っているんじゃないか」

「もしそうなら、誰かが出してあげないと。偽名で捕まっていても見つけられる？」

「アリソン、ぼくにできるかって？　ロンドンには刑事裁判所がごまんとあって、アンスティーが刑務所に入ってどんな偽名を使っているかなんてわれわれにはわからない。数週間はかかるだろうな」

アンダーウッドはすぐさま持論を展開させた。

「ねえ、とにかく探さないと！」

「どうやって、いまから？」

「いいでしょう？」

「まずはヴァイン通りやボウ通りを当たるのがいいかもしれない」フリントが提案する。「デルリオに似た何者かを追って、アンスティーが警察に捕まったと思っているのなら。彼はデルリオをピカデリーで探そうとしていた。アンスティーの身に何か起きている可能性が高い。ここ数日のうちになら、発見の糸口はあるはずだ。すぐに調べたほうがいいんじゃないか、アンダーウッド？　きみは誰よりもこういうのが得意じゃないか」

「ああ、そのとおりだ」アンダーウッドは言い、腰を上げた。「きちんとしたディナーにあずかることが許されないのなら、ぼくだってどこかの警察署に厄介になっているかもしれない。アンスティーが探しに行ったクラブを誰か覚えているかい？　行けば、彼がそこに来たのかわかるかもしれない。期待はできないけど」

「〈ザ・ベルヴァディアール〉よ、ピカデリーの」アリソンが言う。「頼むわ、シドニー。何か大変なことになっていると思うの。どこか変だと思わない？」彼女がフリントに訊く。「アンスティーが何も言わないで、こんな風にいなくなるなんて信じられない」

　気の荒い船員というのは、真偽のほどはどうであれ大嫌いな奴《ベト・ノワール》に会うし、ひどく軽々と、それこそ外国まですぐに追いかけていく、というのがフリントの個人的な見解だが、アリソンとミセス・ブーディは、もし彼がそうであっても、いままでなら、何かしらの連絡を寄こしてきた、と断固として主張した。それに、追跡に夢中になっているとはいえ、丸三日もの間、電報の一本も送れないのはおかしい、とフリントも認めざるを得なかった。それに、あることを思い出し、彼は言葉にはしなかったが、ひどく心配になってきた。ヴィーシー大佐と二回目に話した時、フリントが何気なくアンスティーの名を出すと、大佐はすぐさま怪しげな態度になった。望み薄ではあるがヴィーシー大佐がデルリオだとすると、敵が再びイングランドに戻ったという知らせに大佐は触発され、町に行ってただちに相手を殺すのではないか？　ありそうもないが、まったくないとも言えないし、フリントにも責任の一端はありそうだ。陽気な若者を危険な目に引き入れる意図は少しもなかったが、そのせいで失踪を巡る率直な話し合いの中に入れなかった。アンダーウッドを待っている間、フリントは数日前のマデレンとの奇妙な面会について話した。皆は興味を持ってくれたが、オリヴィエもアリソンもそれについての問題を解明できなかった。

「きみのことを詐欺師だと彼女は本気で思っていたようです」フリントがオリヴィエに言うと、オリヴィエは首を横に振った。

「手紙の後はそうは思わなかったはずです。知っていることをすべて手紙に書きました。家や、家の中の様子、母について、小さい頃アリソンと一緒に遊んだゲームについて」

「彼女はみんな忘れてしまったのかもしれません。それに、きみがオリヴィエに成り代わっているとすれば、オリヴィエが死ぬ前に聞き出せた内容です」

「ああ言えばこう言うんですね。でもなぜ彼女がぼくを疑うんです？　死亡と報告されても見つかった人は大勢いる。なぜ彼女は死亡説を信じ込むんだろう？」

「彼女が遺産をひとり占めしたかったからよ」アリソンが言う。「感傷的になっても仕方ないわ、オリヴィエ。もしあなたが死亡していたら彼女は倍の遺産を手に入れられる。もしもあなたに関して充分信じられる情報でないのなら――」

「そうだとしても」オリヴィエが唸る。「それでも、急いであんなことをぼくに言う必要はなかった」実に苦々しげに言った。

ようやく戻ってきたアンダーウッドの顔を見たとたん、深刻な事態が見る者に伝わった。

「それで？」

「彼はヴァイン通りやボウ通りに行った痕跡はなかった。彼らしき人物の目撃情報はない。だがその様子が実に気に入らないんだ」

「彼に何があったの？　さあ早く！」とアリソン。ミセス・ブーディが両手の指を組み合わせる。

「ぼくにもわからないんだが、知っていることだけ話すよ。ヴァイン通りでの訊き込みは無駄骨だった。それでピカデリー伝いに戻ってハミルトン・プレイスの下にいた警官に訊いた。アンスティーを見かけなかったかと思ったんだ。だって〈ザ・ベルヴァディアール〉の目と鼻の先だから。警官は彼を見ていたよ。月曜の夜、六時半からの勤務についていた時、〈ザ・ベルヴァディアール〉の入口をうろつく若い男性を見たと話してくれた。目に留めた警官は何をしているのだろうと思い、任務交代の際に部下に男から目を離さないよう指示した。そして部下が監視していると、アンスティーはうろついて、入口に向かう者全員を見ていた。三十分ほど経って、こいつは一晩中ここにいるつもりか、と警官が思った時、〈ザ・ベルヴァディアール〉のボーイが階段を下りてきて、手招きした。ふたりは三十秒ほど話すと、アンスティーは階段を下りてピカデリー方向へ歩いていった。それが警官が彼を見た最後だ。だからぼくは〈ザ・ベルヴァディアール〉のポーターを探してアンスティーの行き先を尋ねた。午後四時頃現れて、ミスター・デルリオに会いたい、と言ったアンスティーを、ポーターはよく覚えていたよ。うちのクラブにそういう名の会員はいないし、そういう名の来客もない、と伝えた。だが、数日前に彼が出てくるのを見た、とアンスティーが食い下がってあきらめないので、ボーイは先週の来訪者名簿を見せた。もちろん、そこにデルリオの名はない。だがアンスティーは満足できない様子で、警官の言うように、デルリオを探して三時間ほどうろついていた。ボーイが二、三度、外を見た時には、アンスティーは常に五十ヤード以内にいたが、何もしていなかったそうだ。わが友人の見るからにパブリックスクール出身の外見をもってしても、彼はヴァイン通りであきらめてもよかったはずだ。ボーイは英国紳士たちに干渉しないほうだが、怪しがる連中もいたのではないだろうか。七時頃クラブの電話が鳴った。電話の向こうの声は名乗らずボーイに『ミスター・アンスティーという男がデルリオという人物について尋ねて来るかもしれないが、来たら、八時十分過ぎに地下鉄の大英博物館駅に来るよう伝えてくれ』と言った。そこでミスター・デルリオか友人がアンスティーと会うとのことだった。ボーイがそう伝えると、アンスティーは礼を言ってピカデリーに向かった。ボーイから聞いたアンスティーの態度や様子からすると、彼はとても嬉しそうだったそうだ。それがアンスティーを見かけた最後になった。おそらく午後八時十分に彼は大英博物館駅に行った。その後の足取りはつかめなかった」

　フリントたちは不安そうに互いの顔を見合わせた。その知らせにアリソンは恐れおののいていた。

「ボーイは相手が誰なのか知っていたのかな?」フリントが言う。「電話をかけてきた人物のことだよ」

「訊いてみたが、知らなかったそうだ。だが、聞き覚えはあるようだった。もっともクラブには大勢会員がいて、ボーイは勤めて間がないから、会員の声は聞き分けられないだろう。もしまた同じ声を聞いたり、アンスティーが姿を見せたりしたら、すぐに連絡をくれ、としっかり頼んでおいたよ。もっとも連絡がなければ何の助けにもならないが」

「それに三日前のことでしょう!」アリソンがうろたえる。「何か起きたに違いないわ。どうしたらいいのかしら?」

「ぼくたちにできることはあまりない」アンダーウッドが言う。「ひとりは大英博物館駅に行って、アンスティーに気づいた人がいないか、連れがいなかったかを調べよう。彼が列車で移動していたら、切符係が彼を覚えているかもしれない。八時十五分はさほど忙しい時間帯ではないからね。行ってみようかと思ったが、様子を先に伝えたほうがいい、と思って。もし切符を買っていなかったら、残念ながら袋小路だ。あと、彼がニュー・オックスフォード通りで目撃された可能性も低い。ともかくロンドン警視庁に届け出て、おそらく広告も出したほうがいい。誰かアンスティーの写真を持っていないか？」

「うってつけの写真が彼の部屋にありますよ」とミセス・ブーティが言う。「制服姿です。彼のお母様が以前、来られた時に持ってきました」

「ううむ。制服姿とは残念だ。人は服に左右されますから。地下鉄に行く人は途中で写真を手に入れたほうがいい。何時だ？　十一時？　勤務時間中に切符係をつかまえられるかもしれない」

「ぼくが行くよ」オリヴィエが志願した。「ぼくの番だ。でもロンドン警視庁はどうする？　もしぼくが何も見つけられなかった場合は？　警視庁が話を聞いてくれるかどうか」

「ぼくが警視庁に行こう、まだ間に合うようなら。三日も経っているんだ、あと十二時間遅くなってもたいした違いはない。あれ、待てよ――切符係に会ったらここに電話してくれ、もしうまくいったら、その次に進もう。結局、必要ないかもしれないけど、今後のために新聞の一つや二つに目を通すべきだろう」とアンダーウッドが言い、焦れているフリントに目配せした。「急いだほうがいい、オリヴィエ。誰かがアリソンを家まで送るよ」

「オリヴィエと一緒に行くわ」アリソンが言う。「ピーターについて何か見つかるかもしれないのにおちおち家になど帰れるものですか。ある意味わたしたちのせいだもの——あんな危険な男を彼ひとりにまかせるんじゃなかった、どうしているのか心配でたまらない！」

「無事かどうかは後回しだ」というのが、ミセス・ブーディと共に家を出る時のオリヴィエの心からの言葉だった。

アンダーウッドとふたりきりになり、オリヴィエの別れ際の言葉をフリントは悲しく思い出した。疲れた一日の最後だったからなのだろうし、夕食をとっていないせいもあった。不覚にも新たな情報に文字どおり打ちのめされたからだった。ワイ事件の全容が手にとるようにわかり、他の人々に先駆けてフリントだけクロスワードパズルが解けてしまったのだ。そして友人の命を脅かしてしまったかもしれないという恐怖に襲われた。いままでほとんど気づけなかったピーター・アンスティーへの親愛の情が呼び起こされ、あらぬ想像をしてしまう。虚栄心や慰め、いくつもの不純な動機に翻弄されながらもアンスティーは生き延びてきた。それなのに！　仲間の中で一番純粋な男が危機に瀕している。

「なんてことだ！」アンダーウッドは自責の念にかられた。「もしアンスティーに何かあったら——、それはデルリオをつかまえたいという一心によるものだ。老いぼれワイとは何の関係もない」

「それはどうかな。デルリオはきっとイングランドに何回か来ていて、この件まではアンスティーとはかかわりはなかった」

「じゃあなぜ、いまさら向きになったんだ？　アンスティーはシアネスで片っ端から調べようとはしなかったはずだ」

「ワイの審問の後、アンスティーが彼を探していることを知ったに違いない。それでも最初は気づかなかったんだ、ぼくたちが調査を始めるまでは。こうして話していても言葉にしていないことが一つある」フリントはアンダーウッドにヴィーシー大佐に関する疑念を伝えた。

「ぼくからのアドバイスだ、フリント」アンダーウッドが言う。「ベッドへ行くこと。きみが正しいにせよ間違っているにせよ、そんな状態でしゃかりきになっていたら、使い物にならない。大佐にしても、今夜はなす術がないだろう。今朝ぼくが言い忘れた事案については調べるべきだ、とは思うけどね」

「どんな事案なんだい？」

「ヴィーシーについてしっかり見張って、できるだけ調査するよう最初に言ったのはいつか、ジョンソンに尋ねたんだ。ヴィーシーは財政的には一流の人物ではないようだ。だが調べたところ、悪事をしたというよりむしろ自分がひどい目に遭っている（シェイクスピア作リア王第三幕二章六十節）ようなんだ。少なくとも、彼は何人かの一流詐欺師とずいぶん深く関わっていたようで、ちなみにその中にはザ・シティ保険会社も入っている」

「えっ！　あのサー・ハリーの――」

「そうさ。ヴィーシーはあそこの出資者なのさ。でも、彼がそこから何かを得たとは考えにくい。米国では酒場で取引していた。だが保険会社の件では彼はうまく売り逃げたとぼくは思う。それに金採掘の件もある」

「ヴェラ・リーフじゃないのか、もしかして？」フリントが口を挟む。

「そうかもしれない。はっきりしないんだ。採掘会社は皆似たような名前だから。それがどうした？」

「ヴェラ・リーフの株を、サー・ハリーがアンスティーに渡している」フリントが物憂げに言う。

「ますますお先真っ暗だ」

「おい、いいか、もしそうだとしても何もはっきりしていない。言えるのは、もともと人は余分な株を持っているということさ。そう結論を急ぐな。ほら、電話のベルが鳴った。オリヴィエからだろう!」

アンダーウッドは電話に出た。「収穫なしだ」戻ると彼は言った。「月曜の夜に勤務していた切符係は朝の勤務に移っていた。オリヴィエは明日の朝に行くそうだ。さて、これ以上やれることはなさそうだ。ぼくは家に帰るよ。そしてとにかくベッドで寝る。何かわかったら明日の朝、電話するよ」

これ以上することがないのなら助言に従うのが賢明だとフリントは認めた。彼はベッドに入って横になったが、頭のどこかにアンスティーが何か混沌としたものに巻き込まれている様子が浮かび、やっと見つけたと思って彼の顔に目をやると、その風貌は掃除婦のミセス・ローソンによく似ていた。果てしなく続いた夜を経て不安を抱きつつ起きたフリントは、だるさを感じつつバスで大学に向かうことにしたが、愚かだと自覚しながらも、最後にアンスティーの姿が目撃されたクラブに立ち寄った。〈ザ・ベルヴァディアアール〉の入口は、朝の九時三十分ではほとんど情報はなかったが、ちょうどバスが近づいてきた時、青年が歩道に飛び出し、車にひかれそうになりながら道路を横切って反対方向の三十三番のバスに乗った。もちろんその青年はアンスティーではなく、似ても似つかない人物だったし、二階に座っている乗客もミスター・デルリオでも誰でもなかった。それでもフリントは怒りで震えた。人々のこの平和な様子はいったい何なんだ?

大学に着くや否やフリントはアンダーウッドの事務所に電話したが、新たな情報はなかった。大英博物館駅の切符係は、アンスティーの顔を見たとは思うが、いつどこで見かけたか覚えてなかった。アンダーウッドが言うように、おそらく義務感から無理やり思い出したのだろう。彼は月曜の夜にアンスティーが切符を買わなかったと断言した。アンダーウッド自身は情報を得ようとロンドン警視庁へ出かけるところで、その後裁判所へ行く予定だったが、彼の不在中も職員のジョンソンがフリントに情報をくれることになっていた。

「それで、ヴィーシー大佐については？」フリントが尋ねる。

「警視庁で何か見つかると思う」アンダーウッドが言う。「じゃあまた」やけに明るく彼は電話を切った。フリントはこのところ病気がちで元気のない学生たち相手に、こちらも冴えない講義をするために出かけた。大学に着くと、紳士が先生の研究室でお待ちです、と用務員から告げられた。希望に胸を膨らませてフリントは階段を上がった。

「邪魔じゃないといいんだが」耳障りな挨拶が聞こえる。目の前にいたのは、赤レンガ色の顔に貧相な口髭のヴィーシー大佐だった。

20 「くそ、いずれ危険な目に遭わねばならないのか――」

フリントは当惑し、ぽかんと訪問者を見つめていた。昨晩考えていた限りでは、こんな風に彼がやってくるなんて信じられない。フリントたちの考えが正しいのであれば、彼はいま頃、厚かましく朝っぱらから訪問する代わりに高飛びするべきだ。さもなければ、アンスティーの友人のひとりずつに当たろうと決めていたフリントの術中に、彼は完全にはまったことになる。

だがヴィーシー大佐は、いまのところ誰も殺したり誘拐したりしているようには見えない。望んでいるものが何なのかわからないが、大佐の予想外の訪問の衝撃からようやくわれにかえったフリントは、大佐の怒鳴り声や唸り声や聞き取れない言葉に意味を見出し始めた。そしてそれが何を言っているのかわかった時、それまで混乱していたフリントの頭はにわかに冴えわたってきた。

ヴィーシー大佐との二度の会話で、まったく同じ結論に至ったことをフリントは冷静に思い出した。つまり非常に疑念を抱いていたのである。ヴィーシーは実に自然に、誰からも疑念を抱かれないよう、こうしてロンドン――彼が嫌がる街――に来て、それを追い払うのだ。

大佐はドア口でフリントを数回ねめつけ、大きな身振りで「邪魔かね?」と、ようやく言った。

「少しも邪魔ではないですよ」フリントは応えた。「どうぞお入りください。予定はありませんから」

だが大佐は疑心暗鬼だ。

「たくさんの学生が——こういった場所だと——絶えず来るんだろう」大佐が言う。

「ああ、それなら大丈夫です。伝えておきますから」フリントはやっとするべきことがわかった。用務員室に電話して、来室希望者を断るよう指示する。「さて、どうしました？　前回は、五月十三日にあなたが何をなさったか伺いましたね」

「ああ」大佐が言う。「あの日わたしがしたことを話した。それはいいんだ。きみは信じなかった。それもいいんだ！　信じてくれなくても仕方ないと思ってる、こんな事情だから。でも少し食い違いがあるようなので、もう一度会って話したほうがいいと思って」長い沈黙の間、彼は息を呑み、ひどい咳払いし、ようやく話を切り出す意を固めた。

「わたしは少し誇張していました——ほら、娘たちが心配で。彼女たちの前では話しすぎないほうがいいのでね。サー・ハリー老人を見たことがない、と言ったが、実は違う。訪れはしなかった。あのひとでなしの年寄りにはうんざりだった。でもわたしは彼と会った——厳密に言えば」

「彼の奥さんが存命中にですか？」

「ああ、一、二回。その後にも——一回。ほら、だから厄介なんだ」

「いつです？」

「五月十二日」

「ああ！」フリントは事態を飲み込んだ。「彼が殺される前日ですね。どこで会ったんですか？」

「彼の書斎で、夕食の後に。彼に呼ばれた」

「ああ！　どうしてあなたは、失礼ながら、前に話してくれなかったんですか？」

「怖気づいてね」と大佐が言う。「ひどく臆病になってしまったんだ。ほら、審問でも言ってないだろう。ひどく混乱するんだ、ふたつの話をするのは。最初に来た時、きみは知らなかったんだろう」

「それで審問で尋ねられた時、あなたは――」

「忘れてくれ」と大佐が言う。「どうしようもなかった。耐えられなかったんだ、放っておくのが一番だと思った。何か月かして誰かが来て娘たちに尋ねるとは思っていなかった。とっくに済んだ話だと思っていたんだ」

「どうしてあなたは、その――忘れたかったんです？」

フリントの質問に対する答えは最終的には出てきたが、時間がかかり、大佐の説明や弁解に切り込んで進むのは難しかった。どうやら大佐は、イングランドに到着した後、ドミニク牧師から聞いた話に従って行動したようだ。彼はすぐにレディー・ワイを探し、クロームハウスを訪問した。レディー・ワイが初恋の復活を喜んだかどうかはわからないが、とにかく拒みはしなかった。そしてサー・ハリーはオーストラリアでの恋物語にも知らない素振りで、新たな訪問者を思ったより歓迎した。実際、何日も経たないうちに、大佐は手厚い歓迎以上のものを受けた。金銭的な策略に引き入れるのも難しくなかったのだろう、とフリントは思った。かつての恋人の現在の夫の機嫌を取りたいという気持ちからでもあったのだろうが、いくぶんかは、ギャンブラーの本能もあったはずだ。大佐は申し出があれば喜んでなんにでも顔を出し、やがて、予想どおりに没頭していった。「老いぼれはペテン師だった」と大佐が言った。「わたしはそうでもないが、あいつは天性の詐欺師だ」

詐欺師であろうとなかろうと、大佐はすっかり巻き上げられ、サー・ハリー・ワイとその一味相手に、考えていた以上の借金を作った。ついに大佐は最近買ったばかりの庭付き一戸建てを手放さなければならなくなった。このままでは再び何もない、その日暮らしの生活になってしまう。父としての本能から、ヴィーシーは恐怖を感じた。「娘たちが不憫で」というのが大佐の言い分だ。フリントはふと思いつき、過去に破産《ルヴィーシーバークル》を経験したことがあるのか、とやんわり尋ねると、大佐は認め、環境の変化のせいだったと説明した。

「信じてくれ」大佐が必死で言う。「貧乏から抜け出すのに六年以上かかった。そして六年もかかれば若い女性には大きく影響する、三年でも辛いのに。二十歳の時、わたしは若者なら誰もが抱く夢をいつだって抱いていた。だがいまは、ほら、きみだってわかるだろう、グレトナグリーン（スコットランド南部のイングランド国境近くにある村。イングランドから駆け落ちしてきた男女が親の承諾なく結婚した場所として有名）に行くようなことはない、と。父親が慎重な老練家で充分に財産がなければ、その娘とは結婚しないだろう。きみが信じるかどうかは自由だが、わたしがこのひどい国に居を構え、地方の紳士になっているのもそれが理由だ。最初の土地でわたしと出会ったヘレナは不運だった、ときみは思うかもしれない。だが言わせてもらえば、わたしだって好き好んで面倒に巻き込まれたわけじゃないんだ」

　結論としては、大佐は必要に迫られてレディー・ワイに自分の苦境を打ち明けた。するとあなたの負債分の金を貸しましょうと彼女は申し出た。彼としては、さぞ受け取るのが嫌だっただろう。彼女の申し出を受け入れたのは、坊ちゃん育ちの彼には困難から抜け出す道が他になかったからだ、とフリントは思った。

「もちろん利子を付けて返すつもりだった」彼は言った。「わたしはまたとない幸運を得たと思った。彼女はもらってくれと言ったが、そういうわけにはいかないと、わたしは聞き入れなかった。すぐに借用書を書き、金ができたら真っ先に返す、と言った。だが一か月後のわたしの誕生日に、ヘレナから手紙が来て、古くからの友人に恩義を感じさせるのは我慢できないから、誕生日の贈り物として借用書を破く、と書いてあった。彼女ならではの驚くほどのさりげなさで。

　もっとも、わたしは受け入れる気はなかったが、贈り物にとやかく言うつもりはないので、彼女に厚く礼を言ってそのままにした。ワイが変だと思ったのかどうかはわからないが、とにかく突然、彼はひどく冷淡になった。わたしたちは少し揉め、ヘレナは病に倒れ、あれやこれやで、彼女が他界するまでに一、二度しかクロームハウスには行かなかった。もちろん、彼女の死後はまったく行っていない」

　その後の話は簡単に想像できる。ワイ家との件は、一時は波風も立ったが、その後は穏やかな流れとなり、ヴィーシー家の娘たちの縁談に差し障りはしなかった。だが借金の返済ができるほど安泰ではなかった。

「もちろんいつか彼女に恩返しをするつもりだった」と大佐は言った。「わたしが金を返そうとしてもヘレナは受け取らなかっただろうから。でもその機会は簡単には訪れなかった」

　レディー・ワイの死後一年ほど経ったある朝、大佐は朝食用テーブルの上にサー・ハリー・ワイからのメモを見つけてあ然とした。メモの内容は詳しく、亡き妻の書類の中からヴィーシー大佐に貸し付けた五千ポンドの借用書を見つけた、というものだった。サー・ハリーは返済された形跡はないようなので、五パーセントの利子込みでただちに返済願えればありがたい、とあった。

「驚いたのなんの！」とヴィーシー大佐が言う。「ヘレナは事業ではからきしのしろうとだった。それに破棄するとは言ったものの、借用書を実際に処分したとは思えなかった。彼女はきっとポケットかどこかにしまったに違いない。ひょっこり出てくるような場所に。だからあの老いぼれが見つけて、すぐに言ってきたのだろう。支払うまで何か月も待つつもりはないようだった。

それにはひどく驚いた。わたしはヘレナの手紙を保存していなかったから、その金が贈られたものだと示す証拠がない。言ったように、わたしだって返したかったが、すぐに五千余りは返せなかったし、あてもなかった。少なくとも引っ越しをして、忌々しい農夫か、いけすかない建築業者に土地を貸す必要がある。だからわたしは返事を書いた。金は贈り物で、ヘレナからそう言われた、と。あいつに少しでも品位があれば、妻の友情を訴訟の場に持ちこまないだろう、と思っていた。

だが、サー・ハリーはそんな男ではなかった。返事には、妻が生前何を言おうが知ったことではなく、いまあるのは借用書で、求めているのは金の返却だ、とあった。娘さんたちのためにも、とまで彼は付け加えていた！」大佐は信じられないほど怒りをあらわにした。

「そして彼は、公表する、などとねちねち言ってきた。だからわたしは、あのブタと会って率直に話し、道理が通じるのか確かめる必要があると思った。そして十二日の夜、夕食の後に彼がひとりでいる頃合を見計らって行った。きみが想像するように書斎でひどい喧嘩になり、しまいには頑固者と彼を非難し、彼からは英国から出ていけ、と言われた。彼は本気だったんだ！」大佐は思い起こした。「口調からして、サー・ハリーはヘレナとわたしの関係がよくわかっていたのだと思う。彼は口がうまいし、目の玉が飛び出るほどの金額の返済を待っていた。この美しい大英帝国の仕組みが、ああいう鼻持ちならない奴を准男爵にする！　とにかく、わたしたちの会話を外に漏らしたくはなかったんだ」

「よくわかります」フリントは親身になって言った。

「特に事件が起きた後は。翌日新聞を見た時、わたしの姿を見た人がいなかったことを神に感謝したよ。だからパーカー警部補に尋ねられた時もそのままにしておいて、会っていないことにするのが一番だと思った。娘たちにもそう言っておいた。だが水曜の後、よくよく考えているうちに、事件をどう捉えたらいいかわからなくなってしまった。それできみに打ち明けようと思ったんだ——内密にしてくれよ、充分に気をつけて。わたしの言っている意味がわかるかい？」

「よくわかります」フリントは再び言ったが、大佐の話は額面どおりではないと気づいていた。「誰にも見られてなかったと、どうやって確信したんですか？」

「裏口から入ったんだ、きみの友人と同じように。誰もいないのを確かめて、窓越しに中を覗いてから書斎のドアをノックした」

「では、裏の出入り口をご存じだったんですね？」

「ああ、そうだ。ヘレナが教えてくれた」きっぱりと言った。

「でもサー・ハリーがあなたの訪問を誰かに話していたかもしれません。例えばミスター・エクスターは？　マデレンは？」

「ありえない」と大佐は自信たっぷりに言う。「金を人と山分けするような奴ではなかった。もっとも、翌日うちの庭の門の中でエクスターが立ち話しているのを見てひどく驚いたのは事実だ。偶然すぎるじゃないか。だが現実だった」

「確かに、その借用書をもしサー・ハリーが持っていたら、彼の死後、どこかから出てくるに違いありません。その時はどうするおつもりですか？」

「くそ、いずれ危険な目に遭わねばならないのか。もちろん、困った話だ。だがあの書類はサー・ハリーの娘のものだ、そして彼女は母親の醜聞を蒸し返すのは気が進まないはずだ。とにかく、国じゅうに事実を言いふらされるよりはましだ。きっと表沙汰にはならない、だからいいんだ」話をしているうちに大佐の態度はだんだん大きくなっていった。

「どうでしょうね」とフリントは意味ありげに言い、この暴露話をどう受け止めるか決めあぐねていた。大佐は不安そうにフリントを見、憤然と抗議した。

「まったく、きみは調査をやめるつもりはないというのかね！　いったいどういう料簡だ？　わたしは何もかも打ち明けた。お望みとあらば聖書に手を当てて誓ってもいい。あのひどい事件はきみの若い友人の災難とは何の関係もない。きみがわたしの件に延々と首を突っ込むのなら、これっぽっちもきみの友人の助けはせんよ！　きみのしていることは、花婿募集中の三人の若い女性の未来を奪うものだ！　けしからん！」大佐はあけすけな表現で言った。「きみは紳士だと思っていた」

「ですが大佐、ぼくに打ち明けようと決めた時点で、ご承知のはずでしょう、ぼくがさらに調べることは」

「わたしがサー・ハリーを殺した、というのか。愚かな警官どもと同じだ」と大佐は蔑むように言った。「紳士なら物分かりがいいはずだが」

「そうですかね？」フリントは困惑して言った。

「とにかく、エクスターはそうだった」

「エクスター？　彼を知っているんですか？」

「いや、まあ」と大佐が言う。「いまは知っている」

「何ですって、彼と話したんですか？」

「ああ。誰がきみを家に来させたのかわからなかったから。あの日の午後、わたしが車に乗ったのをエクスターは見ただろうし、わたしが遅刻したことを耳にしたはずだ。だからとりあえず彼に会いに行った。わたしは彼が問題の原因だと思っていたが、そうではなかった。もちろん、わたしがどこから戻ってきたのか彼は気づいていた。だがそれはこっちの話であって、彼には無関係だ。わたしがサー・ハリーと喧嘩したのをエクスターは知らなかったが、顚末を話すと納得して、誰でも理解するだろうと言ってくれた――彼によれば、きみもそうだそうだが」

「ずいぶん闊達に意見交換しているご様子ですね」とフリントが言った。

「その、わたしには一石二鳥だと思ったんだ」と大佐は言い、顔には狡猾さを浮かべていた。「あの借用書が出てきて、マデレンが手にしたらきっとエクスターは知るだろう、とわたしは考えた。だが彼は聞いていなかった。だから丸く収まるんだよ――きみの干渉がなければ」

「ほう!」最後の言葉の厚かましさにフリントは大きく息を吐いた。大佐の話にどう対応したらいいのか見当がつかない。幸いにもその時電話が有無を言わせぬ迫力で鳴った。

「失礼」とフリントが言う。「もしもし?」

「先生にお電話です」用務員が言う。「メルコー・アンド・アンダーウッドのアンダーウッド様です」

「わかりました、つないでください。やあ! フリントだ」

「アンダーウッドの部下のジョンソンです。」礼儀正しい声がする。「お忙しい時間に電話して申し訳ありません。ミスター・アンダーウッドは出廷中なのですが、緊急連絡が東ロンドン病院からありました。身元不明の患者を意識不明の状態で最近受け入れたというのです。その患者がさっき意識を取り戻してアンスティーと名乗り、一刻も早くうちの事務所に連絡してくれと頼んだそうです。ですからご迷惑でなければ、誰かしらすぐ行くべきだと思いまして」

「もちろん、そうだ。ぼくがすぐ行こう。東ロンドン病院と言ったね? それで彼は――重体なのかい？　犯罪に巻き込まれたのか？」

「何があったのか聞いておりません」ミスター・ジョンソンが答える。「重体だったようですが、命に別状はないと聞いています。でもしばらく意識不明だったのなら――」

「ああ、わかった。これから行くよ、それじゃ。こんな結果になるとは――」フリントは言い、急に来客中であることを思い出した。「緊急な用件で出かけねばなりません。後ほど手紙を差し上げます。失礼！　本当にもう出かけないと。帰り道はわかりますか？」とフリントは言い、ヴィーシー大佐に考える暇も与えず部屋から追い出した。

「くそ、いずれ危険な目に遭わねばならないのか――」

21 「ぼくは殺されるところでした――」

「いつからここにいるんです?」アンスティーの病室に案内してくれる東ロンドン病院の看護師にフリントは尋ねた。

「火曜日の夕方からです。患者さんは昨夜、意識が回復し、ミスター・アンダーウッドの事務所に電話してくれと頼まれましたが、事務所が閉まっていたので今朝まで待っていました」

「ぼくに電話するよう言ってくれていたらよかったのに」とフリントは言い、昨夜は看護師たちはさぞやきもきしただろう、と案じた。「ぼくの名を覚えていなかったのかな?」

「どうでしょう、患者さんは伝言をわたしたちに伝えて安心したのか、すぐにまた眠ってしまい、電話をしたのはその後でした。起こしたくなかったですから」

「それはそうでしょう。アンスティーは――ひどく悪いんですか?」

「お会いになれば、思ったより元気に思われるでしょう」看護師が言う。「昨日よりずいぶん回復しています。熟睡して、回復したようです。ですがこの一、二日は肺炎になりかけていたので、興奮させないようにしてくださいね。彼は丈夫な方のようです。無防備な状態に耐えたのですから」

「無防備?」

「その――彼は防水シートにくるまれて二十四時間横たわっていたんだそうです。もう少しで凍死するところでした」

「何も身につけずに！」

「ええ。運び込まれた時、全裸でした」

「どうして？　誰が？」

「わかりません、ですが、あなたに話してくれるのではないかと期待しています。運び込まれた時、当然ながら警察に通報し、事情聴取を受けています。彼は表向きには発言を許されていません。そういえばミスター・フリント、面会時間は三十分です。くれぐれも静かに接してください。ドクターの意見では、彼の言い分を聞いてあげるほうがいいのですが、ともかく充分な注意が必要です」

「やあ、フリント！　ご親切に来てくれたんですね」

　フリントはおおげさに驚いてみせた。アンスティーはかなり顔色が悪く、頭には包帯が巻いてあったが、瞳はすっきりと輝き、声はいつものように力強かった。彼が剃らせてくれなかったと看護師がこぼしていた四日分の無精髭がなければ、九死に一生を得たようには見えない。

「やあアンスティー、会えて本当に良かった。驚きましたよ、どうしてたんです？」

「まさかと思うでしょうが、ぼくは殺されるところでした」アンスティーが誇らしげに言い、フリントがかなり衝撃を受けているのを見ていた。

「なんだって？」

「殺されかけた、と言ったんです。でも死ななかった。ねえ、ぼくの話を聞いて、時間が余ったら後で質問してくれませんか？　面会時間が限られているから、できるかぎり伝えたいんです」

　フリントはうなずいた。

「まず、月曜にぼくは、デルリオをつかまえる名案を思いつきました――」

「ねえ」フリントが口を挟む。「きみが話す手間を少し省けますよ。昨日われわれは問い合わせしたのでね。きみが〈ザ・ベルヴァディアール〉で張り込みをしていて、伝言で地下鉄の大英博物館駅に呼び出されたのは知っています。よかったら、そこから始めてくれませんか」

「わかりました」とアンスティーは言った。「名案」を説明する機会を逸して彼がいくぶん落胆したようにフリントには思えた。

「地下鉄から話しましょう。ホームに下りて駅の様子をうかがってから改札を通ると、出口に立っていたドライブ用コート姿のぎょろ目の男性がぼくに近づいて言った。『ミスター・アンスティーか?』『そうだ』『ミスター・デルリオとの約束かい?』と男が言う。『そうだ』『このたびは呼びつけて済まない』と男は言い、『だがミスター・デルリオはロンドンを通過するだけで、時間に余裕がない。きみがデルリオを探してクラブをうろついていたのを見て、ぜひ会って話したほうがいい、とぼくは彼に言ったんだ。彼はちょうどそこの角に車を停めている。きみの到着を伝えてくるよ』そして気がついた時には、もう男はニュー・オックスフォード通りに行ってしまった。

男の後ろ姿をしばらく見ていて、猛スピードで追いかけた。だって、その歩き方を見たのはそう多くではないが、初めてじゃなかったからね。それに分厚いコート姿だった。デルリオ自身がずうずうしくもぼくに話しかけたのさ。もちろん、ここ三年ほど忘れていたし、デルリオは声や髪の色を変え、あご髭を伸ばしていたから、会っても彼だと気づかなかった。そしてピカデリーで飛び乗ったバスの二階に彼が乗っていると思っていたのは、車掌じゃないけど、どうかしてたんだ! 正体のわかった男がすぐに背を向けて立ち去ったので、ぼくは後をつけた。警官に助けてもらおうとも思ったが、目に入った唯一の警官は二十二番のバスに停止を命じていたから、交通整理を止めさせるのは難しいだろうと思った。デルリオの行く先がわからなかったので、難儀した場合に備えてぼくは拳銃がポケットにあるのを確かめながら速足で追いかけた。彼が駅から数ヤードの細い裏道に入るのを見て、ぼくが立ち止まると、ふたり乗りの黄色の車体のオープンカー《クロスリー》が、ドアを開けたままで停まっていた。

　そういえば車内にも通りにも他に人の気配はなかった——たった数ヤードだが。だからそこにいるのはデルリオのはずだ。ぼくは彼の腕をつかんで言った『おい、デルリオ』。だが彼はぼくの腕が折れんばかりに振り払い、車に飛び乗ってエンジンをかけた。逃げるつもりなのだと思い、彼の後に続いて車に乗った。彼が左手を伸ばしたのでサイドブレーキを解除しようとしていると思い、ぼくはそのまわりに足を絡ませ、彼の喉を両手で締め上げた。ぼくは彼が左利きだったことを忘れていたんです、まったく！

　乳母車を想像してください。乗り込むには身体を折り曲げなければならなかったから、ずいぶんあざができました。彼の正面に身体の向きを変えると、彼はできるだけ体を起こし、右手で強くぼくをかわした。だが反撃するほどの時間はなかった。というのも、首の後ろに何かが当たる感触がして激しく痛み、ぼくは気絶してしまったからです」アンスティーは鑑識眼のある意見を求めてフリントを見たが、フリントは看護師のように任務に集中してうなずくだけだった。

「気絶について何の知識もなかったけど、今朝ドクターが言うには、死刑囚は絞首刑に処される直前に気絶するそうだ。だからおそらく彼は、ぼくの息の根を止めようとしたが、座っていたから充分に体重がかからなかったんだ。実に見事な手際だったが、きみもわかっているように、小さい車内で、一ヤードほど腕を後ろへ引いてから急所を強く殴ってぼくを気絶させた」アンスティーは事実を熱っぼく語る。
「彼はぼくの息の根を止めなかった、なぜならぼくは正気を取り戻したからです。後頭部にひどい痛みがあり、とてもじゃないけど動けなかった。おそらく彼はぼくを車内にころがし、頭に毛布か何かをかけた。顔に毛羽立ったものがかかったのを覚えています。どのくらいそうしていたのかわからないが、長くはない、まず人生で感じたことのないひどい吐き気がした。何が起きたのかわからず、それから車が停まって何かがぼくの横で動いた。たぶん彼は人目につかない場所へできるだけ早く行くべきだった――美術館横の広場とか。ぼくといる時間を長くする危険を冒さなかったとは思いますけど。

車が停まりぼくは衝撃を受けた――精神的にも肉体的にも。声を出さないようにしていると、どこにいてどんな目に遭っているかが明らかになった。それから毛布のようなものが顔から取り払われたので目を開けたら、デルリオが見下ろしていたんだ。

ひどく奇妙だった。ぼくはふらふらで他には何も見えず、デルリオの顔も靄がかかってぼやけていた。最初はダブって見え、これでもかというくらい目を細めたら顔が一つになった。彼の顔はどういうわけか明るく大きく輝いていた。そして横を向いていた。そう、灰色がかった黒のような霧だった。ひどく薄気味の悪い。頭がぼうっとしてきたので彼の横顔を見続けた。でも、一、二秒しか焦点が合わなくて――あなたはそんな経験はありますか？」
「落ち着いて」フリントは話が堂々めぐりになるのを心配してアンスティーに手を置いた。「顔のことばかりだと、話し終えるまでに時間がなくなってしまう。彼が何をしたか話してください、さもないと看護師に追い出される」

「わかりました」アンスティーは、しっかりとフリントの手を握りしめた。「飲み物をくれますか。ありがとう。これからは簡潔に話しますよ」喉の渇きが癒されると、彼は静かな口調で話を続けた。「二秒ほど彼を見ていたはずですが、気づくと首を締められていた。そして何かを持ったもう片方の手が近づいてきたのが目に入り、クロロホルムの臭いがした。これじゃ手も足も出ない。ぼくには力が残っていないのに、彼は雄牛並みに力強かった。二秒でぼくを押さえこんで、しっかりと薬を嗅がせた。唯一の好機にぼくは懸けた。できる限り息を止めたんだ――ダイビングが得意なほうだし、他人を殴る時にはだいたい息を止めている。ぼくは腹を上下に揺すりながら薬を吸い込んだふりをした。どれほど効果があったかわからない。いままでそんな演技はしたことがなかったし。いい出来ではなかったのだろう、だって彼はぼくの鼻に忌々しいガーゼを押さえ続けたからね。ぼくは根負けして嗅いでしまった。でも思ったほどは嗅がなかったと思う、だって思ったより早く目が覚めたからね。

目を覚ますとまだ車の中にいて、毛布にくるまれていた。意識ははっきりしていなかった、頭を殴られたうえに薬も嗅がされたのだから。でも少し経つと何が起きたのか思い出した。ぼくは体が辛くて、これ以上薬を嗅がされたくなかった、そしてどこに連れていかれるのだろう、と思った。道路はひどくでこぼこしていたが、それは敷石で――つまり町の道路で――がたがた揺れるたびに頭がまっぷたつに割れそうになった。

慣れてくると、揺れるたびに、硬くて重い何かが腹をこすっているのがわかった。レンガのようだが、どのように腹にくくりつけられているかわからない。こすれているのは肌だった。その後の顛末はきみもご存じのとおりだ、ぼくはさらに意識がはっきりし、全身を毛布でくるまれ、素っ裸でレンガのような物がくくりつけられているのがわかった！　一瞬ぼくはじっと横たわっているのを忘れて、何に結び付けられているのか確かめようとした。幸運にも、両手を後ろ手に縛られているだけだった。最初にどこにいたのか思い出した。ぼくは絶望的になったが、何とか頭をめぐらした。

楽観はできなかった、彼がぼくを殺そうとしていたからだ。さもなければ衣服を脱がさないだろう。そしてレンガを感じながらはっきりわかったんだ。しばらく浮かび上がらないところに沈められる、と。まあ、かなり沈むはずだ。でも、もともとぼくは水鳥のように泳ぎがうまくて、潜水も得意なんだ。だから、彼に歯向かってナイフや拳銃なんかを出されるより、いっそ沈めてもらったほうが助かる機会があると思った。といっても、でかいレンガをくくりつけられて泳ぐのは初めてだから、両手を縛られたままで、どうやってレンガを外せばいいのか思い浮かばなかった。

身をくねらせて縄が外れないか試していた時に、彼がブレーキをかけるのがわかった。彼の行為は天国のお慈悲だったよ、だって、身をくねらせたらぼくが意識を取り戻したと気づいてしまい、万事休すだ。実際には、車を停めた時に何も気づかなかったと思う。そしてぼくは身体に力は入らなかったものの視界が戻ってきていた。薬で意識を失っている間、いびきをかいていたかわからなかったが、少しいびきをかいたほうがいいのかと思った。でも、実際にはしなかった。少し口を開けただけで、目を閉じた。それは簡単だった、だってまだ半分ぼうっとしていたから。

それから彼は車を停めて外に出ると、近づいてきて毛布を引きはがした。目を閉じたままでいるのは大変だったよ、だって、そこがどこなのか知りたくてたまらなかったから。石を敷いた道路らしき所を走っていたのはわかっていたが、もちろん、どこにいるのか、ロンドンからどのくらい離れているのか、少しもわからなかった。幸運にも、彼はぼくの様子をつくづく眺め、殺すのをためらっている様子だった。彼がぼくを抱え上げると、一瞬ひどく気分が悪くなり、本気で意識を失いそうになった。

毛布もろともぼくを両肩にのせ、石の上にぼくを下ろした。すると信じられないことが起きた。彼が両手の縄を切ったんだ！　その時にはどうしてなのかわからなかったが、いま思えば、いつかレンガが緩んでぼくの死体が発見された時に、拘束されていたと明らかになるのを避けたかったのだろう。ナイフで刺さなかった理由にそれもあったはずだ。

それからぼくを放り投げた。沈みながら目を開けたが真っ黒で、何も見えなかった、水すら見えないんだ。だがたちまち気づいた、というのも忌々しいレンガのせいで。ふだんより相当目がかすんではいたし、首が折れそうだった。これまでの人生で一番背筋を伸ばして潜った。その時には両手は自由になってたから一息つけた。そしてぼくはまっすぐ水底に向かっていった。水はひどく冷たかったが、それでかえって頭が冴えた。水底は泥だらけで硬く、コンクリートか何かのようだった。両手が自由でなかったら、水底に頭を打ちつけて一巻の終わりだっただろう。だが、そうではなかったし、レンガのせいで水底に固定されたので、考え事さえできた。

まず最初にやるのはレンガを外すことだ、そうぼくは考えた。結び目はきつく思えたが幸運にも、畳み込まれているだけだったので、すぐに外せた。解いている間、水底に沿って波が起きていて、脚がさらわれそうになるのに気づいた。気づくまで少し時間がかかったが、それでもすぐに状況は飲み込めた。冷水に浸っていたせいで気が引き締められたんだ。ひどく強い海流が続いていた。おそらく潮の干満によるものだろう、流れに身を任せていれば違う場所に行き着いて、ぼくを見張っているデルリオを出しぬけると思った。彼はしばらく同じ場所にいるはずなので、ぼくが重りなしで浮かび上がったら、彼にまたやられてしまう」アンスティーは淡々と話すが、聞いているフリントは、黒く油じみた海や、堤防にいる殺人鬼が敵の浮かび上がるのを待っている姿が目に浮かび、恐怖と怒りで震えが駆け抜けた。

「重りを外すのにそう時間はかからなかった。でも潜水夫の訓練を受けておいて助かったよ、だって息を持たせる必要があったからね。レンガを取り外した後は、岸に向かって、できるだけ一所懸命泳いだ。同じ場所に浮上したくなかったし、すぐに浮かびたくもなかった。何かあるかもしれない。まずは泥だらけのコンクリートの堤防を目指した。デルリオの鼻先に浮かび上がらないよう、できるだけゆっくり泳いでいたら、何かに頭をぶつけた——ゆっくり進む秘訣を今度きみに教えてあげよう。目に火花が散ったが、実際にはそんなに強くはぶつからなかったので、水面に出た時に、堤防のそばに係留してある小型ヨットに当たったとわかった。そこで名案が浮かんだんだ。ぼくは一息つき、手で這うようにしてヨットの船尾まで移動し、もやい綱を見つけて、ぶら下がった。それから頭を上げて一息ついた。

ぼくの居た所は真っ暗で、水はひどく汚れていたんだ、さっきも言ったけど。近くには何も見えなかった。ただ居並ぶヨットの照り返しのおかげで空はそう暗くなかった。少し経つと、後ろの空がときどき明るくなるのに気づいた。そして急にそれが何かわかったんだ、たいまつか手提げランプのようだった。ぼくはすぐに古い波止場か入り江のような所に身を隠し、下のほうに回った。デルリオは反対側でぼくを探していた。少なくともぼくは、彼だったと思っている。車の走り去る音を聞いていなかったから。つまりヨットの存在は最大の幸運だった、船に隠れていて彼の居場所から遠かった。ぼくが浮上したのを彼が見たかはわからないけど。

ヨットを照らす光は次第に勢いが弱まったので、ぼくは顔を船に押しつけて、見えないよう願った。

光はあまり強くはなかったが、彼はそのうち、こちら側に来るだろう。だからすばやく移ったほうがいいと思って、慎重にヨットに手を這わせ、船尾を回って舵につかまった。かなり辛い動作だった、というのもデルリオに見つかるのを恐れて、そちらを見ないようにしていたからだ。彼がどこにいるのか方角だけで見当をつけ、体は冷えきってじっとしていられなかった。また水に潜って泳ぐことも考えたが、どの方角に行ったらいいかわからないし、もしかしたらちょうどデルリオの灯りの中に行ってしまうかもしれなかった。

ぼくはしばらく待った。デルリオが何をしているか考えながら。そして彼は非常に静かにぼくの背後に近づいてきた。だからぼくは滑るようにして向こう側に回り、再びじっとしていた。だがその時には彼は辺りを充分に探し、最終的に見回すところだった。一、二分して彼は帰っていった。ぼくは舵の方に戻って灯りを探してみたが、いなくなったようだった。そして数秒後、クロスリーのエンジン音が聞こえた。ぼくはもう少しで叫ぶところだったが、海水を飲み込んでしまう、と思い、それで凍りつく前にヨットの中に入ることにした。

おかげでほんの少し暖かくなった、そう言えるくらいには。でも、ほとんど裸だからね。普通、海からヨットに上がるとどうなるかわかるだろう——そう、真っ暗で、海はイワシ油のようだ。ヨットに乗った時、ぼくは疲れきっていて、船底で防水シートらしきものを見つけたので、その下にもぐりこんだ。それからのことは覚えていない、ただ、きみたちに話すために、デルリオの顔を覚えておこう、とだけ思っていた。そしてぼくは気づいた、彼の車のナンバープレートを覚えそびれたのを——なんて馬鹿なんだ。一度目が覚めた時には、日が昇っていて、ひどく寒かった。助けを呼ぼうと思ったが、人の気配はなかった。その後、目覚めるとぼくはベッドにいて看護師がいたから、シドニー・

アンダーウッドに電話をしてくれ、と頼んだんだ。そして看護師が請け合うと、ぼくは眠りに落ちた。すみません、飲み物をもう一杯ください」

アンスティーは両目を閉じて背中をもたれさせた。長い話で気が張っていたのだろう。フリントは断わりなく静かに出ていこうかどうか考えた。じきに来た看護師も同じ意見のようだったが、フリントが立ち上がると、アンスティーは目を開けた。

「行かないで」彼が眠たそうに言う。「看護師さん、彼を引き留めてください、頼む。どうにも――こうにも――眠くて」そしてすぐに寝入った。

「シスターに聞いてみます」と看護師は言い、フリントを連れていった。「でもシスターは帰るようにおっしゃるかもしれません。このように睡眠がとれるのは良い経過です」

シスターはとても話がわかる人物で、アンスティーの体力を手放しで褒めた。彼の話を聞いて、的確な判断をしてくれたことにフリントは礼を言った。

「そうなんです」看護師は言った。「運河の船頭がふたりがかりで運んできました、彼らのヨットに横たわっているのを見つけたんです。場所はナイマンズ・クリーク――北ウリッジ方面のもう使われていない波止場です。いまは誰も行きません、本当に寂しい所で、たまたま彼らのヨットが停泊していて幸運でした」

「そうですね」とフリントは熱心に言った。

フリントはアンダーウッドの事務所に電話をかけると腰を下ろし、アンスティーの目が覚めるのを待ちながら考えた。ヴィーシー大佐はアンスティーが探していた男なのか？　大佐がデルリオと称してサー・ハリーを殺し、過去を捨てたと思われる男に、濡れ衣を着せようとしたのか？　アンスティーの事件に関しては、拙速な判断は避けよう、とフリントは思った。フリントは月曜の正午までアンスティーの名を大佐には話していなかったし、アンスティーは男の電話を六時半に受けている。その間の数時間で、大佐がロンドンに行き、クラブでアンスティーを見つけ、殺すための入念な準備をしたのか。物理的には可能だが、心理的にはどうだろう？　大佐が不器用な優雅さで、殺人計画に沿って冷血にすばやく仕事をしたかどうかは、フリントにはわからなかった。それに大佐はアンスティーよりも長身だ——アンスティーの説明するデルリオよりはるかに高い。そうすると、大佐はナイマンズ・クリークの人物とは考えにくかった。

大佐はサー・ハリーを殺したのだろうか？　可能性はある。第一に、特別な筋書きはないが、突発的な喧嘩の結果かもしれない。第二に、当日の午後クロームハウスのそばにいたことを大佐は認めているし、彼が示したアリバイは、あくまで本人が提供した証拠に基づいている。第三に、サー・ハリーが死ぬ前日の夕方、彼と大喧嘩したと当人が言っている。サー・ハリーの性格なら、大佐の癇に障って、暴力での報復へと駆り立てたかもしれない。第四に、フリントの質問が彼の安全を脅かすまで、警察には喧嘩も諸々の事実も伏せていた。第五に、大佐の顔には傷がある——何の傷かはわからないが。第六に、大佐はサー・ハリーほど細かい性格ではないようだ。もちろん、もし大佐の言う喧嘩が真実なら、後は説明するまでもない、とフリントも理解している。だがそうだろうか？　その可能性は？　馬鹿げているが不可能ではない。大佐の性格についてどう判断すればいいのか考えている時、シスターに呼ばれてフリントはアンスティーのベッドサイドに引き戻された。

22

「ああ、ぼくは大馬鹿者だよ――」

「ぼくを殺そうとした犯人についての話ですね、それで?」アンスティーが陽気に言う。彼の回復ぶりはめざましく、いまはベッドの上でおいしそうにスープを飲んでいる。この十二時間あまり不安に取りつかれているフリントは、アンスティーのたくましさに腹立ちすら覚えた。

「そんなにいらいらしないで」アンスティーが言う。「ほめてくれてもいいでしょう、もっとも頭は使っていなくて体が丈夫だっただけだけどね。元気になってきたから言うけど、車のすぐ近くにいたのにナンバーを覚えてなかったなんて、なんて間抜けだったんだ!」

「デルリオだったと確信しているんですね」フリントは言い、アンスティーが傷ついた表情をしたので、付け加えた。「彼は変装していた、と言ったよね」

「だから最初は彼だとわからなかった。本当です。でも背を向けて歩き去った瞬間に、デルリオだとわかった。その後に車の中で彼の顔を見て、変装していても同じ顔だと確信した。同じ瞳――たぶんそうだと思う――こんな風に片方の口角を上げる癖」アンスティーが片方の口角を上げてみせると、フリントにもかすかに見覚えがあった。以前、見たことがある。

「彼は変装していた、と言ったね。どんな感じに?」

「顔のしわが違うんです。うまく説明できないけど、しわのせいで表情が違う。それにどうも歯並びを治しているようだ。髪の色も違うし、量も違う。あご髭やくち髭も生やしていた」

「かつらなのかな？　つけ髭だろうか？」フリントがつぶやく。

アンスティーはにっこり笑った。「それならずいぶんしっかりと貼りついていることになりますね」彼は言った。「車の中で彼の喉に手をかけようとした時、髭を強く引っ張って、もう少しでつかめるところだった。いや、あの髭は本物だと思います。でもあんな色だとは思ってなかった」

「何色だった？」

「薄茶色。いや、そうじゃない。明るい茶色だな。ライオンの毛並のように、濃くて巻いていた。そんな感じです。だっていつも暗い時に見ていたから。そう言えば、以前とは違って舌がもつれてた。話し方が少し変だったな、以前はそうじゃなかったのに」

「どんな風にもつれてたんです？」フリントはアンスティーをじっと見た。

「Rの発音が」アンスティーはやってみせようとした。「少し違うな、これほどじゃない。話し方がちょっと違うんです。それがどうかしましたか？」

「これは彼に似ていますか？」フリントは札入れから顔写真を出して尋ねた。

「似てなくもない、この横顔は。でも全身を見た時の彼は縁なし帽に運転用ゴーグルをして、襟を立てていたから。でも、これは確かに彼のあご髭だ。ちくしょう、フリント――こいつはエクスターですね！」

「そのとおり」とフリントが言う。「だからこそ確認したかったんです。きみが舌がもつれてたと言ったので思い出した。ぼくに会いにきた時、エクスターの舌が少しもつれていたのを覚えている。どうです、きみはエクスターと言い切れますか？」

「断言はできません」とアンスティーは言った。どうやら予想外に用心し始めたようだ。「とても似ているし、エクスターに会えば、彼があの男なのか証言できる。でもエクスターには会ったことがなくて――」

「審問で会わなかったんですか？　それにクロームハウスに行った時には？」

「ぼくの記憶では、ないな。老いぼれハリーはあの夜、ひとりでぼくたちをもてなした。審問では、彼に気づかなかった。それにあの後ぼくはひどく具合が悪くなって、断りなく帰ってしまった。ほら、そこがポイントです。デルリオは嫌な奴だから、彼の名を誰かに話すだけで中傷になる。まあ、この写真を彼だとは誓えないな――事実、記憶の中の彼はこんな顔じゃないもの。むしろ月曜の夜にぼくに手をかけようとした男に似ている。そしてその男こそデルリオだ。もしミスター・エクスターに会わせてくれたら、エクスターがデルリオかそうじゃないか言えますけど、いまは無理だ。そうだ！もしエクスターが――」

「なんだい？」

「その、その写真がエクスターだったなら、クロームハウスの外の通りで会いました」

「そのようだな」

「検視官のためにも」アンスティーがそっけなく言った。「前にも言ったけど、エクスターはおそらくこの地でかなり有名です。彼のやり口を周りの人々は知っているんでしょうか」

「サー・ハリーは知っていたはずです、当然ながら」

「ハリーを除いてですよ。もう死んでいるから。そうか、忘れていた。エクスターがサー・ハリーを殺したと思っているんですね？」

「ああ、その可能性はあります」

「でもエクスターにできるはずがないですよ。彼のアリバイを忘れたんですか？　ほら、ぼくが〈ザ・ライオン〉から放り出されて、もう少しでウルフハウンドに食われそうになったのも、それを証明しているじゃないですか！」

「ぼくもイヌにはひどい目に遭いました」とフリントは言った。思えば、日曜の夜からの冒険をアンスティーは何も知らないのだと気づき、かいつまんで説明した。

「うーん」アンスティーが言う。「ミスター・エクスターが誰であれ、彼が殺人犯の可能性はないと証明するのに、ずいぶん苦労したようですね」

「ああ、でも、もしかすると彼が犯人なのかもしれない。メモを持ってきていないけど、皆はまた調査を進めるはずです。ところで、ヴィーシー大佐と面識はありますか？」

「その名前にかすかに聞き覚えがある。でも、ずっと前だと思います。いや、確かに聞いている。マルタ島でそんな名前の奴がいた。ずいぶん前の話で、当時、軍務で一等兵だったはずだ。ぼくたちはよく彼の家に行っていたけど、何らかの理由で行くのをやめた。理由はたぶん――喧嘩か何かだったと思う。そのうちに思い出すと思います。それがどうしたんですか？」

「別に。ただ、大佐がきみのことを知ってたようだったから」

「へえ、確か――おや、アリソンじゃないか、驚かせてごめん！」

他にも見舞い客がいる時にこれ以上話すのは、アンスティーにとって都合が悪いだろうと思い、フリントは病室を後にし、帰宅した。フリントはアンスティーの冒険について今後どうすべきかアンダーウッドから助言を受けたかったが、まずはエクスターとワイ事件についてのメモを調べなおしたかった。

アンスティーの話によれば、ヴィーシー大佐が彼に暴力を働いたとは考えにくい。大佐が殺人を試みたとしても、アンスティーが引っ張っても抜けなかった巻き毛の明るい茶色のあご髭を、半日で生やせるとは思えない。それにアンスティーの名を聞いた時の様子からしても、過去にひどい目に遭わされた人物として彼を覚えていたかどうかが、充分に証明されているようだった。

そう、アンスティーを襲撃したのは、大佐じゃなくて、エクスターだ。明らかになってはいないが、アンスティーの説明と彼の記憶でフリントは確信した。もしエクスターが〈ザ・ベルヴァディアール〉の会員なら、これ以上証明せずとも、波止場でアンスティーを殺そうとしたのはエクスターのはずだ。

エクスターの名前がいったん浮かぶと、思考回路が稲妻のような速さで働いた。エクスターとデルリオが同一人物だとフリントは思った。となると？ デルリオは少なくとも五年前にシアネスで詐欺師として活躍し、犯罪者としては有罪だ。老練家を気どる、危険な犯罪者だ。彼が企てた大胆な計画はうまくいき、アンスティーを消そうとした。でもなぜアンスティーなのか？ 彼がシアネスの事件について知っているからだ。だがアンダーウッドは、デルリオはその地区の全員を攻撃するつもりはなく、彼が外見を変えたのも発見されないで済むからだという。なぜアンスティーは襲われたのだろう？

それはクロームハウスに行ったデルリオを目撃したのが、アンスティーただひとりだからだ。「このミスター・ウィリアム・エクスターは、何週間にも渡ってシアネスの社交界全体を騙したエリス・デルリオと瓜二つです」と断言できる唯一の人物――そして、そこからは神のみぞ知る、だ。もちろん、彼は別の行動も取っただろう。サー・ハリーの書類が証明している。この時フリントは椅子の上で文字どおり飛び上がった。

デルリオとエクスターが同一人物だと知っているのは、アンスティーだけではない。サー・ハリーも知っていたに違いない。そしてサー・ハリーは殺された。殺されて、嫌疑がオリヴァー・ド・ベルローにかけられたのだ！　あの有罪だと示す写真の装置をサー・ハリーに提案したのはエクスターではない、と誰が証明できるのか？　フリントが真犯人を探しているとヴィーシー大佐に伝えた時のように。それらを考え合わせると動機が浮かび上がるが、それも見方によるだろう。サー・ハリーは書類を持っている昔の仲間から脅されていた。おそらくロンドン警視庁に書類を渡すと言われていたのだろう。サー・ハリーは殺され、将来の娘婿が彼の屋敷と財産を引き継ぎ、台なしにする――ミスター・グリーンの世話をほんの少し引き受けてくれる以外は。未来の夫が必要とも思えない結婚持参金を一か月かそこらで準備したというより、殺人を犯したというほうがはるかにまともな動機だ。フリントは思い出した。レディー・ワイの遺言書の件にもエクスターは深く関与しているかもしれない。レイチェスターの男は――興味深い奴だ――あの陰謀について話したこと以上にもっと知っているかもしれない。アンダーウッドが言っていたように、怖くて暴露できない第三の人物が関わっているに違いない。まあ、これまでのところ、エクスターの正体を暴露するのは簡単な仕事とは思えない。

動機ははっきりした。まずオリヴィエに、次にヴィーシー大佐にかけられた嫌疑は、ふたりに輪をかけてエクスターに確固としてある。だが犯罪そのものについてはどうだろう？　そしてアリバイは？　これはさらに難しい問題だ。フリントは背中を丸めて犯行の過程とエクスターのアリバイについて手帳に図を書き、大急ぎで突き合わせた。アンスティーは午後二時頃路上でデルリオを見た。まずこれはいいだろう。二時といえば、エクスターがクロームハウスの玄関を出た時刻だ。脇道を通って姿が見えなくなった。彼はどこに行ったのだろう、クロームハウスに戻ったのだろうか、それとも雑木林に入っていったのか？　おそらく後者だろう。次に彼が目撃されたのは、一マイル離れた場所で、午後二時二十分だった。フリントは地図上の距離を測った。ああ、できないことはない。ミスター・エクスターが不格好なほどの速さで気にせず歩けば。ここまでは調子いい。だが当然ながら障害が現れる。聞いたところでは、次に彼は午後四時数分前に、ヴィーシー大佐の玄関に入ってきた。これは疑いようがない――ヴィーシー家の姉妹たちは買収などされるはずがないからだ。玄関は敷地から直進で五マイル。もっとも、エクスターがパイプや新聞を忘れてきたホーンズ・レーンを回ってきたら六マイル近くになる。もちろん、これらは数回の面会のおりに彼が発言したものにすぎない。だが事件当日の午後に、共謀者がそこにいたに違いない。クロームハウスには昼過ぎに届くマンチェスター・ガーディアン紙を警察が発見していた。

証言で得た時刻では、エクスターが犯行現場までうまく移動することはできない。銃口が火を噴きサー・ハリーが殺された午後四時前後――その時エクスターはクロームハウスから六マイル半離れたヴィーシー家の門にいた。それには無理がある。だが待てよ！　正確な発砲時刻には確たる証拠はない。検視結果からすると、午後三時から五時の間に発砲されたはずだ。それなら、早い時間で考えてみよう。午後三時すぎにオリヴィエが去った。そして三時十五分にエクスターが敷地外に出るのは可能か？　だめだ。フリントは首を振った。四十五分足らずで五マイル進むのは不可能だ。特に、おおっぴらに道路沿いに行けないのなら。それではもっと後の時間ではどうだろう？　エクスターはサー・ハリーを撃つために、ヴィーシー家から午後五時前に戻っていたのか？　いや、それも難しいはずだ。第一に、彼は午後四時十五分から五時三十分まで、ヴィーシー家から二マイル半離れたラカム・セントマーティンにいた。第二に、オリヴィエの犯行を裏づける品々をフリントは信用していない。彼の写真も拳銃も。エクスターは計画の途中で犯行に及んだのか。サー・ハリーがその間に街に出かけてしまうのを恐れたのか！

いや、エクスターがヴィーシー大佐の家に行く前に、すべての手はずは整えられていたに違いない。そうすると、決定的瞬間はオリヴィエの去った三時十分から、エクスターがヴィーシー家の門でケリーと会った三時五十五分の間に起きたことになる。フリントは疑問点として二つを挙げた——共謀者と移動の乗り物だ。

共謀者がいるなら、その人物が実行犯になる。その人物がサー・ハリーを撃ち、その間エクスターは手を汚さずに移動し続ける。実に協力的な共謀者だ、とフリントは感じ、不可能ではないと思った。その場合、共謀者は覆面の男でもあって、すべて実行したのかもしれない。エクスターはその共謀者を信用していたのか、もしそうなら、それは誰なのか？　レイチェスターの弁護士か？　フリントはとてもそうとは思えなかった。あの弁護士にそんな度胸があるとは思えなかった。もちろん、可能性としてはあるし、共謀したかもしれない——銃声を聞いたが、そう証言していない人物、審問でも法廷でも尋問されていない人物だ。マデレン・ワイは夫にそそのかされて実の父を撃ったのか？　その考えはひときわ女性に思いやりのあるフリントとしてはひどく違和感を覚えた。二度会った際の様子からしても、彼女の心のうちに隠された何かによるものとは、フリントには考えられなかった。実の父を殺し、兄に罪をなすりつけるなんて！　この推理は事態をますます複雑にする、とフリントは独り言ちた。もしもマデレンが撃ったとしても、彼女はオリヴィエを追い払った覆面の男のはずはない。

男であるのは間違いないし、顔を全面的に覆っていたのは、おそらく印象に残りやすいあご髭を隠すためだ。そして髭はエクスターを思い起こさせた。だがマデレンが父親を撃っていないなら、彼女はエクスターになりすましてたびたび訪問したのか？　いや、それは馬鹿げている。

乗り物での移動の可能性が残る。ふたり乗りのクロスリーは？　なぜアンスティーは車のナンバーを覚えてなかったんだ？　エクスターは車を使ったのか？　だがアンスティーはどこでも徒歩で行っていた。もちろん、それはアリバイの一部だ。つまり、もしエクスターが車を使ったら、例えば、ヴィーシー大佐の家へ歩いていくのに、どこかへ停めなければならない。だが――それは少々危険ではないか？　停車中や、乗車中に誰かに見られ、エクスターの物だと気づかれないとも限らない。寂しい田舎であっても誰もいないとは信じられない。それに、それ以前はどこに置いてあったんだ？　そしてその後は？　クロームハウスではない。ガレージに入っていたのか？　どこだろう？　さらに危険ではないか。フリントは途方に暮れて吸い取り紙にペンで渦巻きを書いた。

その時、電話が鳴った。「やあ！」アンダーウッドの声がする。「どうしてる？　病院に電話したら、帰ったと聞いたから、もう家に戻っているに違いないと思って。進展は？」

「あったよ、でも電話では話せない。なるべく早くそっちに行くよ。そうだ、ミスター・エクスターが〈ザ・ベルヴァディアアール〉の会員かどうか知っているかい？」

「いや、でもすぐにわかるよ。知りたいんだね？」

「ああ、あと彼がふたり乗りのクロスリーを持っているかどうか知りたい」

「それもなんとかなるだろう。アンスティーの件に関わるのかい？」

「だと思う――たぶん、その答えがイエスなら。実際、もし会員なら、警察に捜査を頼めるかもしれない。待っていてくれたら、一時間か一時間半でそっちに行く。ぼくは学生を指導しないといけない。この瞬間まですっかり忘れていたよ」

「わかった。出かける時は伝言を残しておくよ」アンダーウッドは請け合った。「それからきみが生徒を指導している間、難問をもう一つあげよう。今朝オリヴィエから聞いたんだが、グリーンから手紙をもらったそうだ。まいったよ！　あの男はわれわれに悪意を抱いていて、話をまた作ろうとしている——オリヴィエが戻ってきて、出ていくのを見なかったというんだ。わかるかい、彼は二十分後にパブに行こうとした時、オートバイのエンジン音を聞いたらしい」

「車のはずだ」フリントが口を挟む。「それはヴィーシー大佐だ」

「グリーンはオートバイだと言っていた。きみの言うことも、もっともだけど——なんだい、どうしたんだ？」

　フリントは電話越しに悪態をついた。

「ああ、ぼくは大馬鹿者だよ！　悪いけど、そっちには行けない！　いますぐに確かめたいことがあるんだ。ミス・テーラーに連絡してくれないか——いまは、病院に行っている——ぼくの予定を伝えて、お願いしておいた二つの件を見つけてくれていたら、きみもわかるだろう。考えがあって、すぐにでも行動に移したいんだ。戻り次第連絡するよ」

「行方不明だけはご免だよ」アンダーウッドが言う。「その考えは何やら危険そうだ」

「そうなんだ」フリントが言う。「だが危険は避けるつもりだ」

23

「あんたの義理の弟はずいぶんと用心深いんだな――」

フリントは学生のことをすっかり忘れていたのを思い出していらいらしていた。アンダーウッドと電話で話してからは、さらに気が急《せ》いた。そして急いで大学に戻ると、女子学生を見つけた。彼女は初めてのインフルエンザに明らかにまいっていて、講義を受けさせるのも気の毒で、だいぶ手を焼いたが、フリントは謙虚な態度で彼女をさっさと帰宅させた。

確かにオートバイは想定される移動手段だ。比較的フットワークが軽い。深い溝に隠せるし、通行人の目を避けて生垣の後ろを走れる。それに、持ち主が誰であろうと目立たない。だがオートバイ一台なら目に留まらないが、黄色のふたり乗りクロスリーは目立つ。ライダーは装備すると誰もが同じ様に見える。バイクスーツを着て、キャップとゴーグルをつけると、とにかくオートバイと同様にライダーは誰もが似通ってしまう。そして時間も短縮され、ミスター・エクスターは誰にも見られずに急いで立ち寄れたのだ。

それができたのも、ミスター・エクスターがオートバイを利用していたからだ。犯行時刻に、車もオートバイもクロームハウスに停まっていなかったことはわかっている。サー・ハリーの車はなかったし、他の車もなかった。だがエクスターはオートバイを借りたのかもしれない。おそらく少し離れた自動車修理工場のだろう。そこなら、詮索されることもないし、偽名でも借りられるはずだ。エクスターが借りたとして、どこに隠していたのだろう。そして運と（アンスティーに目撃されているが）田舎の人の少なさに身をまかさざるを得なかった。そう仮定するには、二つの問題を解決しなければならない。まずは時間の矛盾、そしてもっと面倒なのは、五月十三日の午後にオートバイに乗ったエクスターを見た人物を見つけることだ。どんな流れになろうとも、すばやくやらねばならない。アンスティーの脱出は、いずれ加害者の耳にも入る。そうなったら、加害者は長くは近くにとどまらないだろう。そう考えてフリントは急いでパディントン駅へ行き、列車に乗った。席に着くや否や、エクスターの犯行計画について推理した。

時間が経つにつれて、充分に妥当性があると思い始めた。エクスターは三時三十五分にヴィーシー家に着く。もしオリヴィエが去ってしばらくしてからサー・ハリーを殺したとしても、充分な時間がある。六、七マイルほどバイクに乗り、適切にバイクを隠し、隠し場所から、それぞれの場所まで歩いたのだろう。だが、それではホーンズ・レーンに立ち寄る時間はない、ホーンズ・レーンからヴィーシーの家までの直通道路はない。ヴィーシー家からラカム・セントマーティンへはさして難しくない。できるだけ遠くにいるアリバイが成立するまで、エクスターは自分の身とバイクを隠していればいい。家路につくのも同様にすればいい。道路を七マイル戻るとクロームハウスだ。〈ザ・ライオン〉を出た後、一時間十五分ほどで到着する。そしてホーンズ・レーンを通って家路につく！〈見事に一致する。だが証明しなくては！　まだ他にも問題がある〉とフリントは思った。あの日、エクスター本人と、彼が生垣に隠したバイクを目撃した人物を探し出せるか。主要道路はバスの経路なので目撃される可能性がある。となると、エクスターはそこは避けたかもしれない。四時三十分にラカムからサンドンに戻るバスがあるが、彼がそこを通るとしても時間が早すぎる。どこかの脇道で彼を見た人はいるだろうか。もちろん、エクスターは遠回りしたのかもしれない。自動車協会の職員は？　もっとも職員の管轄は主要道路だけだろうか？　道路補修作業員は？

フリントはまずラカム・セントマーティンに当たってみることにした。そこにはフリントもまだ足を踏み入れていなかった。アンスティーは成功しなかったが、手助けしてくれる人がいるかもしれない。〈ザ・ライオン〉規模のホテルなら、暇にあかした噂話がある程度集まるはずだ。その一つに、五月十三日の午後についての噂もあるかもしれない。もちろん、いままで口をつぐんでいた経営者に目的をうっかり漏らさないよう気をつけなくてはならない。だがそうしなくてもなんらかの情報を得られるかもしれない。フリントはサンドン駅で尋ねたが、車を手配してラカム行きを依頼した者はいないとのことだった。フリントは含み笑いを浮かべた。これではまるで、調査中は金がかかっても仕方ない探偵小説のようだ。

午後七時半に〈ザ・ライオン〉に着くと、フリントは夕食の後に調査を始めることにした。彼は待っている間、少し手持ちぶさただったので、古い常連客を見つけられるかもしれないと来訪者名簿をめくっていた。彼らから何か話が聞けるかもしれない。何人かの名前が一度ならず出てきた。そのうちの三人は、五月の前半に宿泊していたとわかってフリントは喜んだ。これらを心に留めていると、フリントの行動をさりげなく気にかけていたホテルの従業員がやってきて、用向きを尋ねた。

「実は」とフリントは言った。「用件が済むとは、はなから期待していなかったのですが。五月に友人とここで会う約束をしていたのですが、わたしは来られなかった。詫びの手紙を書いても、それからというもの友人から音沙汰がない。ここに来れば、彼の消息がわかるのではないかと思いまして。来訪者名簿で彼の名を探しましたが、見当たりません。やはり、たまたま食事をとりにきただけの客は記帳はしないんでしょうね？」

「たいていは記帳なさいます」従業員は答えた。「手前どもはこの名簿にたいそう誇りを持っておりまして、きちんと記帳するよう努めております。こちらはベルギー女王から頂戴して、ご芳名も賜っております。お見えになられたのなら、ご友人のお名前も記されていてしかるべきとは存じます。ただ、あなたがお出になっているかお尋ねになられ、いらしてないとわかって出ていかれたのなら、話は違ってきます」

「彼はそんなせっかちではないはずだ。来ていたら、ぼくを待つに違いない。きみは見かけませんでしたか？」フリントは言った。「友人は見間違えようのない男です。六・六フィートの長身で、黒い髪に黒くて濃い口髭、そして明るいブルーの瞳だ。おそらく五月十日か十一日にここに来たはずなのだが」

「なんとも申し上げられません」従業員が答える。「ここにいらっしゃるお客様すべてを拝見しているわけではございませんので。特に五月から七月にかけては多くのお客様がいらっしゃいます。とても重要なことなのでしょうか？」従業員が好奇心に駆られてフリントを見たので、声を低くして、ポケットから十シリング紙幣を出した。

「そうなんだ」フリントは言った。「これから話すことは、まだ公けにするつもりはないことを理解してほしい。実は友人はその後、失踪しているんだ。ここで待ち合わせしよう、と彼からもらったメモが、最後の連絡だった。わたしはその直後に海外に出かけて、最近戻ってきたばかりなんだ。つい最近、聞いたんだよ、友人が失踪して、奥さんがとても心配している、と。だが事情があって」――フリントはなるべくアンダーウッドの仕事口調を真似た――「奥さんはまだ内密にしたがっている。

友人が最後に立ち寄ったと思われる場所を奥さんは調査されてるが、誰も知る人はなく、ぼくが帰国して初めて、友人がここに来るつもりだったとわかった。だから友人が来たかどうか知るのはとても重要だとわかってくれるね。誰か、手助けしてくれる人を知らないかい？」フリントは作り話がばれやしないかと不安げな表情になったが、従業員は話を呑み込んでくれたようだった。

「わたしがお役に立てるかどうかわかりません」従業員が言う。「ご友人がお食事をなさったのなら、ウェイターが覚えているかもしれません。受付でお尋ねになってはいかがでしょう。それ以外は思いつきません」

「来訪者はどうかな？」とフリントは提案した。受付に尋ねるつもりはさらさらなかった。「友人は初対面の人と気さくに話す質でね。ぼくを待つ間に誰かと話したかもしれない。友人と話した人なら、きっと覚えているはずだ。五月の十日か十一日に来た客で、いま現在ここにいる人はいないかい？」

フリントが名簿を従業員に手渡すと、彼はすばやく目を走らせた。

「ミスター・ロバートソンがいらっしゃっています」従業員が言う。「その方おひとりだけです」

「どの方か教えてくれませんか？」フリントは言った。「彼に訊いても空振りだったら、ウェイターに尋ねてみますよ。友人がとても心配なんでね」

ミスター・ロバートソンは株式仲買人のような風貌の陽気で大柄な男で、二、三人の友人たちと夕食をとっていたので、フリントは調査を中断して、自らの空腹を〈ザ・ライオン〉の美食で満たすことにした。だがロバートソンが席を立つとフリントも立ち上がり、喫煙室についていった。フリントは普段から人見知りせずに話しかけられるほうで、食事をし終えたミスター・ロバートソンとも気安く言葉を交わした。話が弾んだ頃に、失踪した友人や失踪した日にちについてフリントは話をもっていった。特に歯止めをかけずにフリントは五月十三日を話題にして、エクスターの性格に合うよう作り話に工夫した。フリントが巧みに訊くと、ミスター・ロバートソンは実に興味深く、思いやりがあり好意的であったが、あご髭の男がホテルから出ていったかもしれない理由については、予想どおり有益な情報はもらえなかった。

「いや、見ていません」ミスター・ロバートソンは言った。「そもそも、五月十三日にここにいたかどうかも覚えていませんし。過ぎたことは忘れてしまいますね。ずいぶん前ですから」

「サー・ハリーが殺された日です。そう聞けば何か思い出しませんか」フリントは言い訳した。

「ああ、もちろんです。あれは衝撃的でした——いい厄介払いだったと言えなくもないですが。警察もへまをやったもんです、若い義理の息子を逮捕したのに、釈放してしまうなんて。わたしに言わせれば明々白々な事件です。ええと、何でしたっけ、当日わたしが何をしていたかですね？　ああ、思い出しました、一日中釣りをしていましたよ、でも六時には戻ってここで夕食をとりました。ご友人との待ち合わせは何時だったんです？」

「ああ、午後の、陽が落ちる前に、と。ゆとりを持たせて、夕食の前、とだけ決めていたんです」

「すると、ご友人が来ていたとしても、午後に来てすぐに帰ってしまったんですね。ご友人は六時過ぎには来ていないと断言しますよ。八時まで玄関ホールにいたのをはっきり覚えていますから。わたしは知人と夕食の約束をしていたのですが、彼は神経がまいってしまっていたので、夜遅くまで現れなかった。その彼と夕食をとっている時に老いぼれワイが殺されたと聞いたんです」

フリントはため息をついた。「となると、友人は気が変わったに違いありません。路上で見かけなかったですか。友人はオートバイに乗っているので、たぶんバイクスーツにゴーグル姿です。その日の午後バイクに乗った髭面の男が、サンドンかステーシー・グリーン方面から来るのを見ませんでしたか？　相当飛ばしていたはずです」

「覚えていませんね。だって、普通はバイクなど気にしませんから。道が込み入ってますしね。そう言えば、ここからサンドンの中ほどに自動車協会（日本のＪＡＦに相当。一九〇五年設立。）があります。救援隊員がご友人を見かけているかもしれませんよ」

　確かにそうかもしれないが、その可能性は低い。フリントはぼんやりと思った。しかし他に方法がない。該当の時間に協会に勤務していた隊員がいるかフリントは探し当てたものの、湿っぽい霧雨の降る真っ暗な中を三マイルほど歩いて体が冷えきり、熱意は消え失せてしまった。あまりにも期待薄で、すべてを投げ出したい衝動に駆られたが、対向車のヘッドライトのおかげで、道のそばに暗い水たまりを見つけた。水たまりの周辺には黒い切り株や何か人の頭のような物があった。それを見てフリントは、ナイマンズ・クリークで凍てつく海の波間に浮かんでは波にのまれ、息も絶え絶えに必死に泳ぐアンスティーの姿が目に浮かんだ。月曜夜の救援隊員は、担当の経路を確認したに違いない。フリントは心の中で拳を握った。

　救援隊員は親身になってくれたが、ミスター・ロバートソンよりはそっけなかった。隊員は五月十三日の午後に髭面のライダーが通り過ぎたのを見てはいなかった。フリントはやけになって、あてどころなく立ち去ろうとした時、大声で呼び止められた。

「ちょっと待って。ご友人はバイクスーツを着ていたとおっしゃいましたね？」

「そのはずです。いつも着ているので。実際に見てはいませんけど。バイクスーツ姿ではない彼を見たんですか？」エクスターはバイクスーツも着ずに主要道路を走るほど気が動転していたのだろうか？　この実直そうな隊員は何を思い出したというのだ？

「いえ、目撃はしていません。でも確かうちの息子がご友人のバイクやバイクスーツを見たはずです。バイクスーツと聞いてぴんと来ました。少々お待ちいただけますか、息子を呼んできます。家がすぐそこなので」隊員はドアを開け、すっかり暗くなった屋外に向かって「ジョー！」と叫ぶと、ほどなく十五歳くらいの少年がやってきた。

「ジョー、ステーシー・グリーンに置き去りにされていたバイクとバイクスーツを見つけたのはいつだったっけ？」

「ええと、サー・ハリー・ワイが殺された日だったよ」と少年が言った。「でもそんなに長くはなかったよ。だって次に行った時には、もうなかったから」

「どこで見つけたんだい？　場所はどこ？」フリントは期待に胸を膨らませて尋ねた。

「草地でした。ステーシー・グリーンの先を一マイルほど行った、交差点の横の生垣の陰に置いてありました。ここです」ジョーはフリントの手渡した地図で場所を示した。「ぼくはイヌの散歩に行っていました。イヌがイタチの臭いをかぎつけて門を入っていったら、ハンドルが突き出ているのが見えたんです。生垣の横の溝に右側が沈んでいたから、近寄らなければ見えなかったと思います。こんな時間にバイクを隠すなんて変なライダーだと思いました。だってバイクスーツや帽子やゴーグルまで置いてあったんですから。それで一時間ほど散歩した帰りに、まだあるかと思って見たら、もうなかったんです」

「それは何時だった？」フリントが尋ねる。

「三時半かもう少し遅くかな。はっきりと覚えていません」

「それでどれくらいきみはそこにいたのかい？」

「確か一、二分です。それがどうかしましたか？」

「そのバイクが友人のものかもしれないと思ってね。きみはバイクの型やナンバーを覚えているかい？」

「ええ、覚えていますよ、たまたまですけど」とジョーが言う。「置き忘れて、誰かが探しているかも知れないと思ったので。ナンバーは覚えてはいませんが、尋ねられた時のために、持っていた帳簿に書き留めました。見てもいいかな、父さん？　きっとあるはずだ」

父親から帳簿を手渡されると、しばらくめくり、探していたページを見つけた。「これです」彼が言った。「ＸＹＺ七五〇八。ダグラス社のものでした――」

「確かにこれだ」フリントはいきなり言った。

「でもこれはお友達のものではありませんよ」ジョーが笑う。「慌てて中古を手に入れたのでなければ。バイクには赤いライオンがついていました――あれはエドムンドソンのマークだよね、父さん？」

隊員はうなずいた。

「じゃあ、バイクはレディングにあるエドムンドソンでレンタルされたんじゃないかな？　お友達がバイクを持っていたら、わざわざエドムンドソンで借りはしないでしょう」

なおさらいい！　フリントは少年の好奇心に感謝すると札入れを手にしながら、夜のうちにレディングに行けるか尋ねた。隊員は、こんないい加減な情報で満足しているフリントに明らかに当惑しながら、サンドンからの鈍行列車が十一時三十分に着く、と教えてくれた。フリントは腕時計を見て、気前よくチップを払い、駅を目指して歩きだし、無事レディング行きの列車に乗った。

古くてガタガタ音がする遅いタクシーで、冷たく湿り気を帯びた堅苦しく憂鬱な街に十二時過ぎに着いた。大半のホテルはすでに電気を消していたので、最も高いと思われるホテルに部屋をとった。探偵稼業は費用のかさむ商売だ、とフリントは思った。特に情報を下級階層から入手しなければならない場合は。納税する際には私立探偵の経費として差し引いてもかまわないのだろうか。

寝ぼけ眼のコンシェルジュの話では、エドムンドソンの自動車修理場はここから一マイルほど行った、町の反対側にあるという。従業員が出勤するのは八時だと思う、とのことだった。フリントは朝食抜きで、というのもホテルの手間取る食事を待っていられなかったからだが、八時には霧雨の降り始めるなかミスター・エドムンドソンの修理場に向かった。だが修理場が開くのは九時だった。夜勤明けのレディングの有能な警察官は、フリントを不審者と見なしていた。

エドムンドソンの工員には私立探偵と名乗ることにしたが、これほど湿気がなく、もっとホテルがうまくブラシをかけてくれていたら、より探偵らしく見えたのに、と少し悔しかった。幸運にもエドムンドソンの商売は、低価格帯の車やバイクを主として扱っている様子で、警戒心を抱かせるロンドン警視庁の警官もいない。出てきた工員はロンドン《コックニー》なまりの隙のない男で、本物の探偵を前に、近い将来、騒ぎが持ち上がる可能性に明らかに興奮していて、聞かれることならなんでも答えようとした。あいにく男は、本人の話では工場に七月に入ったばかりだったので、五月の客についての情報は持ち合わせていなかった。バイクを貸し出した記録はないのか、例えばナンバーとか？　へえ、でもそれは親方の事務所にあるんで。見ることはできるかい？　長い間が空き、フリントのずいぶん軽くなった札入れが再び登場となった。へえ、たぶん。工員はカウンターから身を乗り出したかと思うと急に体を引き、そばかす顔をゆっくり赤らめた。耳障りな事務的な声が、何か用かとフリントに尋ねた。
工場長を見て、本題に入るのが一番だと判断したフリントは、札入れを見られていないことを祈った。ふたりきりで話がしたい、と頼み、工場長の事務所で、友人の失踪についてできるだけ劇的に話した。スウィンドン近くのホテルの配車係が証言したところでは、彼の友人がエドムンドソンのマークのついたバイクに乗っているのを見ていた。ナンバーはXYZ七五〇八で時期は五月の前半だったが、日付ははっきりしないという。工場長、お手数をかけて恐縮だが記録を確認してもらえないだろうか？　友人の妻が——実はぼくの妹だが、心配のあまりまいっている。だが警察には知らせたくないのだ。工場長、お願いできないか？

「名前は？」と工場長は言い、大きなフォルダーを広げて親指でなぞった。

「クールソン」とフリントは言った。偽名にしてもスミスと言うのは避けた。「J・B・クールソンだ」

「ねえな」工場長が言う。「そんな名前はねえ」

「まいったな！　確かかい？」フリントは動揺したふりをして名簿に近づいていった。幸いにも五月の前半のほうにクールソンという名はなかった。

「ここを見てみな」と工場長が言った。「これがあんたの言ってるバイクだ。ウィリアム・アレンに二日に貸して、九日に戻ってきた。それから、十一日に今度はミス・ウィニフレッド・スピンクに貸して、十四日に返却だ。クールソンはいないだろ？」

　これは不意打ちだ。フリントはミスター・エクスターという名は予想していたが、女性は想定していなかった。それでも——これが最後の頼みだ。

「すまないが、バイクを貸し出した工員に会えるかい？」フリントが尋ねる。「ほら――ミスター・クールソンがその――本名で借りなかったかもしれないから」

「お安い御用と言いたいところだが」工場長は言い、同情と軽蔑のないまぜになった表情でフリントを見た。「できねえな。アレンに貸し出したブリッグズはその翌週にクビにしちまった。どこへ行ったか知らねえし、知りたくもねえ」

「他には？」

「なんてことだ、ミス・スピンクだとよ！　あんたの友達ってのは女なのかい？」

「さあどうだか。ほら――」フリントは精いっぱい苦しそうなふりをした――「彼はきっと――心配するから――知られたくなくて。ぼくは心から、妹のためにも、ほら、はっきりさせたほうがいいと思って」

「そりゃ、残念だ！　でもあんたの妹の気が楽になるっていうなら、もちろん――」

工場長はガラス戸を開けて叫んだ。「ガリーロ！　これを見てくれ」その声でガリーロがやってきた。「おまえ、このバイクを五月十一日にミス・ウィニフレッド・スピンクに貸しただろう――覚えているか？」

ガリーロはしばらく考えてから、そうだと思う、と答えた。

「こちらの旦那が、彼女が男だったかどうか知りたいそうだ」

「そうでしたよ」とガリーロは言った。

「な、な、なんだって！」

「旦那、だから彼女が自分で来たんじゃないんです。男の客が女の名を書いたんです。別に問題ないと思ったもんで、だって客は保証金を払いましたから。覚えてるのはこんなところです、彼女の代わりに借りに来たと思って。問題ないでしょう?」

「そりゃ、残念だ!」工場長が再び言った。「あんたの義理の弟はずいぶんと用心深いんだな、言わしてもらうと」

「まだ弟とは限りません」フリントは言った。「男の風貌を覚えているかい?」ガリーロに尋ねた。

「背は高いほうだった。飛びぬけて高くはないけど。旦那より少し高いくらいかな。髪は黄色っぽかった。そして口髭とあご髭はカールしていた。ハンサムだったよ——ちょっと目立つくらい」

「こんな感じの?」最後のコインを賭けるような気持ちでフリントはエクスターの写真をポケットから出した。

「この人です」ガリーロは自信たっぷりに言った。「替え玉でもない限り、あの客です。この顔は忘れませんよ、でしょう」

「ああ、忘れねえ」工場長も興味津々で言う。「どこかで会ったことがある気がするな。どこだったか」

だが人の回想につきあうつもりなどさらさらないフリントは、そろそろ駅に向かう時間だと思い出し、エドムンドソンの修理場を出て、すぐに駅に向かった。雨に降られながらも勢いよく歩く。勝利の雄たけびをこらえるのは難しかった。グレートウェスタンの客車の座席について初めて、事件を立証するにはまだ時間がかかりそうだと悟った。

24 「ウィリアムが本当はどんな人物か――」

エクスターのアリバイは崩れた。ここまでようやくたどり着いた。だからといって、完璧とは言えない。徒歩での移動は無理だとして成立していたエクスターのアリバイは、移動可能だと証明された。しかしエドムンドソンに行ったと証明されたところで、エクスターが犯行時刻に、借りたバイクでの長距離移動が可能だったに過ぎない。さらに、サンドンから相当離れた修理場で偽名を使ってオートバイを借りた。そして某所へ、とにかく目立たない場所へ置いておいた。それが最終的には、殺人の起きた日の午後に、まさに好都合な溝のある隠し場所でオートバイが目撃されたのだ。エクスターがサー・ハリー・ワイを撃って、アリバイを偽装したのは疑いようもなかった。そして前もってバイクを借りたことは、犯罪が計画的であったことを証明している。クロームハウスをオリヴィエが訪問するのを狙って、偶然を装って計画したに違いない。

だが、それを証明するにはどうしたらいいのだ！　フリントは鈍感な警官や陪審にどう納得させるか思いを巡らせた。いまのところ、サンドン近辺でバイクに乗ったエクスターを目撃した者を見つけていない。自動車協会隊員の息子はバイクを見た正確な時間を証言できない。エドムンドソンの工員は身元確認を間違えたかもしれない。弁護士のサー・エマニュエル・ブリンクウェルや同僚たちは証拠が不充分だと言うだろう。それに動機も必要だ。動機がまだ証明されていない――グリーンから押収した新聞の切り抜きでは確信が持てない。もしエクスターがデルリオなら――それはまだはっきりしていない、とフリントは自分に言い聞かせた――、そしてもしデルリオがサー・ハリーのかつての仕事仲間なら、動機らしきものが見えてくる。だがそれも、反目しあっていたという仮定に基づいている。そして殺人自体にも、都合のいい証拠はまったくない。銃声を聞いた者すらいない。どれほどエクスターが怪しいと思えても、エクスターがオリヴィエを罠にかけたと思えても、表向きはエクスターに反感は抱かないだろう、とフリントは渋々認めた。エクスターがアンスティーを殺そうとしたと仮定するのは可能だが、エクスターにそれ以上の嫌疑をかけることができる有力な証拠がなければ、立件は困難だ。アンスティーはどう思うだろう、他のみんなはどうしているだろう。フリントは一目散にロンドンの自室に戻って、新たな情報がないか確かめることにした。

家に戻ると、大家が憤慨しながら彼を探していた。「まったく」大家は言った。「伝言してくれればいいものを。急に出かける時はいつ戻るかわかるものを残してください。ミセス・アレンから午前十時から数分おきに電話があったんですよ。働いているこっちの身にもなってくださいな――」

「それは申し訳ありません」フリントは言った。「用件は何だったんでしょう?」

「確か」とミス・ドリューが言う。「戻り次第、家に来てほしいとおっしゃっていました。失礼があってはいけませんから、もし知っていたとしてもあなたの居場所は言わないつもりでした。先方に伝わらないようにはしましたが。ずいぶんなおっしゃりようでしたよ、ミスター・フリント。わたしだってあなたの居場所を知らないのに、ミセス・アレンに面倒をかけたようです。なんてことでしょう！　まるで生死に関わるかのようなすごい剣幕でした」

「えっ、叔母はそんなことを言っていましたか?」

「叔母さまの言葉のままですよ、ミスター・フリント。それに二度と口にしたくもない言葉もありました。わたしにも感情はあるんですよ、ミスター・フリント、どなたも気にかけてくれませんが」

「最後の電話が来てからどのくらい経ちましたか?」

「たぶん三十分でしょうか。わたしにはほかにもやることがたくさんあるのをご存じでしょう。良き応対を心がけていますけど、これだけは言わせてください」などなど、耳が痛かった。だがフリントの礼儀正しさでなんとかこの状況を乗り切った。そしてミス・ドリューの説明を短くするのに成功し、すぐさまタクシーでグレート・カンバーランド・プレイスに向かった。アンダーウッドの事務所に電話するのに少し手間取ったが、ジョンソンが電話に出て、アンダーウッドはロンドン警視庁にいるとのことだった。

「アンダーウッドに、ぼくはグレート・カンバーランド・プレイス二十七番にいると伝えてくれ」フリントは言った。「すぐ来るよう言われているので。話すと長くなってしまうから。できるだけ早く電話するよ」と言って受話器を置いた。

ミセス・アレンは玄関で彼を待っていた。「もう、ジェームズったら!」叔母は言った。「どこにいたの? スーザンを外に使いに出してしまったから、どうしたらいいかわからなかったわ! あなたが二度と来ないかと思った!」いつも大げさな叔母であったとしても、何かまずいことがあったのは明らかだった。

「どうしたんですか?」フリントが尋ねる。

「ミセス・エクスターよ。今朝、彼女がひどく衰弱した様子で来て、あなたに会いたいのだけれど、連絡先を知らなくて、と言うのよ。住所を教えると、すぐに出かけようとしたけど、わたしが電話を入れるまで待たせたの、だって彼女は外出できるような状態ではなかったもの。あなたが不在だと聞いて彼女はとても困っていたわ」

「彼女がどうしたというんです？」

「わかるもんですか！　あなたに会わないといけない、と繰り返すばかりで他には何も言おうとしないんですもの。それで、わたしも本当にまいってしまって。寝室で横になってもらったんだけど、彼女は何も口に入れようとしないの。きっとひどい病気なのだと思って、できるだけ早く来てくれるよう、ドクター・ウォレンに頼んだわ。でも彼女はあなたはどこだと尋ねるばかりで、玄関の呼び鈴が鳴ると、気を失わんばかりなの」

「じゃあ、すぐに彼女に会ったほうがいいね」フリントは言い、まだ知らない最悪の試練が待ち受けているのか、と気を引き締めた。「叔母さんは玄関にいて」

　ここ数日の調査で疲れ果てているのを実感しつつ、フリントは叔母の寝室に入った。マデレン・エクスターは前より十倍も緊張に耐えているようだ。彼女に会ったのはほんの三日前だが、その三日の間に、彼女の顔から瑞々しさは消え失せていた。耐えられない苦しみから抜け出す出口が見つからず、絶望的な怯えた目つきをして叔母のベッドに寝ていた。ピンを取った髪が枕の上に広がっていて、どう見ても彼女は二十歳そこそこにしか見えなかった。着飾って叔母の客間で会った時には、冷静でやつれた女性だったのに。横たわっているマデレンは、悪夢に怯える子供だ。彼女を見たフリントの胸は痛んだ。彼女が何をしたにせよ、しなかったにせよ、過分な代償を払っている。

　フリントが部屋に入ると彼女は体を起こそうとしたが、ほんのわずかしか動かなかった。彼は寝ているよう身振りで示し、改めて気の毒に思い彼女の手を握った。

「どうしました、ミセス・エクスター？」フリントはできるだけ優しく言った。

マデレンが感謝のまなざしを向ける。「来てくださってありがとう」彼女は言った。絞り出すような言い方だったが、澄んだはっきりした声だった。「実はお話しすることがあるんです。もっと前にお伝えすべきだったのですが、怖かったんです。でも——すみません、あまり長くは話せません。だから、まずわたしの話を聞いて、それから質問してくださいますか？　夫に居所を知られたら、すぐに連れ戻されてしまいますから」

「どうぞ話してください」

「父を殺したのは夫なんです、ミスター・フリント」マデレンはそこで口をつぐんだ。

「なるほど。どうしてそうだとわかったのです？」

「夫から聞きました」とマデレン・エクスターはあっさり言った。

「その——わたしが自分の寝室で横になっていた時に、銃声が聞こえたんです。とても近くからでした——その時わたしはうとうとしていましたが、起き上がって何が起きたのか見にいきました。一階に下りると、夫のウィリアムがいて、父を撃ったと言いました。当然ながら、偶然に撃ってしまったのだと。彼の話では、悪酔いしていた父とひどい喧嘩になり、殺すと脅されたそうです。そして揉みあううちに銃が発射して父に当たった、と言っていました。わたしは夫を信じました。だってあなただってご存じでしょう、父は——あまりいい人物ではなかったし、わたしの婚約について父がウィリアムとひどい喧嘩をしていたのを知っていましたから。結婚を承諾したらわたしを殺すとまで父は言っていました。そしてそれは本気だと思いました。でもわたしは、心からウィリアムを愛していたので、まさか彼が本当に父を殺すとは思わなかったんです。

「ウィリアムが本当はどんな人物か——」

ウィリアムは、知られたら絞首刑だ、状況を証言できるのは彼だけで、誰も父の悪行を知らないから、と言いました。そして、現場について見聞きしたのはわたしだけだ、他に夫が家にいたことを知る人はいないし、彼が出かけていて、わたしが何も聞こえなかったと言えば、誰にも知られない。きっと浮浪者が窓から侵入したと思うだろう、と。わたしは恐ろしくてたまらなかった。どうしたらいいかわかりませんでした。すると彼は、ぐずぐずしてはいられない、出ていかないと、と言いました。夫が帰ってくるまでわたしが寝ていられる薬をくれると言い、それからまた相談をしました。

そして夫はわたしにキスをして行ってしまいました。彼からもらった薬が何だったのかわかりませんが、わたしはすぐに眠り込みました。夫が戻る直前にわたしは警察に起こされたのですが、自分がどこにいるかわかりませんでした。警察からは何も訊かれませんでした。女中がわたしをベッドから出しませんでしたから。それからウィリアムが寝室に入ってきました。長い時間話してくれて、とても優しかったのを覚えています。誰も不審に思っておらず、警察は浮浪者の犯行だと思っているので、わたしが何も聞こえなかったと言えば、万事丸く収まると彼は言いました。それから、すぐにでもわたしと結婚したい、きみの面倒をみなければいけないし、これ以上クロームハウスにいないほうがいいと思う、と彼は言いました。そして翌日にはわたしをロンドンに連れていき、結婚特別許可証を手に入れて、わたしたちは結婚しました。もしわたしが望んでも、警察に夫が疑われるような不利な証拠はわたしには出せない、と彼に言われました――」

「それは嘘です、わかるでしょう」フリントが言った。

「そうなんですか?」マデレンは驚きもせず言った。「夫にそう言われたものですから。でも、覚えているうちに警官の質問を受けておいたほうがいい、そうすれば終わるから、と夫は言いました。それで警察が来て、わたしは何も聞こえなかった、とだけ言ったのです。警官たちはとても親切で、それ以上訊いてはきませんでした。わたしは過失だと思いましたが、警察に知られたら絞首刑になるかもしれないという夫の言葉を信じていました」マデレンは顔を上げなかったが、フリントは握っている手に力をこめた。

「夫は翌日またわたしをロンドンに連れていきました。わたしには理由がわかりませんでした。わたしのためにしてくれているのか、違うのか。ロンドンに着くとわたしはひどく気分が悪くなりました。重い頭痛で——いままで経験したことのないような痛みです——わたしは疲れきって、呆然として動けなくなりました。恐ろしい夢を見るようになりました。ウィリアムが看護師を雇ってくれて——彼女の素性はほとんど知りません——できるなら、父については何も話さず考えるな、と言われましたが、わたしもそうしたくありませんでした。何も聞こえなかった、と法廷で証言するのが怖かったからです。反対尋問を受けたらおそらく取り乱すでしょう。もちろん、とても臆病だと思いますが、どうなるかわたしはまったくわからなかったんです。一度ウィリアムに聞いたら、警察がきみに接触できないようにする、と応えました。そして彼は医師の診断書を取りました。それはわたしが外出できる状態ではない、というものでした。警察に呼ばれた時のために、できるだけ病気でいろ、とだけ彼は言いました。なぜなら殺人事件の場合、弁護士は目撃者に対してとても厳格だから、と。わたしは彼に従いました。わたしが回復していないようにする、と言って。彼は実行したのだと思います、わたしは実際に回復しなかったので。悪夢は嫌でしたが気は楽でした」

「あなたに会いに来た人はいますか？　ご親戚は？」

「イングランドにはひとりもいません」マデレンは言った。「ドクターはときどきいらっしゃいます。

でもドクターと看護師以外はウィリアムが来るだけです。彼の話では、警察は父殺害の容疑で、ある男を審理しているそうです。夫は不利益なものは何も出しません。でも裁判が終わるまでわたしが病気のままのほうがいいと夫は考えていました」

「あなたは新聞をまったく読まないいんですか?」

「ええ、そのほうがいい、と夫が言うものですから。それにわたしも読みたくありません。わたしは早くこの一件が終わってほしいのです。

　しばらく経ってから――少なくとも、しばらく経ったと思えました。夫が来て、話してくれました。浮浪者が刑罰を免れたので、わたしの体調も良くなるだろう、と。すぐには回復しませんでしたが、きっとずっと臥せっていたからでしょう。それにわたしには何もすることがありません。ウィリアムは家を切り盛りする使用人を雇ってくれました。わたしの世話をしてくれていた女中は、わたしが病気の間に結婚して出ていった、と夫に聞かされました。そしてもちろん、わたしには知り合いが誰もいません。ウィリアムは、他人と接触するなと言いました。夫の仕事が終わったら旅に行こう、家に帰ってきたら人と交流すればいい、と。わたしはときどきは車で出かけましたが、たいていは家にいました。その、すっかり良くなったわけではないので。

　ある日、クロームハウスから持ってきた本を探していたら、本の間から不意に写真が落ちました。床に落ちたその写真をわたしは拾い上げました。そして、ウィリアムが父を撃っている写真だとわかりました。それは偶然に撃ってしまったというようなものではありません。デスクに座る父に、ウィリアムは立って銃口を向けていました。その恐しい写真をわたしは座り込んでどれほどの時間見つめていたかわかりません。わたしは呆然としていました。だって、写真に写っているのが真実なら、事故だと言っていたウィリアムはわたしに嘘をついていたことになるからです。ずっと写真を見つめていました。少しすくんでいたのかもしれません。ドアが開いて、ウィリアムの使用人のあの恐ろしい男が――ユーイングと呼ばれている男が入ってきました。わたしは慌てて、彼に写真を見られていないかと恐ろしくなって、スノープスの本の間に写真を突っ込みました。そして、その直後、ウィリアムが入ってきて、わたしに、具合が悪そうだからベッドで寝ていなさい、と言ったのです。

わたしはまだ混乱していたので夫に何と言っていいかわかりませんでした、それでわたしは写真を本に挟んだまま部屋を出ました、なぜって、その本を二階に持っていこうと思いつかなかったからです。寝室で目を覚ました時、わたしは手に紙切れを握っていることに気づきました。写真と一緒に本から落ちたのだと思いますが、その時まで存在に気づきませんでした。見てみると、父からの手紙でした。少なくとも手紙の一部で、途中まででした。わたしは読み始めました。それはとても奇妙な手紙でした。そこには、写真はしばらく前に父が自ら撮ったとあり、写真が父の死とは無関係だとわかったのです。

ミスター・フリント、ご存じでしょうが父はわたしとウィリアムの結婚に強く反対していました。そして父の手紙には、ウィリアムが本当はどんな人物かわたしにわからせるために写真を送る、とありました。手紙には、ウィリアムは激昂して父を撃とうとした、とありました。父はなんとかウィリアムを落ち着かせようと必死だったそうです。わたしのことがなければ、父はすぐにでも彼を追い払いたかったが、わたしのためを思ってウィリアムに挽回のチャンスを与えたのだそうです。でもそれ以来、ウィリアムは家をすぐに出ていくべきで、何があってもわたしは二度と彼と会うべきではない、と父は考えたそうです。

ミスター・フリント、手紙はそこで途切れていて、署名もありません。もちろんわたしは心底恐ろしくなりました。なぜならかつてウィリアムが父を殺そうとしたのなら、あの写真が父の死と実際には無関係でも、発砲が事故でないかもしれないからです。父を殺したであろう男性と結婚したわたしはどうすればいいのか、一晩中考えました。そして翌朝、まだ夫の顔を見られなかったので、ベッドにいました。

午前十時頃に、写真を本に挟んだままだと誰かに見つかるかもしれない、と思い出しました。駆り立てられるように、わたしはローブを羽織って一階に行き、本を探しました。でも見つかりませんでした。そこらじゅう探しましたが、影も形もありません。しかたなくわたしはまた二階に上がってベッドに入りました。そしてベッドの中で昼食をとっていると、ウィリアムが外出するのがわかりました。わたしは寝てしまっていたのだと思います。くたくたでした。

目が覚めると夕方で、ウィリアムが寝室にいました。彼に、スノープスの本のありかを尋ねると、読んでもしょうがないからウェストミンスター図書館に返却したと言われました。どういうわけか、わたしは堰を切ったように写真について夫に話し、手紙を見せました。その時の彼の目をわたしは忘れられません。でもウィリアムは黙っていました。夫は手紙を暖炉に投げ入れ、燃えるのを見ていました。それから急に部屋から出ていったのです。呼び鈴を鳴らして使用人に尋ねると、夫は外出したとのことでした。

ウィリアムがやっと戻ってきた時、彼は激怒していました。図書館がすでに閉館していたので、本を取り戻せなかったとわたしをひどくなじり、父を殺したかったと言っていました。本当はどうだったのか、意図的に父の命を奪ったのか、わたしには聞く勇気がありませんでした。そして夫も何も言いませんでした。

いままでで一番恐怖にふるえた夜でした。翌朝、ウィリアムは外出前に、ベッドにいるわたしのところに来て、無断でベッドから出たら殺す、と言い放ちました。彼が本気だとわかっていたので、わたしは一日中そこにいて、これからどうなるのだろう、と考えました。夕方になって帰宅した夫はいくぶん怒りが収まっていたようでしたが、それから数日、わたしはベッドから出させてもらえませんでした——一種の罰だったのだと思います。

そして夫が来て、出かけよう、と言いました。ですが、写真や手紙について誰かに話したら、その内容や相手のいかんにかかわらず、わたしの命はないと覚えておけ、と釘を刺されました。そして、おれを絞首刑にするなどと考えないほうがいい、おまえにはおれが不利になる証拠は出せないし、偽証罪で起訴されるのがおちだ、と言われました。そう言われた時、夫が父を殺したのだとわたしは確信したんです、ミスター・フリント」マデレンは納得した様子でその言葉を発したので、彼女が長い間必死で耐えていたのかと思うと気の毒だった。

「もしウィリアムが少しでもわたしを慰めたり、言い訳を言ってくれていたら、彼を信じたと思います。でも彼は一切しませんでした。わたしの思いなど、はなから気にかけず、自分を裏切るんじゃない、ということしか頭にありませんでした。これが三週間ほど前のことです。

最初わたしは、もうどうしようもないと思っていました。わたしが死ぬか、ウィリアムがわたしを殺すのを待つしかないのだと。でも次第に状況に慣れて、ウィリアムも干渉をしなくなり、何事もなかったかのように話しかけてきたりしました。それはあまりにもむごいことです——ウィリアムはときどき結婚した当初のようなふりまでしました。わたしは誰かに打ち明けなければ、と思いました。

たとえ考えていることがうまく言えなくても、そうしなければ気が変になると思いました。執事がミセス・アレンを追い返すのを見たので、執事に、次回彼女が来るのを見た時、わたしが家にいるのを伝えるよう言いました。執事はそうしないよう言われていたのかもしれませんが、あからさまにわたしに背くのは嫌だったのでしょう。わたしはウィリアムが部屋に来た時、ミセス・アレンに会いたいと言いました。すると少しして彼は言いました。好きなようにしろ、と。ウィリアムはそれ以上何も言わず、ただわたしを見ていました。そしてわたしは体がこわばるのを感じました。そしてわたしが部屋を出てミセス・アレンに会いにいくと、彼女はとても親切にしてくれました。

そして、あなたがミセス・アレンの家を訪ねて、オリヴィエについて話したと知りました。わたしはひどく驚きました、というのも、兄がもし生きているとしてもメキシコにいるとばかり思っていたので」

「失礼ながら、ミセス・エクスター」フリントは割り込まずにはいられなかった。「それは、オリヴィエに会うつもりはないと手紙を出す前ですよね」

「おっしゃりたいことはわかります」マデレンが言う。「違うんです。わたしは兄に手紙を書いたことはないんです」

「その男は詐欺師で、本当のオリヴィエ・ド・ベルローのために、遺産は信託に預けたと書きませんでしたか?」

「いいえ。わたしは兄からの手紙を受け取っていません。でも遺産は信託に預けました」マデレンは言った。「母からは亡くなる前に、オリヴィエが死んだとは思っていないから資産は兄妹ふたりに遺す、と聞いていました。ですから全額わたしが受け取るとウィリアムから聞いた時、何かの間違いだ、と思って、とてもそのお金は使えない、半分はオリヴィエのためにとっておくべきだ、と夫に言いました。すると夫は初めは少し腹を立てて、馬鹿げていると言いましたが、わたしの意思が固いと知ると、しまいには、信託に預けるのが最善だ、そうすれば誰も使えない、と言いました。それから夫は信託の証書だと言って書類を持ってきてわたしに署名をさせました。彼が実際何をしていたのかはわかりません」

マデレンは冷静に話していたが、フリントの体に悪寒が走った。

「オリヴィエに手紙を出したり受け取ったりしたことはありません。どう考えればいいのかわからなかったわたし――わたしが馬鹿だったんです――オリヴィエが本当はまだ生きているのか、ウィリアムに尋ねたのです。そう言った時のわたしは、気が触れているように見えたのでしょう、夫はわたしをただ見つめて、これ以上話したら、命の保証はないと言いました。それからは何が起きたのか覚えていません――きっとわたしはひざまずいて命乞いをして、父の死についても、夫から口止めされたことは一切、口外しないと誓ったのでしょう。最後にウィリアムはわたしを軽く小突きました。今回は見逃してやる、でも二度とミセス・アレンの所には行くな。それから彼は笑い声を上げて言いました、仕事は実にうまくやってのけたと」〈そうか！〉フリントは気づいた。〈アンスティーの件だ〉

「そして夫との言い合いはすぐに終わりました。オリヴィエが生きているかどうかは自分で確かめなければ、とわたしは思いました。なぜなら、生きているのなら、わたしは会いに行かねばならないからです。あえてミセス・アレンのもとに会いに行かなかったのは、ウィリアムに見つかると思ったからです。だからわたしは新聞を入手しようと思いました。水曜日にあなたと会った時、図書館で兄に関わるすべての記事を読んだところでした。そしてあなたから本当のオリヴィエについて、彼の手紙について聞かされましたが、わたしは怖くて真正面から考えることができませんでした。そのうえ、あなたがわたしを信じてくれるかどうかわかりませんでしたし。ウィリアムが帰ってきたのが見えて、どうしていいかわからなかったので、見つかるのが怖くて、すぐに家に戻ったんです。

夫に見つかったと思いましたが、彼は何も言いませんでした。その夜、彼は家で夕食をとり、どこに行っていたのかと訊かれました。図書館に行っていた、と答えると、わたしをじっと見つめていましたが、それ以上何も言いませんでした。それから彼は話しだしました。きみの体にいいからカナリア諸島に旅に出よう、数日のうちに出かけられるよう手配しておく。

それでわたしは心底落ち込みました。もっと前に逃げ出せばよかったのですが、行くところがありません。わたしには友人がいないし、気にかけてくれる人もいません。でもウィリアムに外国の地に連れていかれるより、何かしなくてはと思い、翌日逃げ出そうと決意しました。でも夜に目がさめて、父の死後ロンドンに行った時と同じか、それ以上にひどい気分になりました。その時にはわかっていませんでしたが、夫は時間の猶予を与えることなく、わたしを殺したほうがましだと決めたのではないか、と思いました。

わたしは起き上がることも立つこともできませんでした。その日も次の日もそうでした。でも次の日の夕方、つまり昨日の夕方にはいくらかよくなりました。すると隣の部屋で物音が聞こえました。そっと起き上がって様子をうかがうと、使用人がわたしの衣服をふたつのトランクに詰めていました。わたしが覗いているのに気づかなかったので、ベッドに戻ってどうしようか考えました。ウィリアムの目に留まらずに逃げ出す術はあるのか。夜遅く、夫はわたしの部屋に来てわたしを見ていました。そしてわたしは、さらに悪くなる状況に気づかないふりをしました。

今朝、夫は部屋にやってきて、気分はどうかと尋ねました。わたしはひどく悪い、動けそうもない、と応えました。一瞬わたしを見て、夕食まで寝ているといい、と言い、午後に戻る、と言ってもう一度わたしを見ました。そして彼がトランクの荷造りをやめるよう言っている声が聞こえ、わたしは窓辺に行って、夫が出かけるのを見届けました。それからわたしは素早く着替え、ここまで飛んできたんです。できればあなたとミセス・アレンに助けてほしくて」

「もちろん、力になりますとも」フリントは彼女の手をしっかり握った。

「でも急がないと」マデレンは言った。「ウィリアムについて調べるなら。だって彼は逃げてしまうでしょうから」

「ええ」フリントは一、二秒腰かけて、まずどうしたらいいか考えた。そしてロンドン警視庁に電話をしようとした時、突如として玄関の呼び鈴が鳴り、フリントはマデレンがはっとしたのを感じた。しばらくして寝室のドアが静かに開き、ミセス・アレンが顔を覗かせた。「あなたのご主人ですよ、マデレン」彼女は言った。

「会いたくないわ！」マデレンはか細い声で応え、体を震わせた。すぐにフリントはドアに向かっていった。

「ぼくが応対するよ。叔母さんはミセス・エクスターと一緒にいてあげて」

そしてフリントはミセス・アレンの耳元にささやいた。「必ず彼女を見ていて。そしてドアには鍵をかけておいて」

フリントはドアを閉め、玄関ホールに向かった。

25 「妻を迎えに来た――」

気がつくとフリントは客間のドアノブを握っていた。極力忍び足で玄関ホールにある電話に向かい、受話器を上げたが、交換から応答がない。フックを激しく押すと、しばらく経ってから交換士が応対に出た。フリントはアンダーウッドの電話番号を告げ、じりじりと待った。ずいぶん待ったが何の応答もない。再びフリントは交換を呼んだ。「もう一度、つないでいるんです」と明るい女性の声がした。改めてフリントは待った。やっと応対があった。「ミスター・アンダーウッドの事務所ですか?」フリントが尋ねる。

「何番におかけですか?」

フリントは番号を告げた。「すみませんが」電話の向こうの上品な声が言う。「番号違いのようですね」

「まいった」とフリントは言い、音を立てて受話器を置いた。

フリントは再び受話器を取った。だが交換士が「番号をお願いします!」と言った時、背後から鋭く冷静な声がした。

「それをすぐに置くんだ!」フリントが少し振り向くと、ミスター・エクスターの拳銃の銃身が目に入った。仕方なくフリントは受話器を置いた。

「部屋に入らせてもらおう」エクスターは言った。フリントはどうしようもなく、おとなしく彼を先導して客間に入った。

二十五秒ほど彼らは無言でにらみあっていた。フリントがエクスターと面と向かったのは、写真を返してくれ、と頼みに来た、あの九月の夕方以来だ。それ以来、歳月が経ちいろいろなことがあり、もはやフリントには同じ人物とは思えなかった。だが同じエクスターなのだ。少なくとも外見は変わっていない。伸びた背筋、整った顔立ち、カールした髪とあご髭。マデレンとアンスティーの話に影響されたのと、この二十四時間のフリント自身の推理から、エクスターの外見に対する印象はずいぶん変わってしまった。エクスターの整った顔立ちの下には、覆面で隠されていたように、クロームハウスの図書室でオリヴィエに飛びついた顔がある。月曜の夜にアンスティーに襲いかかり、マデレンを怖がらせた無慈悲な怒りを表すむき出しの歯が、フリントには見えるようだった。銃を握るエクスターの血の気のない両手がひどく筋肉質だとフリントは気づいた。肩幅や立ち姿が、ボールの上でバランスを取る曲芸師のようだ。非常に力強く機敏で、この事件でも二度も主役を演じている。そしてエクスターの目は、彼の性格を表していると思った。前回会った時、フリントは一瞬彼の瞳の色に感動した。落ち着いた澄んだブラウンにはめったにお目にかからない。そして、彼の瞳が何を意味するのか。いまフリントは彼の目にある原型を見た――動物園のライオンだ――そしてその目はライオンのように瞬きせず、人間離れした落ち着きがある。

こう感じたのは、フリントが部屋に入ってほんの一、二秒のことだった。そして長い間ふたりとも無言だったので、この状況をいろいろと把握できた。

エクスターは、マデレンがすべてを明かして秘密が暴露されたと思っているに違いない。それは彼がおのれの人生のために戦う命知らずの男であることを意味する。エクスターはどうするつもりなのだ？　フリントはふたりめの被害者となり、エクスターは真相を知る者すべてを亡き者にしようとして、マデレンや何も知らないミセス・アレンまで容赦なく手にかけるのか？　エクスターならやりかねない。マデレンを連れていくだけだろうか？　それともなんとかして彼女を黙らせようとするのか？　彼女が何を話したのか、エクスターははっきりわかっていないはずだ。そしてエクスターは何を計画しているのだろう？　国外に逃げるのか？　そして彼の計画には先送りの余地はあるのか？　誰か来てくれるまでエクスターをそのままにさせておけるだろうか？　（そもそも誰が来る？　アンダーウッドはロンドン警視庁で何をしているんだ？）フリントは、厄介な局面に立たされている自分と電話に悪態をついた。彼のみならず、マデレンや伯母にも危険が迫っているのは歴然としている。エクスターの拳銃はなおもしっかりとフリントを狙っている。フリントの命はエクスター次第なのだ。フリントにできるのは一縷の望みを託した時間稼ぎだけだ。だが、それも苦し紛れの策でしかない。フリントは丸腰で腕力もたかが知れている。戦略でも恐るべき敵には適わない。一つはっきりしていることがある、エクスターを寝室に入れないためにフリントは命を張らなければ。マデレンの顔を思い浮かべてフリントの血潮がたぎった。

長い時間が過ぎ、エクスターが口を開いた。「さあ、ミスター・フリント？」とだけ彼は言った。

フリントは何も言わなかったが、エクスターとドアの間に割り込んだ。

「妻を迎えに来た」エクスターは間をあけてから言った。

「きみには渡さない」フリントは気づくとそう言っていた。その言葉にはたとえようのない空しさがあった。「彼女は衰弱していて動かせない。医師が付き添っている」

「いい加減にしろ」エクスターはきっぱり言った。「医師などいないとわかっている。そこをどけ」

フリントはその場を動かない。「断わる」

「ふざけた奴だ、鉛弾をぶちこまれたいのか？」

「ふざけているのはおまえのほうだ。撃ってみろ。ぼくの命を取ればおまえは絞首刑だ。聞く耳があるのなら取引の余地はある」フリントは至極冷静に話す自分にひどく驚いた。エクスターが本性を現したのが声からもわかった。そして、これからどう立ち回ろうか決めかねていて、せっぱつまった状況であるようだった。

「さあ、言いたいことがあるなら、さっさと言え」

「まず、おまえがサー・ハリー・ワイを殺したのは、皆が知っている。おまえがアリバイをでっちあげたのもわかっている。オートバイについても調べた。そしてすべてを徹底的に証明できる」フリントはできるだけゆっくり話した。

「ほう、どうぞご勝手に。あんたがどんな案を出すか、おれは知りたいくらいだ」

「次に、ぼくたちはおまえがデルリオだと知っている。それにアンスティー大尉殺人未遂の充分な証拠も握っている」

それを聞いてエクスターは急にもぞもぞしだした。アンスティーがまだ生きていると知らなかったようだ。

「おまえがどかないのは、それが理由か？」エクスターがあざ笑う。

「三番目に、それらの事実はまだ警察は知らない。すぐにも知ることになるだろうが、そのタイミングについては相談の余地がある」

「おまえは自分の命を交換条件にするのか？」

「そうだ。そしておまえの奥さんの命も。つまり」フリントは腕時計に目をやった。「あと数分で、友人が事件の全容を警察に話すことになっている。それが嫌なら――」フリントは間を空けた。

「嫌なら、なんだ？　さっさと言え」

「嫌ならぼくがそれを止めてあげよう。提案がある――おまえの悲惨な人生を救う唯一の機会だ。ぼくがこれから友人に電話して、警察に話すのを一時間待ってもらうか、ぼくが友人と会うまで待ってもらうかだ。おまえが首を縦に振ってくれるのを望むよ、それにぼくを奥さんともどもこの家から無事に出してくれたら、警察には二十四時間内密にしておくと約束する。つかまる前に逃走できるように。これは公平な申し出だ、ミスター・エクスター。受けても断ってもいい」

「おれが条件を呑むと思うのか。おれの前から消えたらすぐに警察に通報するかもしれないじゃないか？」

「とにかくぼくの言葉を信じてくれ。仮にぼくが騙したとしても、時間が稼げるはずだ――何もないよりいいだろう、ミスター・エクスター、おまえの立場なら。ここでぼくを撃ったら、十中八九おまえは泣くことになる。いずれにしろ友人が警察を連れて十分後にはここに来る。ぼくを信じて危険を冒す価値はあると思うがね」

「それなら」とエクスターは間を置いてから言った。「おまえが電話している間そばに立っていよう。警察に垂れこむのを遅らせる以外の余計なことを言ったら、おまえの脳みそをぶっ放すぞ」

「それも条件のうちだ」

「なら、さっささとやれ」

フリントはネタが尽きたと思った。エクスターと取引するつもりなどさらさらなかった。もし電話をすれば、隣室にいる無防備なふたりの女性の救出を要請するつもりだ。だがそうすれば殺されてしまう。だがフリントは死にたくない。これ以上時間稼ぎはできるだろうか？

「もう一つある。言うとおりにしたら、ミセス・エクスターを少しも苦しめないと約束してくれ」

「もう話は充分だ。わかった。さあ、いいから――」だがその瞬間フリントの心臓が飛び上がった。聞き間違いようのない音が――玄関の呼び鈴の大きな音が聞こえたのだ。

しばらくの間、ふたりの男は立ちすくんでいた。それから突如としてエクスターはフリントを脇に押しのけ、急いで客間のドアを開けると、鍵を取り出し内側から錠をおろし、鍵をポケットに入れた。一連の動きの間、エクスターはフリントに気が回っていなかったので、フリントは彼に駆け寄り、左手でエクスターの顔を殴ると同時に、左利きのエクスターが右手に持ち替えた拳銃をひったくろうとした。エクスターは抵抗し、容赦なくフリントを床に投げ飛ばした。フリントは壁に頭をぶつけて倒れた。

エクスターは二歩でフランス窓に近づくと外を見て、持っていたナイフで何かを切った。エクスターが逃げるつもりだとフリントは思ったが、エクスターは二歩で戻ってくると、めまいを覚えながら立ち上がろうとするフリントに迫ってきた。エクスターはフリントの顔を起こし、膝で彼の腰を強く押さえ、ブラインドの紐で両手を後ろ手できつく縛った。フリントはブラインドの紐がそんなに簡単に切れるとは思わなかった。その後エクスターは窓辺に急いで戻り、小さなバルコニーに出て姿を消したちょうどその時、また呼び鈴が鳴った。一連の流れは五秒もかからなかった。

フリントは思ったよりてこずってなんとか立ち上がり、ぎごちなく窓辺に走った。彼の視線のはるか下で、エクスターがバルコニーから地面に続く避難ばしごをすさまじい速さで下りていた。中庭には何台か車が停まっていて、そのうちの一台はアンスティーが話していたクロスリーのように見える。それ以外は、なにもかもいつもと同じだ。

再び呼び鈴が鳴った。今度は執拗に何秒も鳴らし続けている。フリントは客間の錠の下りたドアの前に戻り、鍵穴から呼びかけた。「叔母さん!」一、二秒してから寝室のドアが静かに開く音がした。

「なあに?」と叔母の声がする。

「ドアを開けて」フリントが言う。「閉じ込められてるんだ。大丈夫、奴は行ったよ。警察が追ってくれるはずだ。いや、そっちじゃない、廊下側のドアだ」

フリントは叔母が忍び足でドアに近づき、錠を開けるのを待っていた。それから叔母は小さな悲鳴を上げて困惑気味に詫びの言葉を述べた。続いてきびきびとしてかすかにいらだたしげな男性の声が聞こえた。

「中におります」叔母が言った。「ああ、よかったわ――」

「叔母さん!」フリントは落胆して叫び、叔母たちが寝室に入るのを聞いていた。少し遅れて叔母の返事が聞こえた。

「警察じゃなかったわ、ジェームズ。驚かさないでよ! 来たのはドクター・ウォレンで、何度も呼び鈴を押したそうよ。スーザンがいないから困るわ。ところであのひどい男は本当に出ていったの?」

「ぼくをここから出してくれよ?」フリントはいらいらして言った。「閉じ込められているんだ」

「鍵が見つからないのよ。鍵穴になくて」叔母が答える。

「当たり前だよ。エクスターが鍵をかけて持っていったんだから」

「あらまあ、ひどいこと！　でも鍵がなければ出してあげられないわ！」

「合鍵はないの？」

「残念ながらないのよ。あったとしても、どこにあるのかわからないわ。スーザンが帰ってきたら聞いてみましょう」

「でもぼくは、いますぐここから出たいんだ！」

「本当にごめんなさいね」ミセス・アレンがなだめるように言う。「スーザンはじきに戻ってくるわ」

フリントはいらだち、歯ぎしりした。こんなはめに陥るとはなんたる不覚、エクスターは刻一刻と逃げているというのに。状況はメロドラマから突如として茶番劇に変わった。フリントはロンドン警視庁に、アンダーウッドに、誰でもいいから電話したかった。そしてエクスターが黄色いクロスリーで逃亡していることを伝えたかった。なのにフリントは後ろ手に縛られて部屋に閉じ込められている。何度か紐を外そうともがいたが、手首にひどいすり傷ができただけだった。エクスターが怒りに任せて結び目をきつくしたのだ。フリントは窓辺に近づき、クロスリーが走り去った中庭を眺めた。外は静かだった。凶悪犯人がたった数分前に走り去ったとは誰も思うまい。両手が縛られたままでも避難ばしごを下りれるだろうか。いや、地面まで十二段ある——危険を冒すにはわりが合わない、まったく。ポケットにナイフが入ってる。両手さえ自由ならばそれでドアを開けられるのに！　そう考えたフリントは思わず声に出した。「ああ、なんて馬鹿なんだ！」再び叔母を呼んだ。いつになく断固たる調子で叔母に、ドクターにドアを開けてもらうよう頼み、アンダーウッドに電話してくれ、とも頼んだ。

かなりの時間、フリントはひたすら待っていた。叔母が交換士に文句を言っている間も、医師としては有能だが金庫破りとしてはおそらく役立たずのドクター・ウォレンが苦心しているようだった。ロンドン警視庁に電話してくれ、とドア越しに叫ぶ甥の頼みを叔母は聞き、すぐに電話をかけると請け合った。錠がかちりと音を立ててドアが開いた。詫びの言葉を言いながら、歩くというよりよろめいて部屋を出たフリントは、あおむけにひっくり返った。

「次回は」ドクターが言う。彼は司法の過程に関してまったく興味がないようだ。「患者のいる部屋のすぐ横なのだから、静かにしてくれんかね」

「ああ!」フリントは罪の意識を感じるまでには至らなかった。「彼女の具合は?」

「思っていたより悪くはない」と返事があった。「きみの軽率な行動のわりには。静養がいまの彼女には必要だ。どうやら彼女は薬物中毒になっている。きみは悪党の追跡をしたいだろうから手短かに言うが、愛用のナイフを錠を開けるのに使ってしまったことは勘弁しよう。わたしはもう行かないと。それでは、ミセス・アレン。メイドが戻って来たら、すぐに処方箋を出しますよ。そしてマデレンはできるだけ安静にさせてください。おや、どうしたんだ?」

激しい口論が玄関の外から聞こえたので、医師がドアを開けると、戸口の階段で、立ち入り禁止と言われていたミセス・アレン宅の女中が、ふたりの警官と言い争いをしていた。

「すみませんが」上役の警官が医師に言った。

「エクスターを探しているなら」フリントが割り込む。「もう手遅れですよ。奴は窓から裏庭に逃げました。奴の車が下に停めてありました」

「どのくらい前です?」

「十二分から十五分前です」

「車種は？」

「ふたり乗りの黄色いクロスリーです」

「カーナンバーを見ましたか？」

「いいえ、でもエクスターの奥さんが知っているかもしれません。彼女は奥にいます」

「少し会えますか？」

「いや、会えません」医師が堂々と割って入った。「彼女は病気で、静養が必要です。カーナンバーを知っているかどうかが重要なのなら、われわれの誰かが彼女に尋ねましょう。制服姿の方と会わせたくはありませんので」

警官が納得した様子だったので、医師はフリントに訊きにいかせた。マデレンはベッドに横たわり目を伏せていたが、フリントが近づくと目を開け、微笑した。

「すまない」フリントは言った。「家の車のナンバーを覚えているかい――クロスリーだけど？」

フリントは質問で煩わせるより、子供にするように彼女を抱え上げて元気づけたい衝動に駆られた。マデレンはナンバーを伝え、こう付け加えた。「主人はもう行ってしまったの？　何かされた？彼にひどい目に遭わされたり――していない？」

「全然。きみの具合が良くなるといいね。ぼくはもう行かなくちゃ」フリントはそっけなく言い、入手した情報と共に玄関に戻った。

「すみませんがお宅の電話を使わせてもらえますか？」巡査部長が言った。巡査が受話器を取り、ロンドン警視庁に電話した。

「すぐに捕まえるでしょう」と巡査部長が言った。「すんなりいくはずです。ロンドン警視庁にカーナンバーを知らせたので、検問に引っかかるでしょう。失礼ですが、お名前とご住所をお教え願えますか?」巡査部長がフリントに尋ねた。「捜査の今後をお聞きになりたいでしょう? やあ、どうも、不愉快な思いをさせて失礼しました」

「なんて厚かましい!」ミセス・アレン宅の女中スーザンが憤然として言うと、医師と警官は共に去っていった。「来た時と同じく何の挨拶もないんだから! 帰ってくれて清々したわ!」

「ぼくも退散するよ」とフリントが言う。「特に用がないようなら。きみの代わりに処方箋を持っていこうか?」

「まあ、そんなことおっしゃらないで!」スーザンは驚いて叫んだ。「服のほこりを払い落とさせてくださいな。あらまあ! シャツが血まみれじゃないですか!」

「ジェームズ、わたしだったら」客間の乱闘の結果に目をやりながら冷静にミセス・アレンが言う。「薬局で薬を買って、きれいなシャツに着替えるわね」

格闘の末に九死に一生を得た反動で、甥はだるそうにその助言に従った。そして立派な大学講師は、さらなる情報を得るべく、その日の夕方、アンダーウッドの事務所を再び訪れた。

「きみかい?」アンダーウッドは見上げて言った。「警察が奴を捕まえたのを知っているか?」

「いや、どこで?」

「カフリー近辺だ。海岸に向かうつもりだったんだろう。奴はポケットの中にハーグ行きの切符を二枚持っていた。それにシアン化カリウムも。だからもう刑に処されるまでもない。やれやれだ」

「その——ミセス・エクスターは知っているのかい?」

「いや。でもさっき、きみの叔母さんの家に電話したから、今頃は彼女の耳に入っているだろう。ところで彼女はどうだった?」

「ひどく具合が悪そうだった。知らないうちに奴の策略に乗せられていたんだからな。しばらくは噂の的だろう、ひどい話だ!」フリントは知らずしらず熱くなって言った。

「それなら、彼女も今頃は気が楽になっているだろうよ」アンダーウッドは無神経に言った。

26

「返事を書かなきゃいけないんだ――」

「でも、さっぱりわけがわからない」フリントが言う。「奴はサー・ハリー殺人の容疑で逮捕されたんじゃないのか?」

「いや、こいつの件で逮捕令状が出たんだ」アンダーウッドは言い、アンスティーを手振りで示した。フリントの叔母を含め一同が集まり、シェパートンのアンスティーの実家で食事をしていた。午後にエクスターが命を絶ったと知ったアンスティーは生気を取り戻していた。日も暮れたいまは、病みあがりだからとソファに寝そべり、くだらないことばかり言っている。

「警察はエクスターの貴重なフラッシュ写真と、グリーンのポケットから押収したいくつかの書類で捜査をした。そしてミスター・エクスター、別名デルリオ、本名アレン・ジャーヴィス――少なくともぼくたちは本名だと思っている――は、数年前に犯した殺人容疑で全米のお尋ね者になっていた。そこで警察はニューヨークから大物を連れてきてエクスターを確認させ、さらに金曜の夜に病院でアンスティーに面通しさせると、間違いない、と確認がとれた。だが逮捕令状を取るには時間がかかった――ぼくたちが出遅れてしまって、ブライアンストン・スクエアに駆けつけた時にはすでに逃げられてもぬけの殻だったからだ。ミセス・エクスターに会いにいくとジョンソンに言っておかなかったのが悔やまれるな、フリント」

「ここに来るまで知らなかったんだ」フリントが言う。「じゃあエクスターがデルリオだったと判明したんだね？」

「ああ。金曜の午後に電話できみがいいヒントをくれただろう。ぼくは何が起ころうとしているのか、と思ってアリソンが戻る前に〈ザ・ベルヴァディアール〉に行ったんだ。そうしたらエクスターが会員で、黄色いふたり乗りの車を所有しているとわかった。さらに、ポーターに聞いたところ、アンスティーに伝言を残した男はエクスターだったようだ。だからナイマンズ・クリークでの調査から戻ったアリソンに話を聞いた時、ぼくは彼女をすぐにロンドン警視庁に行かせた。そして幸運にも、奴がぼくらの友人の筆跡を調べているとわかった。それで警官はホワイトチャペルに向かい、ぼくたちは家に戻ったんだ」

「するとエクスターはアレン・ジャーヴィスとして逮捕されたのか？」

「ああ。それが奴にとって命取りだったと思うよ。夢にも思っていなかっただろう。思うに、サンドンでの事件は、はったりで済まそうとしていたために、かえって馬脚を露すことになった」

「証明するのは簡単ではないだろうな」フリントが言った。「ミセス・エクスターも取り調べないことには」

「ああ、彼女も気の毒に。とにかく彼女の肩の荷が下りてよかったよ。ジャーヴィスの死はオリヴィエが殺人に関してまったく潔白だと最終的に証明するものだ、とロンドン警視庁は記者発表する予定だ。だからオリヴィエの嫌疑は晴れて、誰も蒸し返そうとしないはずだ。もちろん、ミセス・エクスターの協力なしには難しかった。ぼくたちはきみが調べてくれたオートバイによるアリバイ工作のあらましも入手しているし、彼のシアネスでの策略も把握している。ピーターを殺そうとしたことも、裁判の過程で何度かあいつの素性に疑惑を投げかけていたのも確かだ。おまけにコールドウェルの件もある」

「他にも何かあったのか?」

「話していなかったかな? 金曜日に事件が起きた後、ミスター・コールドウェルにもっと話を訊くべきだと思った——あのアメリカ人がエクスターを探していたかどうかわからなかったから。それでぼくらは彼をワイの件で捕まえたほうがいいと思った。だからその夜に、エクスターは明日逮捕される、何か話したいのなら今しかない、すぐにロンドンに来て洗いざらい話すべきだ、と手紙を書いた。彼はそうしてくれた——昨日の昼に現れて、ぼくに全容を話してくれた。実にひどい話であえてきみには話さないが、とにかく要点は、エクスターがその男を支配下に置いていたということだ。エクスターは人を使うのに慣れていたから、コールドウェルの金の半分を奪って、汚い仕事もさせた。冷や汗ものの仕事ばかりで生きた心地はしなかっただろう。エクスターは人にそういう振る舞いをする奴だったんだ。コールドウェルが話をしようとした時に、話の腰を折ったのは本当にすまなかった。彼は彼なりに正義を通したかったのだろう。だがジャーヴィスはそうはさせなかった。そういえばコールドウェルはマデレンが署名した書類を作成していたんだ、それが信託証書だったのだと思う。それは証書ではあったんだが、贈与の証書だった——もちろんエクスターへの。すべてエクスターの思いつきだったんだ」

「なぜ彼はサー・ハリーを殺したんだ? それもわかったのかい?」

「きみの思っていたとおりさ——おそらく。サー・ハリーは密告しようとしていた。ふたりがどのくらいの共同出資者で、エクスターが誰にでもそうしていたようにサー・ハリーをどのくらい利用していたかわからないが、とにかく、サー・ハリーは関係を断とうとしたのだと思う。殺される数日前、ロンドン警視庁はサー・ハリーから、重大な犯罪者について情報を持っているので面会したい、という手紙を受け取っていた。ロンドン警視庁はサー・ハリーをよく知っていたから、手紙を保留にして、彼が何を企んでいるのか確かめようとした。そして彼が殺された時、警察は、彼が話そうとしていたのはオリヴィエのことだと思ったんだ」

「エクスターは『覆面の男』だったのかい?」フリントが言葉を挟む。

「それは当然だろう。サー・ハリーを殺害してオリヴィエを絞首刑にするということも、アリバイも、すべて計画どおりだったに違いない。そうすれば彼はまんまとすべての金をせしめられる。危機が無事に去って騒ぎが落ち着いた時に、彼の妻も同じ目に遭わせたと思う。それに彼はサー・ハリーと共謀を装い、めったに姿を現さないオリヴィエを脅迫者に仕立ててすべての金を奪う計画だった。写真を加工したのも彼に違いない」

「でも他の写真はどうなの——わたしたちが持っているのは?」アリソンが言う。「それがどうしても理解できないわ」

「ぼくもそれについては考えた」フリントが言う。「そしてこう結論づけた。写真は加工したものだったのを覚えているね、あれはサー・ハリーがマデレンとエクスターが結婚するのをやめさせるために使われた。何が起きたかははっきりしているだろ? オリヴィエが彼を撃とうとしている写真を撮るとエクスターがほのめかした時、加工写真に詳しいサー・ハリーは、同じような状況でエクスターの加工写真も作れば役立つと考えた。だから彼は一つだけ偽装した。オリヴィエが写っているのとは微妙に違っていただろう。もちろんサー・ハリーは自分が殺されるとは知らなかったけど」

「そうだね」アンダーウッドが言った。「それが本当のところだろう」

「そう、もしエクスターが『覆面の男』なら」アリソンが言う。「もうひとりは誰なの——ユーイングが見たという、こそこそしていた頬に傷のある男というのは？」

「その答えはいまならわかる」フリントが言った。「いまとなれば想像がつく。その男は誰でもない。はなからそんな男はいなかった。ぼくから十ポンドをせしめるためにあの困り者のユーイングがでっちあげた話だ。おかげでこっちは手こずった。エクスターの犯行時、ユーイングはうまく姿を消したんだと思う。それについては彼と膝を突きあわせて話しあいたいくらいだ」

「彼から多くを訊き出せるとは思わないがね」アンダーウッドが言う。「でも、恨まないことだ。最後にはすべてうまくいって、皆幸せに暮らしましたとさ、といったところなんだから」

「まあ、もう二度とこういうのは勘弁願いたいね」フリントは言い、安堵のため息をついた。「腰を据えてする仕事なんだな、探偵稼業は——そのうえ、危険な商売だ」

「そうだな。でもしろうとの割には結構うまくいったと思うよ。それに痕跡がわずかだったのも考慮すべきだ。きみは馬車馬のように働いてくれた」

「残念ながら、だいぶ見当はずれだったけどね」フリントが言った。「まったくミスター・ユーイングのおかげでずいぶん時間を食ってしまった、ヴィーシー大佐からは何も得られなかったし。それに勉強になったよ、きみの仕事も、もっと効果的に考えるべきだった。グリーンやコールドウェルやロンドン警視庁についても」

「名誉は分かち合いませんか？」アンスティーが言う。「すばらしい銘でそれぞれに花冠を授けます」

「それはいいわね！」とアリソンが皮肉気味に言う。「あなたはどうなの、ピーター？　彼が逮捕されたのはあなたの証言に基づいていたのよ！　みんなに笑われてあなたがデルリオについて調査しなかったら、解決できていたかわからないわ。それに真実を知るために命まで投げ出す人はあなたくらいよ！　あなたがナイマンズ・クリークで溺れそうにならなければ、エクスターがデルリオだとはわからなかったもの！」

「きみほど賢い人はいませんよ、すべてぼくの身から出た錆です」とアンスティーはしょんぼりして言った。「ともあれありがとう、アリソン。自分の馬鹿さ加減に呆れ果てていたところだから、賛辞はありがたく受けますよ。でもきみはどうなんです？　それにミセス・アレンは？」

「わたしは何もしていないもの。でもミセス・アレンはすばらしかった！　もし彼女がマデレンに親身に接していなかったら、マデレンは彼女に助けを求めなかったでしょう。エクスターは彼女を連れ戻しに立ち寄ったから、うまくいかなかったのよね！」

「可哀相なマデレン！」誰かが言った。「これからどうするんだ？」

「ミス・テーラーは何もしなかったわけじゃない」フリントが言う。彼はどうしても話題を変えたかった。「確かに行動は起こさなかった。でも最初からエクスターが有罪だと確信していたのはあなただったよ、皆異口同音にエクスターを無罪だと思っていたのに！　それに調査を続けるべきだと言っていたのもあなただったじゃないか。個人的には、ミス・テーラーこそが調査のきっかけだったと思うよ」

「割り込んで済まないが」オリヴィエがアリソンの足元のクッションに座ったまま言う。「でもぼくとしては、ぼくが調査のきっかけだと思っていた」

「きみだよ！　まったく図々しい奴だ！」アンダーウッドが叫ぶ。「きみのためにどれだけぼくらは頑張ったか！　伏して感謝の念を表すべきだ」

「喜んで頭を下げるよ」オリヴィエは言った。「だがきみが楽しんでいなかったとは言わせないぞ。きみに仕事をあげてきみの脳を訓練させた点は、ぼくに感謝してもらわないと」

「みんなに花冠を」アンスティーが眠そうにつぶやく。「素敵な冠だ。求めに応じて花以外も請け合いますよ」

「でも妙だな」フリントが言う。「そもそも加工写真からすべてが始まったんだし、二枚目の写真は殺人事件とまったく関係がなかったんじゃないか？　もしエクスターがわざわざぼくに会いに来なければ深くは考えなかっただろう。彼だって犯罪を隠しおおせたはずだ。小さなことから彼の計画が台なしになったんだ」

「それはどうかな」とオリヴィエが言う。「いっそきみは本を図書館に返却すればよかったのに。そうすれば、きみより警察裁判所に興味津々な誰かが写真を見つけたかもしれない。エクスターはサー・ハリーを殺そうと計画していた時にはアンスティーの命まで奪おうとは思っていなかっただろう。彼がしぶとい男だと知っていればよかったものを」

「ふたりとも間違っているよ」アンダーウッドが割り込んだ。「彼を殺したのは、欲さ、単なる欲。それは確かだ。今朝それがわかった。これを見てくれ。もしピーターを始末してすぐに高飛びすれば、すんなり逃げおおせたはずだろう？　なぜエクスターがそうしなかったかわかるかい？　ベルギーのパッセンダーレで開催されるハンディキャップレースで賭けるつもりだったんだよ。内部情報を入手していて、土曜の午後のレースで賭けたら千ポンドになるはずだった。だがマデレンの勇気ある行動に計画を狂わされてエクスターは賭けずに逃げるしかなかった。きみなら逃げるかい？　エクスターはそれほど金に困っていなかった。現金はたんまり持っていたし、マデレンの金の大半に手を付けていた——だからこそ彼は彼女を裏切ろうとしていたのだが。フリント、エクスターは高飛びしようとした。そして急がねばならない理由があった。それなのに彼はさらに千ポンドを儲けるために競馬に金をつぎ込んだ。どうかしているだろう、だがそれが人間の業《ごう》だと思うよ。そろそろ帰らないか？ぼくはこぢんまりしたベッドが恋しいよ。ピーターも眠そうだし。さあどうする、探偵さんたち？」

「ミスター・ド・ベルローはいい人ね、ジェームズ」ミセス・アレンが甥に言った。ここは叔母の家だ。「マデレンについてとても感じよく話を切り出して、金についてはぼくは必要ないと伝えてくれ、ぼくの身元が保証されれば自分でなんとかできるから、と言ったわ。あのひどいエクスターが全部持ち逃げしたと思ったのね。でも幸いにも現実は違った。ミスター・アンダーウッドの話では、警察につかまった時、かなりの額の彼の手形が見つかったらしいわ。そしてヨーロッパのどこかに前もって送金するつもりだったんですって。そもそもエクスターと結婚した時点で可哀相だけど、マデレンのお金も彼のお金になったようなものだもの」

「彼女の具合はどうなんだい？」フリントが尋ねる。

「だいぶいいようよ。午前中、私立病院に彼女のお見舞いに行ったら、緊張状態から解かれてじきに回復するでしょう、と職員が言っていたわ。でも長い時間がかかるでしょうし、弱りきっているのは確かね。ひどい経験をして、友達もいないなんて——わたしだったら生きていられないわ」とミセス・アレンは断言した。

「その——彼女に会えるかな？」フリントはいつになく恥ずかしそうな声で尋ねた。

「病院ではまだ面会は認めていないと思うけど。なぜ？　どうかしたの？」

「実は――そうなんだ。ぼくは――その、叔母さんはマデレンがお嫁さんになってくれると思う？」

「ごめんなさい、いまなんて言ったの？」ミセス・アレンが切符を探しながら言う。

「マデレンがぼくのお嫁さんになってくれると思うか、と訊いたんだ」フリントはきまり悪そうに繰り返した。

「あなたのお嫁さん？　まあジェームズったら、どういうつもり？　何のために？　だって――まさか彼女と恋に落ちたわけではないでしょう？」

「い、いや――そう、とも言えない。つまり――彼女がいかに不幸せで寂しい身の上かと昨日叔母さんから聞いたから。それにわかったんだ。マデレンと話した時、彼女はまだ若いのに、まず父親から、次にはエクスターからひどい扱いを受けていた。彼女は誰かに面倒を見てもらって、もっと幸せになる権利があるとぼくは思ったんだ。でも彼女には親戚もいない――身寄りがない。だからいっそのこと――ぼくじゃ夫として力不足かな？」フリントは口を閉じた。つっかえつっかえだったが、われながらうまく説明できたと思った。ところが、あろうことかミセス・アレンは笑いだした。

「なんて愚かなことを、ジェームズ！　次は何を思いつくのかしら？　マデレンだってあなたに怖気づくわ！　何をするつもりなの？　男の人はこれだから困るの！　なんでまたそんなことを思いつくのかしら？」

「そう愚かなこととも思わないけど」フリントは傷ついた様子で言った。「叔母さんの話を聞いてから――」

「そこが愚かだというの！　まったくどうかしているわ。なにしろマデレンは年下すぎる。あなたは年相応の女性と結婚すべきよ！　若い娘とどう話せばいいのか、あなたはわからないでしょう。それに、あなたは彼女を愛していないし、これから愛することもない。ましてや、あなたは好きでもない人と結婚するタイプではない。あなたは年増の女中みたいなところがあるの、ジェームズ。推理のし過ぎで頭が切り替えられないかもしれないわね。なぜマデレンがあなたと一緒になる必要があるの？　彼女はそんなこと望んでいないわ。お金はたっぷりあるし、体調がよくなれば彼女を気にかけてくれる人がたくさん現れるはずよ。あのいわくつきの家をできるだけ早く売ってしまいなさい、ってアドバイスしたのよ。そしてアパートメントを借りてもいいし、なんならわたしの家にしばらくいていいから、のんびりすれば、ってね。マデレンは子供じゃないわ。自分の面倒は自分で見られるわよ。誰でも殺しかねない、あのエクスターはこの世にいないんだから。そのうち彼女もオリヴィエとアリソンに会いにいけるでしょう。さあ、ジェームズ、あなたの考えはすてきで、マデレンはとても喜ぶでしょうけど、あまりにもナンセンスよ。そんなことしちゃだめなの！　あなたは良い探偵かもしれない、ジェームズ。でもどこか世間知らずね」

「じゃあぼくの出る幕はないというんだね？」フリントは怒りつつも、やや安堵した声で言った。

「まったく？」

「もちろんですとも。世間知らずさん！」ミセス・アレンが言う。「これからどこへ行くの？」

「家に帰るよ。手紙の返事を書かなきゃいけないんだ」フリントは言った。「何日も山積みになっているから」

訳者あとがき

本作『クロームハウスの殺人』は、G・D・H・コールと妻のマーガレット・コールが一九二七年に合作で発表した『The Murder at Crome House』の邦訳です。

論創社では二〇一六年刊行の『ウィルソン警視の休日』に続いて出版されるコールの作品となります。

この作品は、大学講師がひょんなことから素人探偵となって事件の真相を解明してゆく物語です。

大学講師のジェームズ・フリントは、今でいう草食系男子、女性には奥手で、恋愛するよりは趣味の世界に没頭するのが好きな性格。友人の弁護士アンダーウッドと、ある殺人事件について情報交換し、事件の真犯人を探すこととなります。

殺人犯容疑者として浮かんだ人物オリヴィエは不起訴となり、公には事件自体は収束しましたが、そのオリヴィエがアンダーウッドの従妹の婚約者であったことから、フリントとアンダーウッドは、オリヴィエの嫌疑を晴らすべく奔走します。そして次々と事実が発覚、状況は複雑になり、フリントにも危険が及ぶ展開となっています。

殺人事件を題材にしたストーリーの中で主軸となるのは、フリントの地に足のついた調査と推理です。決して憶測に惑わされず、着実に事件を解明してゆく彼の人物像は、どこか日本人的でもあり、読者の共感を得ることでしょう（余談ですが、作中には日本人も登場します）。

本作には主要人物だけでなく多くの脇役が登場しますが、誰もが奥行きのある興味深い人物設定で読む者を飽きさせません。物語は冒頭から目が離せず、フリントの活躍や成長に心躍ることでしょう。また会話が多く用いられているので、読者は登場人物と同時進行で物語の展開を体感できることでしょう。会話の中に潜む様々なヒントを見逃すことなく、ぜひ真犯人を見つけ出してほしいと思います。

作家のG・D・H・コールと妻のマーガレット・コールについてご紹介しましょう。

G・D・H・コール（一八八九―一九五九）はケンブリッジ生まれ。大学で哲学を教えていました。最初の著作『World of Labour』はまたたくまに彼を著名な作家に押し上げます。一九二三年に書いた最初の探偵小説『ブルクリン家の惨事』はヘンリー・ウィルスン警視を主人公にしたもので、病気療養中に執筆したそうです。彼の推理小説は非常に注目されましたが、政治や経済に関する多くの著作でも賞賛を浴びました。

ケンブリッジ生まれのマーガレット（一八九三―一九八〇）と結婚した後に共作を開始し、一九二五年発表の『百万長者の死』など多くの作品を生み出しました。

夫婦二人三脚の執筆により、緻密でありながら奥行きがあり、機知やユーモアに富んだ作品を紡ぎだすことに成功しているのは見事です。

ぜひじっくり腰を据えて、素人探偵フリントの奮闘ぶりを楽しんでいただければ幸いです。

本書の訳出と刊行に当たり、多くの方々にお力添えいただきました。心より感謝いたします。

夫婦合作という形式の推理小説

羽住《はすみ》典子（ミステリ評論家）

十年ほど前、図書館から「あなたの借りている本に封筒が挟まっていないか」と電話がかかってきたことがある。司書の話によると、封筒の中身は現金五万円。即座に手元にあったすべての本の中身を確認したが、何もない。ネコババしたと疑われるかもしれないといくばくかの不安が生じたが、前に本を借りた人の勘違いだっだと後になって事実が判明した。

二十一世紀では個人情報が守られ、利用者同士が直接やり取りをしなくても事が済んだが、一九二七年に発表された本作『クロームハウスの殺人』においては、一筋縄ではいかない。あろうことか、司書が主人公の住所を教えてしまったのだ。その対面がきっかけとなり、主人公は未解決事件に巻き込まれてしまう。それでは、あらすじを紹介していこう。

九月の終わり、大学講師ジェームズ・フリントの自宅に、見知らぬ若い男性が訪ねてきた。フリントが図書館から借りている本の前の借り主だという。男性は、本に写真を挟んだまま返却してしまったので、司書から住所を訊き出したそうだ。フリントも写真の存在に気がついていたが、紙ゴミと一緒に掃除婦が処分したと思っていた。だが、訪問者が立ち去った後に問題の写真が見つかる。確認すると、広い部屋で、訪問者が年配の男性に銃を向けている姿が写っていたのだ。

その後すぐに、被写体の一人である年配の男性が、今年の五月に射殺されていたことが判明する。被害者は極悪人といわれる老齢の大富豪で、事件は彼が居住していた「クロームハウス」という屋敷で起きたそうだ。書斎に設置されたカメラで撮影された写真が決め手となり、被害者の妻の連れ子である成人男性が告発されている。即座に事件は解決したと思いきや、容疑者は銃で脅したけれど「発砲はしていない」と主張し、「室内には覆面とマントを身につけた男がいた」と供述していた。

しかも、写真に写っている人物は、容疑者ではなく、被害者の娘婿である訪問者であった。「自分に嫌疑がかからないために、必死で写真を探しているのだろう」と、フリントの友人の弁護士は指摘する。果たして、撮影した人物は誰なのか。「きみの読んだ探偵小説に新たな光を投げかけるんだ」と背中を押され、探偵小説好きでもあるフリントは、独自で事件を調査することになった。

九十四年の時を経て初邦訳された本作は、合作夫婦作家G・D・H&Mコールの第三長編にあたる。第一長編は「世界推理小説全集」(東京創元社)の十二巻にも収録された『百万長者の死』(一九二五年。初訳は一九五〇年)で、英国一の富豪が死体消失事件の謎を追う。採掘特許権をめぐる騒動にマネーゲームも絡んできて、夫婦とも経済学者という経歴を活かした本格推理小説だった。夫のジョージ単独の長編デビュー作『ブルクリン家の惨事』(一九二三年。初訳は一九六〇年)に続き、後に彼らの代表シリーズ・キャラクターとなったヘンリー・ウィルソン警視も登場している。本作はノン・シリーズで、国内ミステリでいえば横溝正史『犬神家の一族』を思い出させるハードボイルド風の推理小説である。ただし、殺害方法はシンプルで、おどろおどろしくはない。

作者やウィルソン警視については「論創海外ミステリ163」の『ウィルソン警視の休日』で、ミステリ評論家の横井司氏が詳細な解説を寄稿しているので、そちらをご参考いただきたい。その解説の冒頭で、横井氏は「夫婦による合作は夫婦ともに作家であるという場合に比べて少ない」と語り、海外の作家を紹介していた。補足すると、国内では折原一・新津きよみ『二重生活』（一九九六年）があるが、ほかに例がないので、たしかに珍しいケースであることは間違いない。

なぜ夫婦合作が少ないのか。想像の範疇を超えられないが、仕事とプレイベートの境界線が曖昧になり、安らぎの場がなくなってしまうことが第一の原因として考えられるだろう。別個で活躍している作家同士なら、物語を生み出す行為にも目が肥えている。さらに気心も知れた関係だと、衝突したときに相当な亀裂が生じる恐れがあるのは想像しやすい。

夫婦合作があまりない第二の原因として、時間の問題も考えられる。二人の手がかかっているとはいえ、締め切りは単独の作品とさほど変わりがない。そうなると、相手の執筆を待ち、確認するという合作ならではの新たな作業行程が発生するため、執筆スピードは二倍速以上にせざるを得なくなり、逆に想定外の空き時間ができる場合もある。つまり、一冊の本を作るために家庭内がシフトスケジュール化する可能性が高くなり、夫婦で同じ時間を過ごすことが難しくなってくるのだ。相手が友人、親戚、親子といったビジネスライクなどの関係ならばまったく問題ないが、基本的に同居生活となる夫婦だと家庭崩壊の危機になりかねない。

下世話だが、第三の原因には収入面の問題もあるだろう。夫婦ともに作家なら、単独で書けば二冊分の利益が得られるが、合作では一冊分だ。けれど、執筆期間はほぼ同じで労力は増える。別世帯なら労働量に応じて収入の割合を決めやすいが、財産を共有している夫婦だと簡単にはいかない。また、労働量から派生する第四の原因として、片方に身体的負担がかかりすぎると、情の深い者ほど精神的負担が生じていく傾向があることも加えられる。

先述した『二重生活』の講談社文庫版（二〇〇〇年）のあとがきで、折原氏も夫婦合作を「二度とやりたくない」と語っていた。また、光文社版（二〇一六年）のあとがきで、新津氏は「最初の設定だけ考えて、結末を考えずに書き始めるのが妻であるわたし」と述べ、夫の折原氏について「結末を考えてからでないと、一行目を書き出さない」と記している。同じミステリ作家でも、書き方が異なるのだ。同版の折原氏のあとがきによると、「プロットは二人で練り、交互に書いていくということだったが、実際は私1、新津2くらいの割合」と書き、新津氏は「考えるより書く役のほうがしんどい」と語っている。当初は週刊誌連載だった際の担当編集者から「分担ならそんなに負担にならないと思う」と諭されたそうだが、逆に分担執筆は難しいということが、両者の言葉にはっきりと表れている。

コール夫妻が一九四二年までに長編だけでも二十七冊を刊行できたのは、互いに単独デビューしてから間もない時期に合作を始めたからではないかと推測できる。また、二人の職業が共同研究や執筆の機会もある学者だということも関係しているのだろう。小説執筆を始めた際に、夫のジョージが病気療養中だったということも起因しているかもしれない。それぞれの色がつく前に、複数の手で小説を完成させる術を身に着けられたということが分かる。

合作の書き方には、エラリー・クイーンや岡島二人のようにプロット担当と執筆担当を分担させるケースや折原夫婦のように適度な箇所で区切って交互に書いていく方法がある。コール夫妻も、夫のジョージが病床にいたことがきっかけだったこともあり、プロットは夫、執筆は妻のマーガレットが担当したのではないかという説があるが、真相は定かではない。しかしながら、あくまでも本書のみに焦点を絞ると、両者が揃って原稿用紙あるいはタイプライターの前に座り、章ごとに分担するのではなく、最初から最後まで協力して書いていたのではないかと考えられる。定説のとおり、執筆はマーガレットかもしれないが、ずっとジョージがそばについていたようにうかがえる。

その理由は、多彩なキャラクター造形と会話構成にある。主人公のフリントは感情を顔に出さない内向的なステレオタイプの研究者だ。言い換えれば個性が強くない。逆にそれがメリットになっていて、誰が書いてもブレにくく、視点人物として非常に描きやすいのである。

彼が一人か二人で行動し、いろいろな人物に会って情報を集める形式で本編は進んでいくが、個性の強い人物たちともスムーズに応答が交わせるのだ。これは、ジョージとマーガレットが実際に会話しながら筆を進めていたからではないかと考えられる。その人物たちも、登場人物表に出てくる主要キャラクター以外にこそ、味がある。フリントの下宿の女主人、掃除婦、司書、ウェイトレス、日本人留学生などの脇役たちが、石を積み上げていくように地道な調査を繰り返して考察を行う淡々とした物語に鮮やかな彩りを加えている。特に女性たちが生き生きしているのは、男女両者からの手が加わっているからだろう。本書が一人の書き手による作品だったら、もっとテンプレート化していて、地味な作風になっていたかもしれない。

情報量が多いのも、本書の特色である。謎は至ってシンプルであるにもかかわらず、犯罪に無関係の第三者の人間が過去の事件を調べていくと、こんなに労力のかかるものなのかと思い知らされる。合作者が一緒に書いていると、文章が削りにくくなるというデメリットが生じやすい。役割分担していたら、陽気な海軍大尉ピーター・アンスティーの登場はもう少し早く、さらにドタバタした作品になっただろう。この点からも、コール夫妻が一緒に書いていたのではないかと推測させられる。この作者の背景を考えてしまうのも、合作作品ならではの楽しみといえよう。

夫婦合作は難しいとはいっても、作品が世に出たら、自分一人でその喜びをかみしめるよりも、二人で分かち合えるほうが生み出した甲斐があるものだ。百年経っても二百年経っても、彼らが生み出した推理小説という子供たちを国を越えても触れることができるように、今後も邦訳が続くようにと切に願う。

〔著者〕
G. D. H & M・コール
ジョージ・ダグラス・ハワード・コール（1889 ～ 1959）とマーガレット・コール（1893 ～ 1980）の夫婦合作ペンネーム。夫のジョージは経済学と社会学における著名な研究者であり、妻のマーガレットは労働研究所に勤務していた。1923 年にジョージ単独名義の長編ミステリ「ブルクリン家の惨事」が発表され、その後は夫婦合作で「百万長者の死」（25）や「文化村の殺人」（36）など、〈ヘンリー・ウィルソン〉シリーズを中心に毎年新作を書き続けた。42 年発表の "Toper's End" を最後に長編執筆の筆を折る。

〔訳者〕
菱山美穂（ひしやま・みほ）
英米文学翻訳者。主な訳書に『運河の追跡』、『悲しい毒』、『嘆きの探偵』（いずれも論創社）など。別名義による邦訳書も多数ある。

クロームハウスの殺人《さつじん》
――論創海外ミステリ 283

2022 年 5 月 20 日　初版第 1 刷印刷
2022 年 5 月 30 日　初版第 1 刷発行

著　者　G．D．H & M・コール
訳　者　菱山美穂
装　丁　奥定泰之
発行人　森下紀夫
発行所　論 創 社
〒 101-0051　東京都千代田区神田神保町 2-23　北井ビル
TEL:03-3264-5254　FAX:03-3264-5232　振替口座 00160-1-155266
WEB:https://www.ronso.co.jp

組版　加藤靖司
印刷・製本　中央精版印刷

ISBN978-4-8460-1793-4
落丁・乱丁本はお取り替えいたします。